文春文庫

まったなし

畠中恵

目次

登場人物相関図

幼馴染み
死んだ父の後妻
八木家
八木《やぎ》清十郎《せいじゅうろう》
麻之助の幼馴染みの色男。父親・源兵衛逝去で町名主を引き継ぎ、周囲に嫁取りを勧められている
お由有《おゆう》
清十郎の父親・源兵衛の後添い。麻之助らの幼馴染みで、かつて麻之助が淡い恋心を抱いていた
親子
幸太《こうた》
麻之助にもなついているが、じき10歳で奉公を考える年頃に

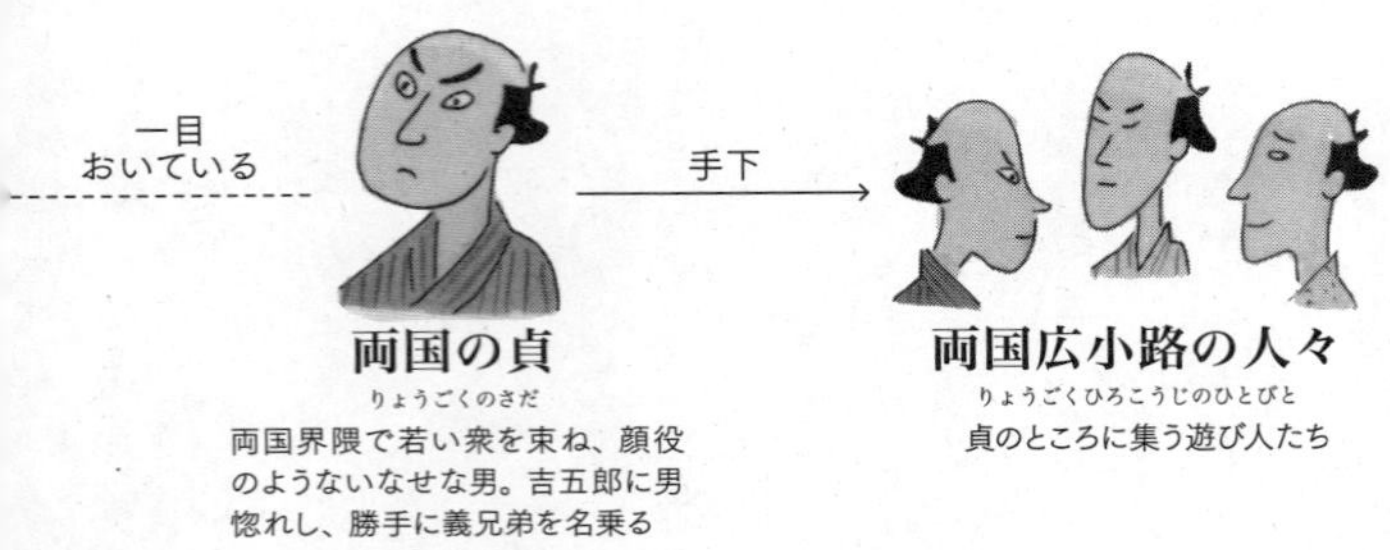

一目おいている
手下
両国の貞《りょうごくのさだ》
両国界隈で若い衆を束ね、顔役のようないなせな男。吉五郎に男惚れし、勝手に義兄弟を名乗る
両国広小路の人々《りょうごくひろこうじのひとびと》
貞のところに集う遊び人たち

悪友三人組

高橋家

親子

高橋《たかはし》宗右衛門《そうえもん》

神田の町名主。玄関先で町中のさまざまな揉め事を裁定する

高橋《たかはし》麻之助《あさのすけ》

神田町名主の跡取り息子。普段はお気楽者ながら、揉め事の解決には思いも寄らぬ閃きをみせる

夫婦

お寿《おす》ず《ず》

琴は師範代、見目は紅朝顔のような女性だったが、お咲と名づけられた赤子に続いて自らも先立つ

又従妹

丸三《まるさん》

名高い高利貸し。借金がすぐ「丸っと三倍に」なる高利貸しだが、麻之助らを親友だと考えている

相馬《そうま》吉五郎《きちごろう》

麻之助の幼馴染み。謹厳実直・品行方正な堅物の見習い同心。相馬家の養子に入り、幼い許婚がいる

まったなし

まったなし

1

町名主高橋家の屋敷がある神田一帯は、穏やかな日差しの下、今日も賑わっていた。土蔵造りの店が並ぶ表通りには数多《あまた》の人が行き交い、その流れの間を、子供達の笑い声や、振り売り達の耳慣れた売り声が過ぎてゆく。近頃は大きな火事もなく、流行病《はやりやまい》の事も聞かない。それ故か、町の者達はせっせと稼ぎ、仕事を終えた後は、ありがたくものんびりと時を過ごしているのだ。

だが。

その賑やかな通りを、高橋家の跡取り息子麻之助《あさのすけ》は、友の八木清十郎《やぎせいじゅうろう》と急ぎ足で歩んでいた。最近起こった困りごとのせいで、悲しいことに麻之助達だけは、大層忙しかったのだ。

おまけに、麻之助の隣を歩む清十郎は、何時《いつ》になく硬い表情を浮かべている。幼い頃より良い事も悪さも一緒にしてきた、気心の知れた悪友は今、一生を左右する時を迎えようとしていたのだ。

麻之助は急ぎつつも、友の面《おもて》をひょいと覗き込むと、しみじみと言う。

「清十郎、この忙しい時、お前さんに私の手伝いをさせるなんて、おとっつぁん、いつにない事をするよね」

ここ何日か、町名主達は大事な話し合いをしていた。それで跡取り息子の麻之助が、手の回らぬ仕事を手伝う羽目になったのだ。ところがその麻之助の仕事を、忙しい筈の町名主、清十郎に手伝わせるというのだから、本末転倒、驚きの成り行きであった。

「こりゃ本気で清十郎に、嫁を持たせたいんだな」

二人は今、町名主へ困りごとの相談をしてきた、扇屋吉田屋《よしだや》へ向かっている。そしてそこには、清十郎が以前仲良くしていた、綺麗な娘がいるのだ。

「自称親代わりのおとっつぁんも、八木家の皆も、多分支配町の長屋のおかみさん達まで、清十郎に嫁が来るのを、待ち望んでいるからねえ」

町名主がいつまでも独り身では、格好がつかないからなと、麻之助は一人納得して頷《うなず》く。宗右衛門《そうえもん》はなるだけ早くに、いやきっと一年の内に、清十郎に祝言をさせようと目論《もくろ》んでいる気がした。

「いよいよ、まったなしという訳だ」

清十郎は、ちょいと麻之助へ目を向けてから空を仰ぐと、一つ息をつく。

「嫁さんかぁ」

いままで沢山のおなごから優しい事を言われてきたが、どうも嫁という言葉と結びつかないと、清十郎は困り顔だ。麻之助はその背を軽くぽんと叩く。

「大丈夫、直《す》ぐに、うんと目出度《めでた》い話に出会うさ。好いたお人が、添ってくれるといいな」

そろそろ年貢の納め時だと思うから、麻之助はいつになく優しく言った。何しろ妻を亡くして以来、友に心配をかけ続けてしまった。とにかく清十郎には幸せになって欲しいと、今、そう思っている。

「縁がある人とは、吃驚《びっくり》するほどあっという間に、話がまとまるものさ。清十郎の場合も、そんな気がするよ」

「そ、そうかねえ」

そういう相手が、このお江戸のどこかにいるのだろうか。いるのなら、今、どこで何をしているのか。

「とんと分からん」

ぼやく友へ、麻之助が笑いかける。

「たぶん会ったら、この人こそ己《おのれ》の嫁御だと、一目で分かるんだろうさ」

「じゃあ麻之助は、妻となったお寿《す》ずさんに会ったとき、この人だと思ったのかい？」

すると麻之助は、歩きながら困り顔になった。そして直ぐ、きっぱり首を横に振ったのだ。

「ううん。確か会った時、お寿ずがとんでもない事を言ったんで、私はひたすら驚いてた気がする」

どう考えても、運命の欠片《かけら》も感じなかったと正直に言うと、清十郎は苦笑しつつ呆《あき》れ、両の眉尻を下げてしまった。

「なんだい、そりゃ」

笑う清十郎へ、麻之助はまたやさしい眼差しを向ける。

(誰が清十郎と、一生を共にするのかねえ)

今までに清十郎と縁があった、麻之助も知っているお人だろうか。それとも、思いも掛けない縁が、悪友には待っているのか。

普段であればちょいと茶屋で休み、この話をじっくりしたい所だが、二人は足を止める事無く、通りを早足で歩んでゆく。厄介な事に、色恋とは関係ない町名主としての仕事も、まったなしで片付けねばならなかったのだ。

今日は他所の町名主から手伝いをよこしてもらうほど、何ともせわしない日であった。

友と出かける、四半時《しはんとき》ほど前のこと。

2

麻之助は高橋家の己の部屋で、朝から数えて二十回目になる溜息をついた。

自他共に認めるお気楽者の麻之助は、諸事のんびり、ゆっくり進めるのが大好きだ。なのに朝からずっと、火事場へ向かう火消しのごとく急ぎ、がつがつと仕事をこなしている。よって時々、ひょいと溜息がこぼれ出て止まらないのだ。

それで、これでは溜息に埋まってしまうと、膝に乗ってきた猫のふにへ、愚痴をこぼしてみた。

「ふにや、私は珍しくも本当に忙しいんだよ。何だか、息をする事まで忘れそうなんだ」

いいや。こうも忙しいのだからひょっとしたら、既に息が出来ずに死んでいるのかもしれない。麻之助は筆を筆架に置くと、試しに大きく息を吸い込んでみた。

「おや、まだ生きてるみたいだ」

嬉しくなって猫につぶやいたところ、向かいに置かれた文机《ふづくえ》で、書面を代筆していた手代の辰平《たつへい》に、じろりと睨まれてしまった。辰平は町名主の手代ではあるが、高橋家に勤める者ではない。同じ江戸町名主である西松家の奉公人で、麻之助の仕事を助ける為、本日より高橋家へ顔を出しているのだ。

麻之助よりも少し年上という若さだが、他家の町名主の三男だとかで、辰平は出来る手代だと評判だ。大層声が大きく押しが強く、要するにいささか恐ろしげであった。

その上、のんびりという言葉を厭《いと》うているらしく、仕事は早い。つまり麻之助と、何とも調子が合わない御仁なのだ。

今回の仕事が終わる頃まで、辰平と付き合うのは大変だと、まだ死んでなかった麻之助が溜息をつく。すると十程数える間、手が止まっていたものだから、辰平はさっそく小言を言い出した。

「麻之助さん、仕事が数多待っていますのに、勝手に休まれては困ります」

「いやその……はい」

麻之助は素直に、文机に載っている相談事の書面を一枚手にした。支配町の者達が見たら、驚き、病にでもなったのかと疑われそうな勤勉ぶりであった。

だがそれには勿論、ちゃんと訳がある。働き者の辰平から、こう言って釘を刺されていたのだ。

「仕事をきちんとしないと、江戸中の人達が麻之助さんに文句を言いますよ。湯屋《ゆや》や床屋で、しょうもない奴と噂されます」

「辰平さん、恐い事をお言いでないよ。大げさな」

「大げさじゃありません。私が西松家から高橋家へ手伝いに来た訳を、忘れたんですか？」

「忘れちゃいないよぉ。おとっつぁんと清十郎、そして西松の哲五郎《てつごろう》さんに余裕がないからだ。三人はもう三日、向こうの部屋に集まって、金の算段をしているもの」

麻之助はぐっと眉尻を下げた。

この度の何時にない困りごとは、西松家で起こった。西松家支配町から集めた寄進が、今年に限り酷《ひど》く少なかったのだ。

「もうすぐ祭りなのに、今のままじゃ西松家の支配町は、その費用を出せません。それで急ぎうちの哲五郎さんが、同じ町名主の宗右衛門さん、清十郎さんに相談したんです」

西松家の主である哲五郎はまだ十六で、町名主を継いで間がない。己一人で事を切り抜けられず、町名主三人で対処する事になったのだが、誰も忙しい。寄進の話に大きく時を取られては、毎日の仕事に支障が出るのだ。

そこで宗右衛門は奥の手を使った。いつもの仕事の内、支配町から集まる相談事の対処を、三家分まとめて、跡取り息子へ押っつけた訳だ。

「つまり麻之助さんが仕事をしないと、町名主方は、足りない金の算段が出来ません」

もし、このまま祭をしたら、全体が冴えないものとなるだろう。

「こりゃ、事の大本《おおもと》である麻之助さんが、江戸中の者から恨まれるってことですね」

麻之助は書面の前で、頭を抱えてしまった。

「分かったよ、励みます。でも三家分の相談事を片付けるのは、大変なんだよう」

特に今回は、遠くの支配町分の相談事まで抱えたから、返答は書面にし、各町の大家などへ渡す手はずになっており、煩《わずら》わしい。いつものように麻之助自身が相手へ会いに行き、その場で適当に話す訳にはいかないのだ。

すると泣き言を聞いた辰平は、ぐいと唇の片端を引き上げる。

「確かに大変みたいですね。麻之助さんは一日で音《ね》を上げたようですから」

麻之助は、西松家の哲五郎へ泣きついた。三家分の仕事は手に余る故、一に出来る奉公人を、回して下さいと、急に頼んだのだ。責任を感じた哲五郎は、辰平を高橋家へ寄越した。

「つまり人手は十分です。後は町名主代理が、頑張ればよろしい」

麻之助は首をすっこめると、仕方なく相談事への返答を考え、代筆して貰う為、辰平へ話してゆく。しかし一旦口出しを始めた辰平は、素直に書かず、麻之助へあれこれ言ってきた。

「麻之助さん、判断が遅い。あなたは哲五郎さんと違って、一人前の大人なんでしょう？」

「麻之助さん、茶屋の看板娘との間を取り持って欲しいとか、伊勢参りに行きたいという相談事に、真面目に答えてどうするんです。おまけに自分もおなごにもてたい、旅に出たいですって？　何です、その返答！」

「麻之助さん、そうやって猫のしっぽを撫でてばかりじゃ、仕事が進みませんよ！」

びしびし言われ続けると、働いているというより、大きなへまをして叱られ続けている気になる。揉《も》め事を訴えてきた書面を見つつ、麻之助は眉尻を下げた。

（ありゃあ、恐いよぉ）

その内、叱られるのにも飽きてきた。それで辰平の小言を封じる為、反対に問いを向けてみる。仕事の手伝いが欲しかったのは本当だ。しかしそれだけでなく、麻之助は辰平の人となりを知りたいと思っていた。

「ねえ辰平さん、今年に限って、どうして町内から寄進が集まらなかったのかしらん。西松家の支配町じゃ、大きな火事でもあったのかい？　それとも大店《おおだな》が幾つか潰れたんで、金を出して貰えなかったのかね」

「いえ、そういう事は聞いていませんが」

辰平は渋い顔をしたが、一応きちんと返答してくる。

ただ寄進は町入用の負担金のように、必ず出さねばならぬものではない。大店でも婚礼の準備をしたり、親戚から借金申し込みがあった年は、出す金子《きんす》が減るだろう。

「そういう話が重なったんじゃないかって、我ら西松家の者は話しております」

寄進用の帳簿を主《あるじ》の哲五郎から見せてもらい、算盤《そろばん》を入れ直したが、集まった額は間違っていなかったそうだ。

すると、この話を聞いた麻之助は、ある恐ろしい事を思いつき、腰を浮かせた。その拍子に、ふにが膝から転げ落ちる。

「ちょいと待っておくれ。たまたまが重なっただけで、こうも金が不足したって事だね。ならばこいつは随分と、恐い話じゃないか」

つまりこれからもまた、金の工面に困るかもしれないのだ。

「江戸じゃ祭りが多いからねえ。天下祭りと言われる山王祭《さんのう》や神田祭。それに加えて、天王《てんのう》三社の祭礼天王祭が三つあるし」

合わせると五つの社《やしろ》の大きな祭りがある上、神田では、神社の氏子を兼ねている町も多い。つまり二つの神社の祭りを行う町も、珍しくないのだ。おまけに他にもあれこれ、小さな祭りはあった。

「祭りに必要な金子は、年と共に多くなってきてるし」

やりくりに悩んだあげく、寄進を貰う事で、三つの町は何とか凌《しの》いでいたのだ。好きな額を出す寄進の方が気楽に応じて貰えるから、金が集まりやすかった。

だがもし……その寄進が、あてにならなくなったとしたら。

「ふにぃ」

ふにの怒った鳴き声が、妙に恐ろしく聞こえるのは何故だろう。寄進が集まらなかったら……麻之助はその度に、三つの町内の仕事をする事になる。

「こいつは拙《まず》いよ。他の相談に乗ってる場合じゃない。やっぱり寄進の問題こそ、いの一番に解決しなきゃ駄目みたいだ」

麻之助が確信を持って口にした、その時。気がつくと、辰平が仁王のような表情を浮かべ、目の前にしゃがみ込んできた。

「麻之助さん、集まった相談事を何とかするのが、嫌なんですか？」

つまり辰平を呼び出しておいて、仕事をしない気なのだろうか。

「ならば私らはもう、手伝いを止めますが」

辰平達には西松家で、別の仕事が待っているのだ。仕事をしない怠け者に付き合っている暇は、ないと言い切る。その声が妙に、随分恐ろしく思えて、麻之助は身を小さくした。

「いやその、せっかくわざわざ高橋家へ来てくれたんじゃないか。怒らないでおくれな」

ぺこぺこと頭を下げると、麻之助はふにの馬鹿にしたような顔を、目にする事になった。

「ふに、叱られちゃったよ」

そうつぶやくと、また辰平に怒られた。

「早く仕事に戻って下さい」

頭を下げ直し、やっと筆を取った後、麻之助はちらりと辰平へ目を向ける。

（うーん、辰平さんは、思っていたよりもずっと、くそ真面目だったね）

とにかく地道に今の仕事を続けねば、辰平は怒って、本当に帰ってしまいそうであった。つまり。

（西松家の寄進不足、出来る手代が使っちまったのかと思ってみたけど……外れか）

わざわざ高橋家へ来て貰い、確かめたのは良かったが、こうなると麻之助には、金の消えた先が分からない。

（やれ、この寄進不足の件、おとっつぁん達なら、上手く対処してくれるのかしらん？）

天へ何とかしてくれと願ったほうが、まだましな気がするのは、どうしてだろう。

（では無茶を承知で書面を放り出し、どうして急に寄進が減ったか、私が探りにゆくか？）

しかし支配町からの相談事を放り出した麻之助は、江戸中で悪口を言われる事になる。

（うーむ、どっちも勘弁だよぉ）

麻之助はとにかく目先の仕事を進め、亭主と揉めたおかめへ一筆書いてくれと、辰平に返答を伝えた。だがその口述を聞いた辰平は、何故だか更に不機嫌になってしまい、筆を動かさない。仕方なく自分でおかめへの返答を記し、麻之助はまた溜息を重ねた。

（この後私は、どうするべきかしらん）

寄進が集まらなかった事情がはっきりせず、麻之助は落ち着かないのだ。

「ああ、神様でも猫でもいいから、誰か助けてくれないかなぁ」

「ふにぃ……」

呼ばれたと思ったのか、ふにが答えるように鳴いて、重なった書面を見た。麻之助は笑って、次の一枚を手に取る。

「おやふに、何かありがたい事でも、この書面に書いてあるのかな」

しかし。

「……うーん、都合の良い事なんか、これっぽっちも書いてないや」

目に入ったのは、息子の事を心配する、父親からの訴えだ。それでも何か気になって、麻之助はその書面を読み返し、首を傾げる。

「おやおや？」

思うところがあってその一枚は横へ置き、次の相談事の書面を手にする。今度のそれは、姉を思う妹から、町名主への訴えであった。

「なんと、これは……」

麻之助は急ぎ先程の書面を手に取ると、二枚を文机に並べて見入った。何度か読み返し、寸《すん》の間ぐっと目をつぶる。そして、この後何をするか、腹をくくる事になった。

(さて私は、江戸中から文句を言われるかなぁ。それとも清十郎に感謝されるかな？)

それから一つ頷くと、まだ不機嫌な辰平へ、にっと笑いかけた。

3

「辰平さん、ちょいと止まって下さい。おとっつぁん達の邪魔しちゃ、駄目ですよ」

麻之助が声を掛けても、辰平は荒い足音を立てつつ、高橋家の廊下を歩んでゆく。そして、町名主三人が集まっている部屋の前へ行き着くと、迷わず障子を開けた。

怒りで顔を赤くして廊下に立つ辰平と、その後ろで小さくなっている麻之助の姿を見て、町名主三人は顔を見合わせる。

「麻之助、辰平さん、二人してこっちの部屋へ来るとは、どうしたんだい？　あたし達も悩みが続いてて、力は貸せないよ」

清十郎が、困った顔の麻之助へ問う。だが返答をしたのは、辰平の方であった。

「私はこれ以上、高橋家で手伝いなど出来ません。西松家へ帰らせて頂きます」

よろしいですねと、部屋の一番奥に座っていた己の主、哲五郎へ言ったのだ。

「真面目な辰平さんが怒るとは、なんとしたことか。麻之助が馬鹿をやらかしましたかな。いや、やったに違いない」

ここで父宗右衛門が、確信を持った口調で言ったものだから、麻之助は思わず己の足袋を見つめてしまう。哲五郎が慌てた様子で、辰平へ声を掛けた。

「突然どうしたんですか。寄進を集められなかった西松家が、皆さんにご迷惑を掛けているんです。だから辰平さんに、麻之助さんの手伝いを頼んだんですよ」

「それは分かってます。ですから旦那様、私はちゃんと働いていましたとも」

辰平は、己よりも若い哲五郎を、きちんと旦那様と呼んだ。しかし帰りたい、よろしいですかではなく、帰るつもりだと言い切った口調が強い。

「だが麻之助さんは仕事が嫌らしい。相談事へ、ふざけた返事ばかりをするんです」

もうつきあえぬと、辰平は口にする。宗右衛門が、息子を睨んだ。

「麻之助、お前余所《よそ》の手代さんにまで、いつもの馬鹿を言ったのかい？」

「おとっつぁん、私は大真面目で働いていたんですけど」

すると辰平は宗右衛門らへ、これを見て欲しいと、相談事の書面を突きだした。

『助けて下さい。今月の家賃が足りません。飲んべえの亭主勝吉《かつきち》は、金は酒に換えちまったと言いました。腹が立ったんで、火吹き竹でぶちました。名主様、勝吉を説教してやって下さい。熊長屋、かめ』

「おや、うちの支配町の、おかめさんだ。良くある悩みだね。でも火吹き竹を持ち出すとは、今回は余程腹に据えかねたとみえる」

宗右衛門が眉尻を下げると、辰平は言いつのる。

「麻之助さんはその相談の返事として、こう言ったんです。おかみさんに、また火吹き竹で亭主を打てと。亭主勝吉には離縁しろと」

「は？　何でそんな事を……」

「ふざけているんですよ！」

哲五郎が目を丸くしたその時、麻之助が辰平の後ろから、やんわり言い訳を始める。

「あのぉ、別に無茶を言った訳じゃないんですけど」

麻之助は己が何と返事をしたのか、そのまんま口にした。

『おかめさんへ。未だ腹立ちが収まらぬのであれば、構わぬから火吹き竹でもう一発、亭主をぶっておくこと。勝吉は不満があれば、おかめさん持参の財産を全部返した上で、離縁の三行半《みくだりはん》を書くこと。高橋家町名主代理』

するとだ。宗右衛門は、ああそう持っていったかと言い、怒りを引っ込めたのだ。

「は？　町名主さん、この返事でいいと思うのですか？　どうしてです？」

「いやその……おかめさんは支配町の人なんで、色々承知しているからねえ」

苦笑を浮かべた宗右衛門が、事情を話す。

「亭主の勝吉は働き者の振り売りだが、金遣いが荒くてな。時々手持ちが無くなると、かみさんの着物を勝手に質へ入れるんだ。それで二人は、しょっちゅう喧嘩をしてる」

今回も勝吉が悪いようなので、ただ慰めても、おかめは納得すまい。だが、一方的におかめから打たれただけだと、勝吉がへそを曲げそうであった。

「だから麻之助は、三行半のことを持ち出したんだろう。まあ大丈夫だよ。家賃まで使っちまったんだ。質にあるおかめさんの着物、請け出す金なぞ、勝吉にはないさ」

妻へ財産を返さなくては、勝吉は離縁も出来ないから、つまり別れる話にはならない。そして亭主を殴れと人から言われたら、何でぶたなきゃいけないのかと、長年連れ添ったおかめなら思う筈だ。

「ま、大家さんがその返事を二人へ読み聞かせたら、その内夫婦で麻之助の悪口を言い合って、事は収まるだろう。だからその返答で良いよ」

「おや、そういうことなんですか」

「麻之助、次からは辰平さんに、返答の理由をもっと詳しく話しなさい」

清十郎と哲五郎が麻之助を見て頷き、事は収まったかに見えた。だが、しかし。辰平は直ぐに、次の不満を口にする。

「ですが、まだ納得出来ない事はあります。いや、こちらの件は、何と説明を受けようと、了解など出来ません」

「麻之助、お前、幾つ馬鹿をしたんだい」

辰平が二枚目の書面を突きだし、息子のいい加減さに慣れている宗右衛門も、困り顔だ。麻之助はここで、その書面を指さした。

「おとっつぁん、実は不思議な相談を貰ったんですよ」

「不思議とは？」

三人の町名主が書面に目を向ける。麻之助は皆に分かるよう、相談事を読みあげた。

『町名主様。自分には、おなごにもてて仕方がないと称する、息子がおります』

訴えは、そういう一文で始まっていた。

『しかし二十歳を大分出ましたのに、未だ嫁が決まっておりません。心配でなりません。息子に嫁を世話して頂けないでしょうか』

何と、源《げん》というお人が寄越した文《ふみ》だと、麻之助は真剣な調子で言った。途端、宗右衛門が清十郎を見つめ、麻之助も頷く。

「このもてる息子って、清十郎、お前さんの事だって思わないかい？　この書面、清十郎を心配した父親の源兵衛《げんべえ》さんが、寄越したものじゃないかな」

大真面目に言った途端、宗右衛門の側で、哲五郎が口元を引きつらせた。

「源兵衛さんて……清十郎さんのおとっつぁまですよね？」

とうに亡くなった方ですよと、怖《お》じけたように言う。辰平のとんがった声が響いた。

「麻之助さん、死人があの世から、書面を送ってくる訳がないじゃないですか。誰かが寄越した、ただの相談事を、何でそんな奇妙な話に変えちまうんです？」

そうでしょうと宗右衛門に声を掛けた辰平は、目を皿のように大きくした。宗右衛門は、大真面目に考え込んでいたのだ。

そして寸の間の後、落ち着いた声で言った。

「いやこれは、本当に源兵衛さんからの、文かもしれないね」

辰平は言葉を失い、哲五郎は顔色を青くした。苦笑を浮かべたのは、清十郎だ。

「おじさん、いくら何でもそりゃ無いですよ」

清十郎からやんわりたしなめられると、宗右衛門は、親代わりを自負する亡き友の息子へ、真剣な目を向ける。

「だってねえ、亡くなった源兵衛さんは、清十郎さんが嫁を貰うのを、そりゃ楽しみにしてたんだよ。孫を抱きたいって」

なのに、なのに。おなごから好かれている筈の清十郎の縁組みは、一向に決まらなかった。果てはお気楽者の麻之助が、先に嫁取りをする始末で、源兵衛は息子の祝言を見ない内に亡くなった。無念はいかばかりであったろうと、宗右衛門は言いだしたのだ。

清十郎は一瞬天を仰いでから、宗右衛門の顔を見る。

「おじさん、その書面が父からのものじゃないと、ちゃんと分かってるんでしょう？　承知の上で、わざと麻之助の馬鹿な言葉に乗っかって、説教している気がしますけど」

するとと麻之助が横から、書面は源兵衛からのものだと懲《こ》りずに言い張る。何故なら次の相談事が、その事を示していたからだ。

「は？　麻之助、別の相談事を、どうしてこの相談にくっつけるのさ」

段々、妙な方へ逸れてゆく話に、清十郎が口をへの字にし、辰平が唇を引き結んでいる。しかし麻之助は次の書面を取りだし、構わず話を進めた。

「清十郎、まあちょいと、この相談事を聞きなさいな」

麻之助が三枚目の書面を読み上げる。

『助けて下さい。姉が故なく狐憑《きつねつ》きと言われ、縁談に差し障りが出ております』

気の毒な姉娘は扇屋吉田屋の長女で、おときだと書いてある。相談の書面を町名主へ寄越したのは、妹のお香《こう》だ。

「吉田屋のおときさんが、狐憑き！　まさか」

その名をよく承知しているようで、清十郎は目を見張った。宗右衛門は一寸眉を顰《ひそ》めた後、ぽんと両の手を打つ。

「おお、思い出した。吉田屋のおときさんか。以前清十郎さんと、縁があった娘さんだね？」

確か源兵衛も、おときのことは承知していた。だが当時は清十郎もおときも、まだ随分と若かった。直ぐに婚礼とはならない間に縁は薄れ、話は立ち消えになってしまったのだ。

「なるほど、今源兵衛さんが嫁を選ぶんなら、相手はおときさんかもしれないな。いや、きっとそうだ。麻之助、納得がいったよ。この二つの相談事が、同じ時に町名主の元へ届いたんだ。確かに二つは、縁があるに違いない」

最初の相談を寄越したのは、やはり源兵衛なのだろうと、宗右衛門が確信を持って語り出す。ここで辰平が顔を赤黒くした。

「宗右衛門さんまで、馬鹿を言わないで下さいっ。死人は町名主に相談なんかしません。こりゃもしかして、宗右衛門さんと麻之助さんは、似たもの親子なんですかね」

「冗談だよね？」

笑い出した麻之助と、憮然とした宗右衛門の声が揃う。辰平は首を横に振り、もう我慢ならないと言いだした。とにかく麻之助にはつきあえないと、主である哲五郎を、有無を言わせぬ眼差しで見据えたのだ。

するとと。何故だか宗右衛門はここで、あっさり仕方ないねと言ったのだ。

「麻之助、お前は辰平さんを怒らせた。屋敷にいても、役に立たないようだ」

つまり、だからして。

「これから吉田屋へ行って、おときさんの困りごとを、何とか解決して来なさい」

勿論そのときは、おときを良く知る清十郎を一緒に、連れて行かねばならない。おときも、馴染みの顔が己の事を心配してくれたなら、大層心強いだろう。

「あ、あの。では辰平を西松家へ戻しても、よろしいのでしょうか？」

ここで側からおずおずと問うたのは、哲五郎だ。だが宗右衛門は、好きにして良いとは言わなかった。

「いや、麻之助が出かけるとなると、山と残している筈の相談事は、私がやらなきゃならないんだ。辰平さんは、そいつを手伝ってくれねば困る」

「えっ？　でも清十郎さんは麻之助さんと、今から外へ行かれるんですよね？　宗右衛門さんまで他の仕事をするとなると、不足した寄進のことは、どうなるんでしょう？」

哲五郎は縋《すが》るような目を、宗右衛門に向ける。息子よりも若い町名主を見てから、宗右衛門は小さく息を吐いた。

「哲五郎さん、ずっと町名主三人で話してきたね。だが寄進が奇妙に少なかった訳は、未だに分からないんだ」

しかし祭りは迫っている。これから町名主が打てる手を、宗右衛門は一つしか思いつかないのだ。

「我らには、宙から金子を取り出す手妻《てづま》は出来ない。だからね、町内の方々に、もう一度寄進をお願いするしかなかろうよ」

勿論急場を凌げるよう、宗右衛門達も支配町の店に、また声を掛けてはみる。しかし金が不足したのは、西松家の支配町なのだ。

「西松家のいつもの仕事は、なるべくこっちが引き受けましょう。だから哲五郎さん、あんたが一に頑張って、寄進を集めなきゃいけないよ」

「えっ……町内の同じ店に、もう一度頭を下げにゆくんですか？　つい先日、金を頂いたばかりなのに？」

不足分は、他の町名主らが出してくれると思っていたのか、気が進まぬ様子の哲五郎が、情けのない表情を浮かべる。廊下に立つ辰平が、うんざりした顔でそっぽを向いた。

「おや、大変ですね。では私共も、仕事に行ってきます」

新たな用を言いつかる前にと、麻之助は清十郎の袖を引き、さっさと部屋から出て行く。すると宗右衛門は拳を握り、暗い顔の哲五郎の横から、力強く清十郎の背へ声を掛けた。

「清十郎さん、頑張ってくるんだよ。男に必要なのは気合だからね」

「あの、これから町名主として、悩み事を聞きに行くんですよね？　おじさん、何を頑張れと？」

「清十郎、ほらほら、出かけるよ」

麻之助は久々に表へ出た。空が高い。青い。道は人で賑わっており、見ているだけで気が晴れてくる。

「ああ、やっぱり外はいいね」

玄関を出た所で一つ伸びをしてから、麻之助はちらりと背後の屋敷へ目を向けた。

「さて、ちゃんと寄進が集まって、祭りが出来るといいけど。お江戸を救わなきゃあね」

清十郎も玄関の方を見た。

「あたしはおじさんが嫁取りに、妙に張り切っているのが恐いよ」

眉尻を下げた清十郎の背を、麻之助がぽんと軽く叩く。それから二人で、表の道へ歩み出ていった。

4

ほてほて歩きながら、麻之助は久々に、友とゆっくり話をした。やはりというか、清十郎の嫁取り話となった。

清十郎が、これから向かう吉田屋のおときと良い仲であった事は、麻之助も承知している。釣り合いの取れた相手だし、宗右衛門が期待するのも無理はないと思う。

しかし、麻之助がつい『まったなし』だと口にしたのは拙かった。その一言が気になるのか、おなごの話なのに、清十郎は珍しく眉間に皺など寄せている。ならばと話を変え、今度は不足した寄進の事を問うてみた。

「さっきおとっつぁんが、言ってたよね。西松家支配町だけ金が集まらなかった訳は、分からなかったって」

さて町名主三人は、どんな話し合いをしたのかと、麻之助は単刀直入に尋ねた。すると清十郎は、何故だかちょいと困ったような表情を浮かべたのだ。

「哲五郎さんは町名主といっても、まだ酷く若い。腹違いで、歳の離れた兄さんが跡目を継いでいたんだが、先年、十の女の子一人を残して急に亡くなったんだよ」

だから哲五郎はこの一年、最低限やらねばならないことを覚えるのに、必死だったらしい。それで寄進を己で集めたのは、実は今回が初めてだったのだ。

「おや、慣れないんで集まらなかったのかな？」

麻之助は一寸ほっとして、清十郎の顔を見た。もしそれが理由であれば、次から哲五郎はもっと上手くやる筈だ。

だが、しかし。麻之助は清十郎の顔へ、ぐっと己の顔を近づけた。

「でもその理由だけじゃ……ないよね？」

町名主哲五郎が諸事もの慣れないことは、周りは皆、分かっていた筈だ。そして西松家には、出来る手代がいる。他にも若い町名主を支える家人達はいた筈だ。なのに西松家の集めた寄進は、思い切り減ってしまった。

「だからおとっつぁんは、訳が分からないと言ったんだね」

麻之助は口をすぼめる。

「何だか今回の寄進の話、今朝の朝餉《あさげ》の膳に、似ているなぁ」

今朝の膳には何故か、飯と味噌汁、漬け物しか載っていなかったのだ。漬け物の横にもう一品、目刺しがあっても良さそうなのに、ない。誰かがそれを食べてしまったのではと、つい疑いたくなるが、目刺しがあったとの確証はない。下手にふにを疑ったら、引っかかれる。そういう朝のようなのだ。

「なんだい、その変な言いようは」

清十郎は笑う。

「まあそんな訳だから、寄進についての話し合いは、そろそろ手詰まりだった」

そしてどういう話に落ち着こうが、金は天から降ってこない。

「つまり結局、また支配町の人へ、寄進を願うしかないって分かってた。多分、だから宗右衛門おじさんは、麻之助の妙な話に乗ったのさ」

町名主の話し合いを終わらせ、哲五郎を寄進集めに向かわせる為に。

「そういや哲五郎さん、気が進まない様子だったねえ。そいつをせき立てる為、何かきっかけが必要だった訳か」

「しかしそれが何で、あたしの嫁取りに繋がるのかな。やれやれ、色々あるよ」

清十郎が少し疲れたように言う。

清十郎もまだ若く、家を継いでから長くは無い。今回のような事態への対処も、仕事として一つずつ覚えていくのだろう。

この時清十郎が、往来のまん中で、ふいに立ち止まった。それから麻之助の顔を見つめ、こう問うてくる。

「そういやぁ高橋家じゃ今年、寄進集めは全部、麻之助がやったんだよな？」

麻之助は頷いた。

「最近おとっつぁんは、面倒くさい仕事があると、私に押っつけるんだよう。酷いと思わないか？」

今回の寄進集めもそうで、麻之助は結構苦労したのだ。

「しかし、いつものように集まったんだよな？　慣れない麻之助が集めたからって、減ったりはしなかった訳だ」

麻之助は頷くと、事情を友に告げる。

「私が寄進集めに回ったらさ、どの店でもそりゃあ心配してくれてね」

きっと、ろくに集められないに違いない。仕方ない、少しばかり多めに包んでおこうと、そう言ってくれるありがたい大店まであったのだ。

「そりゃまた何と言うか……麻之助、一体どこが苦労だったんだ？」

「金は十分くれたけど、全部の店で説教された。怠けちゃ駄目ですよって」

「わははははっ」

遠慮無く笑った後、清十郎はすっと表情を引き締める。

「やっぱり分からないな。どうして西松家だけ、寄進を集められなかったんだろう」

西松家の哲五郎は、まだ十六という若さだ。お気楽者と言われている麻之助よりも、更に皆の気遣いを受けたに違いないのだ。

「なのに、何で」

そうつぶやいたものの、清十郎にも麻之助にも、これという考えは浮かばない。その内、道の先に扇屋吉田屋が目に入ってきて、二人は言葉を切った。

暫《しばら》くぶりにおときに会うからか、清十郎はちょいと髪へ手をやり、胸元の乱れを整えている。麻之助は軽く笑って、先に紺色の暖簾《のれん》をくぐった。すると。

「痛ぁっ」

いきなり何かが麻之助の額に、かつぅんっと明るい音を立てて当たったのだ。落ちたのは、扇であった。

「麻之助っ」

思わず土間へ座り込んだところ、清十郎が駆け寄ってくる。そこへ今度は、店奥から丸い藁《わら》の敷物、わろうだが飛んできて、ものの見事に清十郎を打った。それは大きく跳ねて畳の間までいき、店表にあった商売物の扇を、幾つか落としてしまう。

「な、何が起こったんだ?」

清十郎が呆然《ぼうぜん》と立ち尽くし、麻之助が頭を抱えていると、土間の奥から若いおなごの声が響いてくる。

「冗談じゃないっ。わざわざ吉田屋にまで来て、ふざけた事を言わないでっ」

扇屋には何とも相応《ふさわ》しくない、威勢の良い声であった。すると、店奥から四十路《よそじ》くらいのおなごが表へ出てくる。だがおなごは道へは出ず土間に留まると、振り返り、奥から聞こえてくる声と言い合いを始めた。

「せっかく心配してやったのに。こりゃおときさんだけじゃなく、お香さんにも狐が憑いてるのかね!」

「平井屋《ひらいや》のおかみさん、油屋だけあって、要らないことを言う舌が滑らかに回るわね。でも狐憑きの噂を広めてるの、お万《まん》さんじゃないか!」

「ば、馬鹿なこと言うんじゃないよ。あたしゃ知らない話だね」

それからおかみが狐について、更にあれこれ言いだしたからか、奥から若い娘が駆け出てくる。手に小さな壺を持っており、お万を睨むと、壺に手を突っ込んだ。

麻之助は慌てて身を小さくかがめる。

「清十郎、ちゃんと避《よ》けろよ」

「は?」

友が身構えたその時、お香が大きく手を振り上げ、きっぱりとした声を響かせた。

「一昨日《おととい》きなっ」

すると平井屋のおかみがさっと、清十郎の後ろへ回り込んだのだ。

そして気がついた時、清十郎は頭から、真っ白な塩を浴びていた。

5

表へ出て、清十郎の総身から塩を叩き落としてから、麻之助達は吉田屋へ戻った。

一応きちんと名乗りはしたものの、吉田屋は八木家の支配町にあるから、町名主の清十郎とは顔見知りだ。

主は直ぐに二人を奥の間へ通し、そこに綺麗な娘、おときが茶を運んでくる。一緒に現れたお香は、親から恐い顔を向けられ、畳に両の手を突いて謝る事になった。

「町名主様、塩など投げてしまい申し訳ありませんでした。お許し下さいませ」

どう考えても清十郎へ撒いた塩ではなく、もういいからと友が告げると、お香はじっと清十郎を見てから、また頭を下げた。だが顔を上げたお香は、姉よりもはっきりした質《たち》なのか、小さく口を尖《とが》らせている。

「まさか平井屋のおかみさんが、町名主さんを盾にするなんて思わなくて」

既に狙いを定めていたお香は、塩を撒く手を止められなかったのだ。

「こらっ、お香！　要らぬ事を言って」

途端、親である吉田屋の厳しい声が飛び、おときが妹を庇《かば》うように割って入ったので、言い合いを止めようと、麻之助達が横から用件を告げる。持ってきた相談事の書面を、主に見せたのだ。

「おときさんが妙な噂を流され、困っておいでとか。お香さんはそれに、心を痛めているようだ」

すると吉田屋は、一寸お香を見てから、大きく頷いた。吉田屋は誰かに話を聞いて欲しかったようで、直ぐに麻之助達へ事情を語り出す。

「娘は狐憑きだとの噂を、最近聞くのです。いえ、勿論本当のことではありません。噂を流した者も分かっております。先程来ていました平井屋のおかみ、お万さんです」

ついでに、お万がそんな話を広めた訳も、承知している。今、おときには縁談が来ているのだが、お万の娘は、その縁談相手、米屋小池屋《こいけや》の正之助《しょうのすけ》に惚れているのだ。

「うちのおときを狐憑きに仕立てて、縁談を壊したいんでしょう。その後、娘を正之助さんの嫁にする心づもりだと思います」

最初は露骨で馬鹿なやり方だと、吉田屋は相手にしなかった。おときはおっとりした娘で、町の皆が世迷《よま》い言《ごと》を信じるとは、とても思えなかったからだ。ところが。

「噂というのは、恐ろしいものでした。おときの顔を見たこともない人が、面白がって話を広めてしまったんですよ」

気がついた時には、おときの縁談相手の家、小池屋にまで話が伝わっていた。わざわざ先方の隠居が見舞いにきたので、噂は馬鹿馬鹿しい空言《そらごと》だと伝えたものの、相手が納得したかどうかは怪しかった。

「このままでは本当に、おときの縁談に障るのではと心配しております。それで妹のお香が、町名主様へ相談したのだと思います」

そんな時、小池屋の隠居が訪ねて来たのを知ったようで、調子に乗ったお万は今日、吉田屋に押しかけてきたのだ。そうして同情するふりをしながら、店先で何度も、狐憑きという言葉を大声で繰り返した。止めても聞かず、奉公人達が囲んで店の外へ出そうとすると、柱にしがみついて更にわめき立てる。

恥も外聞も無く騒ぐお万に、吉田屋が頭を抱えたとき、妹のお香が、お万と対峙《たいじ》したのだ。怒鳴り返し、最後には塩を持ち出したのだから、お香は利《き》かん気《き》なのだろう。

「なるほど。それで清十郎が頭から塩を被った訳ですね」

麻之助達は頷く。お万は騒ぎの間に、さっさと逃げ出していた。

ここでお香が、もう一度ぺこりと麻之助達に頭を下げた。そして、厄介な噂から姉を助けて欲しいと、真剣に頼んできたのだ。

「誰がどういう訳で何をしたか、はっきりしてます。町名主さんなら、何か手を打てませんか?」

麻之助は清十郎と、顔を見合わせる。

「うーん、どうだろうか」

例えば、町名主達が頭を悩ませている寄進の件よりも、事情は余程分かりやすいと思う。だが、しかし。

「対処がしやすいかというと、そうでもない。相手が噂じゃあなぁ。厄介だ」

吉田屋が大きく頷いた。

「そ、そうなんですよ」

何しろ、若くて綺麗な娘が絡んだ噂であった。井戸端で話すのにも、振り売りが商売物と一緒に訪れた長屋で、ちょいと話の種にするのにも、格好の話題なのだ。

「だからか広まることはあっても、消えてくれないんです。どうしたらいいんでしょうか」

吉田屋は真顔で、更に麻之助達へ近寄ってくる。麻之助と清十郎はうなったが、どちらからも妙案など出てはこなかった。正直なことを言えば噂を消す方法など、麻之助には思い浮かばない。

しかし。

ここで麻之助は一つだけ、無謀なやり方を思いついた。あっさり笑い飛ばされるかもしれないが、もしかしたら、面白いというかもしれない。麻之助は腹を決めると、試しに吉田屋へ聞いてみる事にした。

（おとっつぁんの期待は分かっているし。おときさんは益々、綺麗で優しげな娘さんになっているし）

そして清十郎に、幸せになって欲しかった。

「吉田屋さん、噂は消せるもんじゃない。そう割り切って、次の一手を打った方が良いと思いませんか？」

狐憑きの噂が立ったせいで、今おときが困っているのは、縁談の事だ。

「ならば、です。おときさんは、そんな噂など歯牙《しが》にも掛けない相手と、早々に婚礼を上げたらどうでしょうか」

「逆に早く、おときの縁組みをまとめてしまえということですか？」

噂がある内は、縁組みするのは無理だと思っていたのだろう。思ってもみなかった考えのようで、吉田屋が目を見開き、おときも驚いている。麻之助は話を続けた。

「狐憑きと言われたおときさんが、嫁に行けるか駄目になるか、皆、興味津々なんですよ。面白がってるから噂が続くんです」

おときが無事嫁ぎ、平穏な毎日を送ってしまえば、馬鹿馬鹿しくなって、話を続ける者はいなくなる筈だ。それに今回は、噂を流した主もその訳も分かっている。亭主にすべき良き男であれば、馬鹿馬鹿しい噂など笑い飛ばすべきなのだ。

そう言われて、おときと吉田屋は顔を見合わせた。

「それは……そうですね」

二人は共に頷く。麻之助はおときまであっさり分かってくれたので、目を輝かせた。

「こうも話が早いとは、ありがたい。それでですね、相手のことなんですが」

勿論、良く知った人がいいですねと言うと、おときも首を縦に振る。横で、清十郎の体にぴしりと力が入るのが分かった。麻之助は己の言葉を思い出すことになる。

（縁がある人とは、吃驚するほどあっという間に、話がまとまるものさ）

確かにそう言った気がする。そして……もしかしたら本当に、そうなるかもしれない。

（あれまあ）

心の内で、期待が膨れあがってゆく。

すると。麻之助が続きを言う前に、おときが口を開いたのだ。

「勿論、縁談がある小池屋の正之助さんに、話を聞いて頂きます。ずっと心配してくれていました。きっと私を助けてくれます」

頬をぽっと染めつつ、おときは嬉しげに言ったのだ。吉田屋が隣で頷いている。

「へっ？　正之助さん？　あれれ？」

麻之助が、大いに調子の狂った声を出し、清十郎は眉尻を下げてしまった。そして何に気がついたのか、おときの横で、お香が小さく笑っている。

（ありゃあ……）

確かに、清十郎とおときが親しかった頃から、既に何年もの時が過ぎてしまっている。そして麻之助達は、おときに縁談があることも、承知していた。

ただ。

（大店じゃ、縁談相手とは会った事もないなんて、珍しくもない話なのに）

麻之助は、おときが既に相手を知っていて、好いているとは考えていなかったのだ。

つまり、大いに抜かってしまった訳だ。

（やれおとっつぁん、見込みが外れちまったみたいだ。これじゃ、清十郎が直ぐに嫁を貰うのは、無理だなぁ）

高橋家の屋敷に帰って次第を報告したら、麻之助の心配りが間抜けであったからだと、説教を喰らうに違いない。

（でも惚れた腫れたは、思いの外《ほか》なんだからして、その……）

とにかく吉田屋の困りごとへは、一応助け船を出せたようで、大いに感謝された。腰を上げ帰る事になった時、清十郎がおときへ優しい笑みを向けた。

「おときさん、縁談が上手くいくよう祈ってます。ご主人、お祝いを贈ってもよい話となったら、町名主の屋敷へも一報下さいな」

腐っても鯛というか、振られても色男がおなごへ向ける言葉は、ぐっと心に響くものであった。吉田屋が嬉しげな表情を浮かべる。

「おお清十郎さん、お優しいことを。町名主を継がれて、ご立派になられましたな」

ありがとうございますという言葉に送られて、二人は吉田屋の店表、土間へと足を進めた。すると。

「えっ？」という短い声を上げ、見送りの吉田屋が急に足を止めたのだ。店前の道に、隠居のなりをした男が立っており、厳しい表情を浮かべていた。

「これは小池屋の御隠居さん。ちょうど今、お孫さんの正之助さんに会いたいと、話をしていたところなんですよ」

勿論、おときとの婚礼話を進めるとなれば、当人同士の話し合いだけで決められない。だから吉田屋は嬉しげな顔をして、小池屋の隠居へ寄っていった。

ところが。

にこにこと恵比寿顔の吉田屋へ、隠居は仏頂面《ぶっちょうづら》を向けたまま、ろくに頭も下げなかったのだ。そして奥へ通されるのも待たず、店表の畳の端へ腰掛けると、低い声で話し始める。

「今、平井屋のお万さんが、小池屋へ駆け込んできなさった。酷く取り乱していたよ」

何でも吉田屋へ見舞いに行ったら、おときの狐憑きの噂はお万が流したと、家人から言いがかりを付けられた。そして可哀想なお万が、やっと自分の店へ帰り着いたら、吉田屋はそこへも嫌がらせをしてきたというのだ。

町名主と親しい吉田屋は、平井屋へ町名主を行かせた。そして、狐憑きの噂が収まらない場合、お万は謝罪の金を出さねばならないと、脅したという。

「お万さんを脅すとは、どういう事なのかね。吉田屋さん、もしかしたらおときさんは本当に、狐憑きなんじゃなかろうな」

「はぁ？　何でお万さんの名が、町名主さんと一緒に出てくるんですか？」

吉田屋が心底驚いた顔で、立ちすくんでいる。事が思わぬ方へ転がった事に気がつき、麻之助は慌てて話に割って入ると、町名主高橋家の息子だと名のった。

「あの、お万さんの所へ行った町名主は、多分西松家の哲五郎さんです。皆さんにお願いしている寄進を、頼みに行っただけですよ。吉田屋さんとは関係の無いことです」

すると、ここで隠居はとんでもないことを言いだした。

ないね」

「寄進？　うちも西松家の支配町だが、そんな話は聞いてないよ。少なくとも、最近は

「えっ……？」

この返答には清十郎と麻之助が揃って驚き、噂話のことはそっちのけにして、隠居をまじまじと見つめてしまう。

「最近、誰も寄進を集めていないんですか？　お願いに行くのは、二度目の筈なんですが」

一体、どういう事だろうか。清十郎は横で顔を顰《しか》め、深く息を吐くと、隠居へ頭を下げた。気がつけば狐憑きの話は、お万へと逸れたあげく、寄進の話へずれていた。

「小池屋の御隠居、お手数な事は承知ですが、その寄進の話を、詳しく聞かせて頂けないでしょうか」

迷惑であろうが、出来ればこれから、町名主高橋家の屋敷へ行ってもらえると、大変ありがたい。清十郎はそう続けた。

「はい？　どうしてだね」

「最近寄進が集まらぬことで、町名主は悩んでおります。それで、御隠居のお話を伺いたいのです」

是非、町名主である高橋家の宗右衛門と共に聞きたいと告げると、隠居は寸の間、驚

いた表情を浮かべた。

「何やら、大事《おおごと》みたいだね」

だが直ぐに諾《だく》と返答があり、麻之助達はほっとした。だが土間でこれを聞いた吉田屋が顔を顰める。

「町名主さん方、お二人はうちの悩み事の相談に乗る為、来て下さったんじゃないんですか？」

なのに、おときの縁談相手の祖父を、別の用で連れて行ってしまうのかと、吉田屋は不満顔だ。

「おときを放り出すんですか」

麻之助は慌てて、吉田屋を宥《なだ》めた。

「いやいや、おときさんの悩みを忘れた訳じゃありませんよ。勿論ですよ。ただ、その」

麻之助は必死に考えを巡らせ、こう言ってみた。

「うちの屋敷には、父の宗右衛門もおります。御隠居もこれから来られる事だし、一緒に吉田屋さんもおいでになりませんか」

どうせ町内の事は、とことん揉めた場合、町名主が裁定する事になる。

「お万さんがまた、妙なことを触れ回っているようだ。吉田屋さんも一度屋敷で、おとっつぁんと話してみませんか？」

かくて隠居と吉田屋、それにおときとお香までが、高橋家へ向かう事になった。

6

賑わう大通りを歩めば、大八車に振り売り達、急ぐ職人に娘達までいて、今日も賑やかだ。そんな中、麻之助達は早足に道をゆく。

「寄進の話を御隠居から聞けるのは、本当に助かるよね」

しかし麻之助は、困ってもいた。

「おとっつぁんは、渋い顔するだろうなぁ」

清十郎と二人で、吉田屋へ事を解決に行ったのに、悩み事を増やして帰ることになった。宗右衛門から叱られる事、必定《ひつじょう》であった。

しかも吉田屋の面々は今、おときが狐憑きなどではないことを隠居へ話すのに必死で、麻之助の愚痴など聞いていない。麻之助は悲しそうに溜息をつき、話が更に、こんがらかってきそうな気がすると、清十郎へこぼした。

「ねえ、もてる男として、色恋の話だけでも何とかできないかい？」

「あたしはふられたんだよ。無理」

そして高橋家へ帰ると、たまげた事に、更なる困り事が待ち受けていた。玄関で手代の巳之助《みのすけ》が、先客がいると言ったのだ。何と麻之助が相談事の返答をした、おかめ達だという。

突然の鳴き声に驚いて目を向けると、ふにが廊下で足を踏ん張り、いつにない大きな声を上げている。

「ふぎゃーっ」

(大いに不吉だ。何でこんなに、重なるんだ?)

麻之助は寸の間立ち尽くし、考えを巡らせた。少しでも悩みを減らすため、今、打てる手が何かないか、必死に考えたのだ。そして。

(そうだ、もてる男なら……何とかできるかもしれない)

そしてとにかく、吉田屋の一行と小池屋の隠居には玄関の間で待ってもらい、巳之助を呼ぶと、小池屋へ使いに出てもらった。

その後、清十郎と共に宗右衛門の居間へ顔を出したところ、不吉な虫の知らせが、大いに当たっている事を知った。額にくっきり赤い跡を付けた宗右衛門が、長火鉢の横から不機嫌な顔を向けてきたのだ。

「おとっつぁん、どうしたんです?」

良き息子である麻之助は、ちゃんと親のことを心配した。すると情深き息子として振る舞ったのに、麻之助はさっそく宗右衛門から叱られたのだ。

「全く、お前に仕事を頼むと、こっちにまで災難が及ぶから困ったもんだよ」

しかし麻之助は跡取り息子だから、何もさせない訳にはいかない。宗右衛門が嘆くように言ったので、麻之助は明るく答えた。

「おとっつぁん、何があったのかは知りませんが、私が働く事で、ご迷惑を掛けちまったようで」

ならば自分はこの先、仕事が無くなっても、とんと気にしない。親を困らせるより、両国橋辺りで楽しく遊んでいましょうかと言ったものだから、清十郎が噴き出し、宗右衛門はますます不機嫌になった。

額の赤あざを指すと、これは部屋の隅にいる、おかめとその亭主勝吉に付けられたものだと、宗右衛門は口にする。振り返った麻之助は、部屋に余人がいたことに驚いた。

「おや、おかめさんに勝吉さん、随分静かにしていたんですね。でもお二人は、どうして高橋家に来たんです？」

「麻之助さんが、相談に乗ってくれたでしょう？　その言葉の通り、あたしは勝吉をもう一度、この火吹き竹で打ったんですよ」

おかめは明るく言って、竹を見せた。それで気は収まったのだそうだ。

一方勝吉は、気に入らねば離縁しろとは言われたものの、麻之助が考えた通り、三行半を書こうにも妻へ戻す金がない。よって不満を募らせたあげく、町名主の屋敷へ文句を言いに来たのだという。

「あれま」

「麻之助がいないもんだから、私が応対に出たんだがね。勝吉は、その時の話が気に入らなかったって言うんだよ」

勝吉は宗右衛門に火吹き竹を見せ、こんなに太い竹で妻に打たれたことを、慰めて欲しいと訴えた。しかし宗右衛門は勝吉を見ると、この時とばかりに、無駄遣いは止せと説教をしたのだ。

「ははあ、もの凄く面白くなかった勝吉が、持ってきた火吹き竹で、おとっつぁんを打ったんですね」

拙いときに、拙い言い方をするからですよと、麻之助が苦笑する。途端宗右衛門は、ぐぐっと眉を吊り上げた。

「確かに虫の居所が悪いときには、言われ方次第で腹が立つもんだ」

宗右衛門は大いに納得すると、おかめの火吹き竹で、麻之助をぽかりと打ったのだ。

「おとっつぁん、酷いですよう。ちゃんと慰めたのに」

「ああ、言うべき事は言っていたな。言うべきでないことも、聞こえたが」

だから打たれたんだと、親はしゃあしゃあと言う。

「ものには言い方がある。うん、納得をした」

「おやぁ、町名主さん、おれの気持ちを分かってくれたのかいな」

勝吉が嬉しげに、そう言った時であった。玄関の方から大きな声が聞こえたものだから、麻之助と清十郎が、慌てた表情で立ち上がる。

「あれいけない。客人を屋敷へ連れて来てたんです。おときさん姉妹と、その父吉田屋さん、それに縁談相手の米屋、小池屋の御隠居が玄関においでです」

おかめたちに寸の間手をとられている間に、何が起きたというのだろうか。響く声は、どんどん大きくなる。もしや隠居と吉田屋が、言い合いでもしているのかと心配になったが、よく聞くと、争う声は両人のものではなかった。

「何と、片方は哲五郎さんの声じゃないですか。相手は……手代の辰平さんだ！」

客もいるのに、町名主が裁定をする場所、玄関で何を言い合っているのかと、麻之助と清十郎が玄関へ急ぐ。すると後ろから、宗右衛門、勝吉夫婦までがぞろぞろとついてくるのが、目の端に入った。

（あれ、おとっつぁん、物見高い）

町名主は、支配町内で争う者達を屋敷に集め、玄関で裁定する。だから土間八畳、畳の間八畳と、玄関は広かった。その裁定の間には、困り切った顔の吉田屋達と、争う二人の姿があった。

「哲五郎さん、辰平さん、何をやってるんだい！」

何故だか宗右衛門が真っ先に声を掛けると、さすがに二人は摑み合いを止めた。だが直ぐに辰平が、厳しい調子の言葉を口にする。

「宗右衛門さん、聞いて下さいな。寄進集めに行った旦那様は、早々に、ある店のおかみと揉めちまってたんですよ」

二回目の寄進集めでは、宗右衛門との仕事が終わってから、辰平も店を回った。ある店で寄進をお願いした折り、平井屋のおかみの話を耳にしたのだ。おかみは吉田屋の差し金で、西松家の町名主に脅されたと、そう言い回っているらしい。

とにかく事をはっきりさせねばと、辰平は哲五郎を連れ、宗右衛門の所へ来た訳だ。

「二度目のお願いだ。そりゃ、不満に思う店もありましょう。だけど西松家の町名主がお店のおかみを脅したとは、どういう事ですかね？」

ここで吉田屋が、横から口を挟む。

「あの、うちの店は、お万さんを脅してくれなどと、誰にも頼んじゃいません。確かで無いことを、真実《まこと》のように言わないでくれないか」

「は？　失礼ですが、どなたです？　えっ？　吉田屋さんなんですか」

「そうだよ辰平。私は誰も脅しちゃいない。第一、お万さんて人には会った事もないよ。どこの誰か、知らないってば」

哲五郎がそう言い切ると、それを聞き逃さなかったのは、隠居だ。急ぎ哲五郎の前へ進み出て、その言葉を確かめる。

「あの、お前様が西松家の町名主さんなんだね？　本当に平井屋のお万さんの事は、知らないんですか？」

「知りません！」

哲五郎がきっぱり言い切ると、隠居は、お万の言葉はうそだったのかと、腕を組んで考え込んでしまった。呆然とした表情を浮かべたのは、辰平だ。

「ええと……話が分からなくなった。寄進と噂とお万さんと吉田屋さんが、一体、どう関わっているんですか？」

話が見えないのは同じらしく、吉田屋とおとき、お香も揃って首を傾げている。その時更に、麻之助の横で清十郎が眉を顰めた。

「あの、お万さんの店平井屋は、西松家の支配町にありますよね？　一回目の寄進をお願いしたとき、哲五郎さんは、おかみに会わなかったんですか？」

「えっ？」

哲五郎の目が泳ぐ。立ち寄った店に、たまたまおかみが居なくとも不思議ではない。なのに、必死に言い訳を考えているのが見て取れて、辰平の厳しい声が響いた。

「旦那様、一回目、平井屋へ寄進を貰いに行ったんですか？　もしかして……行ってなかったんじゃないでしょうね？」

　まさかとは思うが、今回寄進が少なかったのは、初めて寄進集めをした哲五郎が、怠けたからなのか。

「そうなんですか？」

　重ねて聞かれた途端、哲五郎の顔が赤くなる。麻之助は辰平が怒鳴るかと思ったが、驚いた事にその表情は、泣き出しそうに見えた。

「一回目、途中まで私も一緒に店を回った筈です。頼み方は十分分かったでしょう？何で、回るのを止めてしまったんですか？」

「止めたりはしてないっ。でも……」

「でも？」

　だが、哲五郎の言葉が途切れる。すると麻之助が、若い町名主へ顔を近づけ、ひょいと片眉を上げた。

「もしかして、辰平さんが居なくなった途端、訪ねた先の態度が、がらりと変わったのかな？」

　辰平は、出来ると評判の手代であった。先代の時から、その仕事を支えてきた者なのだ。だから勿論、まだ子供に毛が生えたくらいの哲五郎よりも、ぐっと信用されている筈だ。

哲五郎は……少しして頷くと、足下へ目を落とす。

「辰平がいたときは、皆、真っ先に頭を下げてきた。だけど私が一人で寄進を頼んだら、判で押したようにみんな、町名主の仕事とはどういうものなのか、その町名主である私に、あれこれ聞かせてきたんだ」

哲五郎はもう一年近くも、仕事をしてきているというのに。商人達は説教をするばかりで、なかなか金を出さなくなった。

「だから、そのまま帰った店も多かった。平井屋におかみがいたかどうかなんて、覚えちゃいないよ」

寄進は思うように集まらなかったものの、町入用の金子とは違う。だからこんなに困るとは思っていなかったと、哲五郎は白状をした。なのに大事になってしまい、己では始末がつけられず、宗右衛門に泣きついたのだ。

「おやおや」

溜息をついたのは、宗右衛門だ。

「町名主が、意見をされたから逃げ出していたとは」

その時、どうやら話に聞き耳を立てていたらしい振り売りの勝吉が、へらへらと笑い出した。そして哲五郎へ、ちょいと憎たらしい表情を向ける。

「町名主様って言ってもさぁ、大した事はねえや。亭主を火吹き竹で打てと、そそのかすし。その上寄進一つ、満足に集められないときてる」

見下すかのように、気持ち良さそうに笑い続けるものだから、哲五郎は耳まで赤くしてしまった。すると。

随分と恐い表情を浮かべた辰平が、勝吉と向き合ったのだ。町名主は、支配町中からの話を耳にする。喧嘩を売るには恐い相手であることを、勝吉は分かっていなかった。

そして辰平は、町名主の片腕であった。

「振り売りの勝吉さん。あんた最近、竹筒に貯めておいた長屋の家賃を、使い込んじまったんだってね？」

辰平は高橋家でおかめ達の話を耳にした後、気になってちょいと調べたのだ。そして、亭主が金を使った訳を摑んでいた。

「女がいるみたいじゃないか。入れあげてる相手は、梅の木茶屋の姉さんだね」

呆然とする勝吉へ、辰平は更に言いつのる。

「でもあの姉さんには、とうに旦那がいるよ」

「えっ、ど、どこの誰なんです？」

「ありゃ勝吉さん、その問いは拙いよ」

麻之助が言ったその時、既におかめが般若の表情を浮かべていた。妻に金で苦労をかけたのは、女に酒手《さかて》をはずむ為だったのだ。

「このろくでなしっ」

宗右衛門から火吹き竹を取り戻すと、おかめは思いきり勝吉を打ち始めた。「わあっ」悲鳴を上げた亭主が逃げる。吉田屋の背に回り込み盾にしたものだから、こちらでも大声が上がった。

　吉田屋が逃げた先に隠居がいて、どうした弾みか火吹き竹で打たれ、「ひえっ」と声を上げしゃがみ込む。それを見て、慌てて宗右衛門が割って入ったが、こちらも一発を喰らい、今度は月代《さかやき》に瘤《こぶ》を作った。

「ありゃあ、大騒ぎだね」

　ここでのんびりとした声を出したのは、麻之助であった。揉め事には大いに慣れているから、おときを連れ、さっさと部屋の隅に逃げ出していた。清十郎もぬかりなく、こちらはお香を助け出し、隣で溜息をついている。麻之助へ、ちらりと目を向けてきた。

「こりゃあ、幾つの話が、どういう風にこんがらがったんだ？　どうやってこの場を収めたらいいんだよ」

　問われた麻之助は、へらりと笑う。

「話のもつれを、直ぐに解くのは難しかろうね。でも、この場を収めるだけなら……ああ、やっと来たか」

「誰がだ？」

清十郎とおとき姉妹が、足音の近づいてくる玄関先へ目を向ける。手代の巳之助が、若い男をつれてきていた。

すると。おときが真っ先に、声を上げる事になった。

「正之助さんっ」

さっと麻之助の側から離れ、縁談相手、小池屋の跡取りの方へ向かう。思わぬ者の登場に、部屋内の皆が、あっという間に動きを止めた。

そして。

正之助は何を言うより先に、おときをその腕に抱き留めていた。

7

翌日のこと。

町名主高橋家では、宗右衛門、清十郎、麻之助が、長火鉢を囲んでいた。猫のふにが、今日は満足の顔で、麻之助の膝で寝ている。

「麻之助、昨日は何とか場が収まったから、それでよしとして皆に帰って貰った。だが一体、何がどうなっていたのかい」

分かるようにちゃんと話せと言われて、麻之助は素直に頷いた。昨日余りに活躍したので、宗右衛門はおかめから火吹き竹を取り上げており、それが長火鉢の脇に置いてあったからかもしれない。

「ええと、色々ありましたが、結局揉め事は三つだったんですよ」

一つは、おかめと勝吉の喧嘩。

二つ目は、町名主哲五郎が持ち込んできた、寄進不足の話。

三つには、吉田屋おときの、狐憑きの件。

一の悩み事には、勝吉の女遊びが絡んだ。二には、祭りが出来るか否かと、西松家の手代辰平が関わった。そして三は厄介にも、平井屋お万、小池屋の隠居や吉田屋家族、そして縁談相手の正之助まで関係した。

「で、話が増えたんで、昨日は大いにもつれちゃった訳です」

一つ目の夫婦喧嘩は、再び火吹き竹を大いに振るったおかめの勝利で、昨日幕を閉じた。もっとも、巻き込まれ再び打たれた宗右衛門が、昨日の内に二人へ雷を落とした。

「二つ目の、町名主哲五郎さんの騒ぎですが。これがどういう始末になったか、おとっつぁんも清十郎もご承知だ」

昨日騒ぎの後、哲五郎達だけは高橋家へ残ったのだ。とにかく寄進の話は、町名主達で片付けねばならなかったから、西松家の二人は宗右衛門、清十郎、麻之助の三人と話し合った。ただ。

「辰平さんはもう、何がいけなかったのか、この後どうしたらいいか、分かってましたね」

西松家の先代は哲五郎の兄であったし、一人娘もいた。兄が急死しなければ、哲五郎の姪《めい》に婿《むこ》を取ったかもしれなかったのだ。

だから哲五郎には、町名主になる準備ができていなかった。そして。

「もし姪御さんがもう少し大きかったら、辰平さんが婿になっていた。哲五郎さんは、そう思ってたと言ってましたね」

つまり辰平が、町名主になっていたかもしれない。それが引っかかっていたから、哲五郎は辰平に、素直になれないのだ。仕事で失敗をしても、辰平には泣きつけなかった。

「それが寄進が不足した、本当の訳でした」

清十郎がやれやれと、こめかみを掻く。

「辰平さんはこれから、哲五郎さんに嫌だと言われても、きちんと仕事を教えていくと言ってたね」

辰平は昨日、勝吉から主の哲五郎を庇った。哲五郎も辰平に頭を下げたから、二人は少しずつ、やっていけるようになるだろう。

そして三つ目。

「吉田屋おときさんの、狐憑き騒ぎのことですが」

実はこの話だけは、上手くいかない事が残ったと、麻之助が何時になく厳しい表情を浮かべた。

「狐憑きの噂の元はお万さんだ。原因は娘の為、正之助さんとの縁談を壊したい事でした」

この話の恐いところは、問題がはっきりしていたのに、事を上手く封じられなかったことだ。お万が流した噂は、厄介な代物であった。町名主はこれから、気を付けねばならないだろう。

「お万さんが、なりふり構わず空言を広げ過ぎました。事は西松家の寄進の話にまで絡んじまった」

だがその騒ぎのおかげで、哲五郎が何をしたか、分かることになった。その上、勝吉の女通いも露見して、火吹き竹の一撃が、夫婦の勝ち負けを決めたのだ。

「ついでにおとっつぁんも、一発喰らっちまいましたが」

「全く、やれやれだよ」

「でもおとっつぁん、正之助さんがちゃんと、狐憑きの話に幕を引いてくれたんで、ほっとしました」

隠居達と共に屋敷へ戻ったとき、更に困りごとが重なりそうだと知った麻之助は、勝負に出たのだ。手代の巳之助を、正之助の所へ使いに出していた。

「正之助さんがきちんと、おときさんを嫁にすると言うかどうか、確かめようと思いまして。すると言い切ってくれたんで、全部が収まったんだと思います」

正之助が嫁はおときと決めてしまえば、狐憑きの噂は意味のないものとなる。お万はもう、おときを困らせはしないし、哲五郎に脅されたなどとも言わぬだろう。

全てがまあ何とか、落ち着いていった。

「正之助さん、まだ定まっていない縁談だったんで、噂を聞いて、おときさんを心配しつつも、動けなかったようで」

麻之助が気持ちを確かめたことで、その迷いが払われたわけだ。

「まあ、めでたし、めでたしです。やっと問題は、みな終わりました」

するとここで、清十郎と宗右衛門が共に首を傾げた。

「麻之助、相談事を寄越した源さんは、父の源兵衛じゃないと、最初から思ってたのか？」

「麻之助や、お前は三つ目の件だけは、上手くいかない事が残ったと言ったよね。今、めでたしと言ったのに、まだ何かあるのかい？」

すると、膝に乗ってきたふにを撫でつつ、麻之助が小さく舌を出した。

「最初の問いは……もしあの世から来た相談だったら、恐いなぁと思っただけですよ」

それから二つ目の問いに対する答えは。

「その、正之助さんには、巳之助からこう伝えて貰ったんです。実は今、おときさんには別の縁談がある。正之助さんが、狐憑きの噂を気にして嫁取りをしないのなら、町名主との縁談を進めるって」

正之助はその言葉を聞き、男として腹を固めた訳だ。いや、大いにめでたい話であった。

だが、しかし。

「つまり清十郎は、振られちまった訳で。せっかくおとっつぁんに外へ出して貰ったのに、期待に添えませんでした」

「なんと……なんとそうだったのかい」

宗右衛門は大きく頷く。それからちょいと首を傾げると、清十郎の顔を覗き込んだ。

「あのぉ、清十郎さん。お前さんは本当に、おなごに人気があるのかい?」

「はあ?」

「いや、気にしないでいい。大丈夫だ。心配しないで待っておいで。この宗右衛門が、必ず良縁を持ってくるからね」

「あたしは娘さんの事で、心配なんかしてませんてば。お、おじさん、そんなに張り切らないで下さいな。その、まだ急がなくったって」

だが、言っても無駄だと思ったのか、清十郎は途中で言葉を切る。そして何か面白くない事でもあったのか、火吹き竹を手に取ると、ぽかりと麻之助を殴ったのだ。

「痛いじゃないか。何するんだ」

麻之助がふくれ面を浮かべ、膝にいたふにが、「にぃ」と機嫌良く鳴いた。

子犬と嫁と小火

1

「ありゃ？」

麻之助《あさのすけ》は小春日和のある日、頓狂《とんきょう》な声を上げた。どうにも、自分が見ているものが、信じられなかったからだ。

（足が、頭より上にあるみたいだ）

おまけに、見慣れた足袋の向こうには、明るい空が見えている。吃驚《びっくり》していたら、清十郎《せいじゅうろう》の引きつった顔も見えた。悪友は何故だか舟の向こうにしゃがみ込み、麻之助へ必死に手を伸ばしている。

だが、どう考えても場所が遠い。麻之助にはとてものこと、友の手を取る事など出来そうもなかった。友の後ろには、子供や大人が、ずらりと並んでいる。

（はて？　どうして清十郎は、あんなに離れた所にいるのかな？）

そもそも、ここはどこだ？

そう思った途端！

ざぶんという音と共に、総身が打ち付けられた。空へ向け、水しぶきが高く上がる。代わりに己《おのれ》は、沈んでゆくではないか。

「冷たいっ」

思わず叫んだら、思い切り水を飲み込んでしまい、更に体が沈んでしまう。ここがどこなのか、とにかく分かった。川だ。いや、水の中だ。着物が水を吸って重い。体が動かない。息が出来ない。苦しい。

今が霜月だということを、麻之助は突然思い出していた。


「はあぁ、炬燵《こたつ》は温かいねえ」

小春日和の昼下がり、江戸町名主の跡取り麻之助は、愛猫のふにゃ母おさんと共に、屋敷の部屋で炬燵に埋まっていた。

最近町名主達は、ずっと忙しい日々を送っていた。それがある日、どういう弾みか、嘘のように暇になったのだ。

母のおさんも、子供らの悪さについて、近所からくる相談事が減ったとかで、このところのんびりしている。それで昼餉《ひるげ》の片づけも終った八つ時、お喋りでもしようと、息子の部屋へ顔を出しているのだ。

「麻之助、煎餅《せんべい》でも食べるかい？」

お気楽なる跡取り息子は、母から煎餅と茶の載った盆を受け取ると、猫のふにを抱き寄せ、ゆったりと言った。

「ああ、こういう毎日って、いいですねえ」

「おや煎餅一枚で、満面の笑みだ。麻之助は幸せになるのが、上手いね」

「だって、おっかさん」

麻之助は、大きく笑った。

最近流行病《はやりやまい》の事は、噂も聞かない。

盗賊も改心したらしく、とにかく神田では、押し込み一つない。

米の値段も落ち着いており、大根も菜も柿、栗なども豊作だ。

小火《ぼや》が出た話は幾つか耳にするが、どれも、さっさと消し止められている。

「まるで福の神様が、今まで大変だったからって、幸運の大盤振る舞いをして下さってるみたいなんだもの」

おさんも笑って頷《うなず》くと、炬燵に入って、ぽりぽり煎餅を食べ始めた。

「確かにねえ。町のみんなも、一息ついてるんじゃないかしら。平穏な今の内にって事なのか、最近普請や婚礼が増えてるそうだ」

晴れ間を狙った洗濯のように、皆、ここぞとばかりに以前からの問題をこなし、仲人らは、縁談をまとめるのに夢中なのだ。

おかげで町名主の宗右衛門《そうえもん》は、祝いの為あちこちへ出向き、屋敷を空けることが増えている。つまり麻之助への小言も、驚く程減っていた。

「おとっつぁん、私に構っている暇がないもの。ああ本当に、何とも心安らかな日だこと」

もっとも、仕事も縁談も大忙しだと、世間では色々あるようだ。左官や鳶《とび》の連中は、いつにも増して鼻息が荒く、喧嘩の仲裁に入っても、岡っ引きの手下など歯牙《しが》にもかけないと、親分達がこぼしている。親達の目が行き届かないせいか、子供らも気合入りで遊び惚《ほう》けている。寺子屋の師匠達は、最近皆を落ち着かせるのに、一苦労だという噂だ。長く我慢が続いていた事への揺り返しか、世の中が浮き立っているようにも思えた。

「まあ、活気があるって事でしょう」

皆が幸せなら良いと、麻之助はいつものお気楽さで言う。おさんは二枚目の煎餅を食べつつ、ここでふんわり笑った。

「でも、おとっつぁんには、不満もあるみたいだよ。昨日も、こぼしてたからねぇ。婚礼は多い。なのに清十郎さんのお嫁さんは、何で決まらないんだろうって」

八木家の清十郎は、麻之助の幼なじみであり、今は若くして町名主となっている。おまけに顔が良く、壮健だ。つまり、大層素晴らしい婿《むこ》がねであった。なのに、だ。その清十郎の縁談は、何故だかまとまらない。先だっても一つ駄目になった所であった。

「わはは、おとっつぁんは親代わりを名のってるから、どうも意地になってますよね。清十郎に一刻も早く、嫁を見つけるんだって」

友はおなごにもてるのだから、放って置いても、その内決まるはずだと言い、麻之助は笑いながら伸びをする。すると、猫のふにも裂ける程口を開きつつ、炬燵の上で総身を思い切り伸ばした。麻之助は、そのふにの耳を撫で、また微笑む。

「ああ極楽浄土って、今日みたいな日の事なんでしょうねえ。まあ本物の極楽なら、煎餅だけじゃなくて、団子もありそうだけど」

「麻之助、贅沢《ぜいたく》を言ってると、神様の罰が当たるよ」

「ありゃ、団子の罰って、どんなもんなんだろ？」

笑いながらまた煎餅をかじり、炬燵に頭を載せていると、眠くなってくる。だがその時、庭の方から物音が聞こえ、おさんが明るい声をそちらへ向けた。

「まあ、吉蔵《よしぞう》棟梁の所の、お松《まつ》ちゃんと鉄《てつ》ちゃんじゃないの。今日はどうしたの」

「あの、こんにちは」

町名主の屋敷へ、脇の木戸から入ってきたのは、大工の子供四人の内、下の二人、十と八つの姉弟であった。ちゃんと挨拶はしたものの、見れば揃って泣きそうな顔をしている。

「おんや、何かあったのかな？」

麻之助は、急ぎ頭を振って眠気を払い、問う。するとお松と鉄五郎《てつごろう》は縁側へ駆け寄り、早口に訴えてきたのだ。

「あのね、少し前にね、可愛い子を飼ったの。おっかさんが、いいって言ったし」

弟の声が続く。

「子犬、ころっとした子犬。左官の親方の家で、三匹生まれたんだ。で、一匹くれたの」

大工の棟梁ともなれば、家は結構広いし、庭も付いているだろう。だから二親《ふたおや》は、犬を飼う許しをくれたのだ。

「子犬、焦げたご飯みたいな色してたんで、おこげって名前にしたの。飼い犬だって分かるように、ちゃんと綿を入れた首玉《くびだま》だって、付けといたのに」

なのにと、鉄五郎は顔を顰《しか》めた。小さなおこげは貰って三日もしない内に、行方知れずになってしまったのだ。

「麻之助兄ちゃん、おこげを捜して」

「おやま」

極楽のごとき暇が、あっという間に無くなりそうだと見て、麻之助は一瞬、眉尻を下げる。すると横からおさんに、神様の罰だよと言われ、ぺしりと頭を叩かれた上、ほれほれとせき立てられる。麻之助は苦笑と共に炬燵から出て、大真面目な顔で姉弟に向き合った。

「ほい、話を聞こう。子供らの願いを断ったんじゃ、福の神様に叱られちゃうからね」

炬燵は愛《いと》おしいが、こうなったら、子供達の大事に付き合うしかない。一応、二人の兄達は子犬を捜しているのかと問うたが、姉弟は首を横に振った。

「最近忙しいんで、兄ちゃん達も、おとっつぁんの下で仕事を始めたの。左官の親方んちの息子二人も、もう働いているからって」

十一と十二だというから、そろそろ働きはじめても可笑《おか》しくはない。しかし実際に仕事を始めると、親は子に甘い父親から、厳しい棟梁に化ける。よく叱られるので、兄達は機嫌が悪いという。

「おこげ捜しを頼んでも、駄目だったの」

お松は声を小さくしている。麻之助は頷いて、お松の頭を撫でた。

「それで、おこげは雀でも追いかけてって、家に戻れなくなったのかな。大体どっちへ行ったか、分かるかい？」

　貰われたばかりだし、子犬であれば、そんな話かと見当を付け聞いてみる。だがお松達は真剣な顔で、おこげは居なくなった日、庭で寝ていたと言った。

「だからね、あたしね、おこげが心配なの」

　何故ならお松は最近手習い所で、嫌な噂を聞いたからだ。

「近頃ね、天狗がお山から飛んでくるんだって。で、子犬や子猫を攫《さら》っちまうって」

　だから豊島町の小さなぶち、松枝町にいた朱の首玉のしろ、亀井町の、耳が少し切れている茶丸は、家から消えてしまったのだ。天狗はその内、子供だって攫うかも知れない。だから余程気を付けなくてはならないと、手習い所の皆は言っている。

「天狗？　そいつは物騒な事だね」

　日だまりの庭に、いつの間にやら蛇が潜んでいたような、剣呑《けんのん》な話であった。麻之助はすっと眉を顰《ひそ》めた後、お松へ笑いかける。

「心配な話だな。うん、でも大丈夫だ。相手が天狗でも、この麻之助兄ちゃんが、ちゃんとやっつけて、おこげを取り戻してやるからね」

　まだ天狗には会った事がないので、麻之助は勇ましく、そう約束した。

　すると、だ。ここでお松が、両の眉尻を下げた。そして天狗に会ったら喧嘩はせず、丁寧に頼み、おこげを返して貰って欲しいと、麻之助へ言ってきたのだ。

「おやぁ、どうしてかな？」

「おとっつぁんが言ってたの。麻之助兄ちゃんは、あれこれ心配な人なんだって」

つまり喧嘩などしたら、麻之助は天狗にあっさり負けてしまい、おこげを取り戻せないかもしれない。十のお松はそれを、心配しているのだ。途端、おさんが笑い出した。

「麻之助、子供にまで心配をかけちゃ駄目よ」

母に明るく笑われ、麻之助は力なく頷いた。それから、天狗相手に無茶はしないと、真剣な表情で約束し、二人へ煎餅を持たせる。

「おこげを取り戻す事が、第一だからね」

だが、しかし。麻之助は、二人へ茶を淹《い》れてやりながら、ちょいと首を傾げたのだ。

「しかし最近三匹、子犬がいなくなっているってのは、初耳だ。おまけにみんな、この近く、神田の犬だときた」

「麻之助兄ちゃんて、本当に抜けてるのね。ぶちは子猫なんだよ。犬じゃないの」

「こりゃ、うっかりした。ごめんね」

真面目な顔で頷いた二人が、煎餅をあっという間に食べ終えると、麻之助は子らを家へ送り届ける事にした。ついでに、おこげを捜しに行くのだ。

「まあ、今日は気持ちのいい日だもの。子犬だって早々に、見つかりそうな気がするよ」

表へ出れば、神田の町にはいつにも増して人が溢れており、子供達も大勢遊んでいて、かしましい。途中お松達が、道で隠れ鬼をしている仲間を見つけ、目を輝かせた。麻之助が、おこげの事は任せろと言い背中を押すと、二人は飛んでいった。

残された道端で一つ息を吐き、麻之助は、何とものんびりとした色合いの空へ目を向ける。そしていつもの癖で、空の向こうの人へ、ちょいとつぶやいた。

「なあ、お寿《す》ず。本当に久々に、町名主がゆったり出来る時だと、思ってたんだけどな」

町の皆は忙しそうだし、子供達はせっせと遊んでいるし、世の中は久々に上手くいっている。こんな様子だから、お松達の親も餌代を心配せず、おこげを飼ってもいいと言ったのだろう。

しかし、だ。皆が忙しく、目が届かぬ隙を狙ったかのように、子犬と子猫が続けて消えているという。麻之助は袖内に手を入れたまま、すっと目を細め辺りを見た。

「たまたまの事かな。それとも、気を抜いたのが拙《まず》かったのかね」

もし知らぬ間に、何か大事が起こっているとしたら、麻之助が心より愛おしく思っている、のんびりとした毎日が、すっ飛んでしまいかねない。

「そいつは、ご免だ。ねえ、お寿ず？」

ならば神隠しのように、子犬と子猫が消えた訳を、確かめておくほうが良さそうだ。

勿論その折りに、おこげも取り戻す。

「おや、暫《しばら》くの間、暇じゃなくなりそうだ」

麻之助は肩をすくめると、目を、空から道の先へと向ける。そして、さて天狗とどう戦おうかと、首を傾げつつ足を進めていった。

2

物事は一人でするより、二人でやった方が早い。そして今、町名主は暇だ。ならば町名主である清十郎も、暇な筈だ。

この、筋の通った考えに従い、麻之助は八木家の町名主屋敷へ、親友の清十郎を迎えに行く事にした。するとまだ道半ば、まっすぐに流れる神田の堀川沿いで、当の友人に出会う事になった。

「おんや清十郎、見回りかい？　ご苦労さん」

屋敷まで行かずに済んだと駆け寄った所、驚いた事に、友はいつになく真面目な表情を向けてくる。近づいて問えば、八木家支配町でつい今し方、小火《ぼや》騒ぎがあり、様子を見に行くのだと教えてくれた。

「おや、小火とな。またかい？」

「そうなんだ。続いてるんだよ」

麻之助は眉を顰め、共に歩き出した。

「気になるね。まあ江戸じゃ、火事は多いもんだけど」

江戸では町を火が飲み込み、一面焼け野原と化したもの凄い火災すら、今までに何度もあったのだ。火事の多い冬場は、女子供を江戸の外へ避難させる者さえ結構いる。

「だからさ、火を玄蕃桶《げんばおけ》の水で消し止められたとなりゃ、不幸中の幸いだ。皆、やれ小火で良かったと、言い出すところだけど」

だが、しかし。小火はいつ、命まで奪う大火になるか分からない。

「清十郎、八木家支配町じゃ、小火は何度目なんだ？」

「この二月《ふたつき》の間で、三度目かな。今日は、半鐘は鳴ってないが、近所じゃ騒ぎになった。それでさっき八木家にも、知らせが来た」

清十郎によると、今日の火元は長屋の一軒で、部屋の隅に積んであった布団からだという。煙草の火が飛んでいたらしく、薄く煙が出た所で家人が気づいた。直《す》ぐに、辺りは大騒ぎとなった。

火の手は、一旦大きく上がってしまったら、まず大概は、汲み置きの水程度では消し止められないのだ。

火元になれば失火でも、押し込めなどの罪に問われる。第一、焼け出された近所の者に、申し訳がたたない。放火となると重罪故、やった者が捕まると、町名主も無縁で済まなかった。麻之助が、珍しくも口を尖《とが》らせる。

「気になるね。私の用は後回しだ。小火の出た長屋へ、清十郎と一緒に行くよ」

子犬の〝おこげ〟捜しを手伝って貰うつもりだったのにと、麻之助は大仰《おおぎょう》に溜息をつく。「おこげ?」そりゃ、小火と縁のありそうな名だなと、清十郎が片眉を上げた。

歩いて行くと、訪ねるべき先は直ぐに分かった。小火の火元は堀川沿い、表長屋の横を奥へ入った先で、今も人だかりが出来ており、騒がしい声が聞こえていた。道には、長屋から運びだしたのだろう、布団や鍋釜までが積まれている。脇には家財を山と積んだ、大きな大八車まであった。

「うわ、火事だからって、でかい荷を運び出した奴がいたもんだ」

清十郎が、口をへの字にした。大火事になると、こういう大きな車は危険な代物になるのだ。引いている大八車の荷に火が移ったら、火事を余所《よそ》へ広げかねない。

「大体、あんなでかいものを引っ張ってちゃ、火事から逃げ遅れかねん。命あっての物種って言葉を、知らないのか」

溜息をつき、町名主として一言、持ち主に話をしておこうと、清十郎は牛のごとき大きさの大八車へ近づいていった。麻之助も大勢残っている野次馬から、小火について聞けないかと、ひょいひょい寄っていく。すると。

その時突然、半鐘が鳴ったのだ。

「火事か？　また火事だっ」

「擦半《すりばん》だっ、こりゃ近火だっ」

小火で、いささか浮き足だっていた所に、鐘の中をかき回すように、半鐘が鳴らされたものだから、たまらない。集まっていた人々は、我先にと逃げ出した。運び出していた荷を摑み、訳も分からず、適当な方へと駆けてゆく。

「落ち着けっ。闇雲に走ってどうするんだ」

「おい、止まれっ。人を轢《ひ》いちまうぞっ」

清十郎と麻之助が、真っ先に走り出した大八車へ、慌てて声を掛けた。だが重い荷を積んでいた車は、そのまま道へと出てゆく。そして恐ろしい事に、その道へ周りの家から、大勢が飛び出てきたのだ。

「ひえっ」

大八車は慌てて止まろうとしたが、余りに重いためか直ぐには無理で、人を引き倒しそうになる。持ち主はわめき声を出すと、強引に車の向きを横へ向けようとした。だがそこにも人がいて、悲鳴が上がる。

すると焦った為か、大八車の引き手がすっ転んだ。引き手が倒れかかると、大きな車は軋《きし》んで傾く。そして車輪を軸とし、道でその図体が、ぐるりと回ったのだ。

「ひえっ」「わあっ」

清十郎が突き飛ばすようにして、老人一人を救った。だが己が代わりに、車輪の辺りへ巻き込まれてしまう。

「清十郎っ」

重い大八車に轢かれたら、ただでは済まない。麻之助が血相を変えて飛びつき、友を思い切り引っ張ると、清十郎の足は車輪の下から出て、その体は堀川の岸へ転がった。麻之助は寸《すん》の間ほっとし、車の脇へ立ち上がる。

しかし。

その時、目に火花が散ったのだ。何が何だか、分からなくなった。世の中の全てが、ゆっくり動いているように思えた。近くで何かが、地響きを立てたのが分かる。

麻之助の総身は、ふわりと浮いていた。

「ありゃ？」

不思議な心持ちであった。信じられない程長い間、あれこれ考えていた気がする。だが気がつけば麻之助は、堀川へ落ちていたのだ。水を飲んだ上、冷たい。苦しい。とにかく体が重い。いよいよいけないと知った。

(何があったんだ？)

水面へ顔だけ出し、ようよう訳が分かった。重い荷が大八車から転げ落ち、麻之助を堀へ突き飛ばしたのだ。

清十郎が手を伸ばしている。だが着物が水を吸って、直ぐにまた水の中へ引き込まれた。岸辺から、わっと騒ぐ声が上がった。

（おんや、私ったら、こんな所で死ぬのかな）

堀川に落ちてお陀仏とは思いの外《ほか》で、麻之助はもがきながら、己で驚いていた。何人かの顔が、目の前を過《よ》ぎる。両親がいた。清十郎や吉五郎《きちごろう》……お由有《ゆう》の顔が過ぎる。幸太《こうた》の顔もある。お寿ずの眼差しが、何故だかちょいと、怒っているかのように見えた。

（あん、何で？）

その時。何故だか突然、着物が引っ張られた。背に堅い物が引っかかり、麻之助を岸へと引く。次に大きな手が伸びてくると、着物をむんずと摑む。そして麻之助をお寿ずの怒った顔から、遠ざけていった。


「何だか、妙な具合だねえ。溺れかけた私が、清十郎の見舞いに来ているんだから」

騒動から二日後のこと。麻之助は八木家へ顔を出し、清十郎の枕元に座ると、見舞いの蜜柑を差し出した。

「甘いよ。食って、早く良くなっておくれな」

「ああ本心、とっとと治りたいよ。全く小火のせいで、とんだ不運に出会っちまった」

清十郎は顔を顰め、己の部屋で、隅に積み上げた布団に寄りかかっている。先日の件で足を痛め、正座が出来ないのだ。いや、歩くにも不自由で、清十郎は当分、屋敷から出かける事が叶《かな》わない状態であった。

麻之助は、持ってきた蜜柑を己もむきつつ、とんでもない一件の、その後を語り出す。

「あのさ、今日は見舞い方々、さっき耳にした事を、お前さんに話しに来たんだ。私たちが災難に遭った日、近火を知らせる擦半が、突然鳴ったろ？」

あの擦半のせいで皆が慌てふためき、大八車が暴走した。そして麻之助と清十郎は、とんでもない事に巻き込まれた訳だ。

しかし後で分かったのだが、実は、火の手は上がっていなかったという。

「あの時誰かが、火事だーって叫んだらしい」

ところが半鐘を鳴らそうにも、自身番《じしんばん》には誰もいなかった。

「何しろ、小火騒ぎがあったばかりだった。自身番の皆は、火元の長屋へ水桶を抱えて行ってたんだ」

それで近所の者が、慌てて半鐘を鳴らしてしまった。しかも焦ったので、妙な打ち方になり、擦半のように響いてしまった。

「小火はあったものの、皆、一旦は大丈夫だと思った。だがやっぱり直ぐ側で火が燃えあがったと、鐘の音は告げた訳だ」

おかげで清十郎は足を轢かれ、麻之助は脇の堀川へ突き飛ばされたのだ。

「大騒ぎだった。だから収まった頃には、誰があの時叫んだか、さっぱり分からなくなってたとか」

麻之助がそう話を括《くく》ると、清十郎は溜息を漏らす。

「確かにあの時は、半鐘の事など考えちゃいなかった。麻之助は、なかなか浮かんで来なかった。死んだかと思ったぞ」

しかしあの日、麻之助に驚くような救いの手が現れた。いきなり擦半が鳴ったので、急ぎ火元を確かめにきた、火消し達だ。

「鳶の兄貴は力強いね。火消しの道具鳶口にゃ、長い棒が付いてる。あいつで岸からちょいと私の着物を引っかけて、あの世から川岸へ連れ戻してくれた。正に救いの神だった」

おかげで麻之助は、こうして見舞いに来ている訳だ。

もっとも清十郎の方は、いささか運が悪かった。大八車の車輪に巻き込まれた時、片足に、ひびが入ったのだ。今、左足には添え木が当てられ、しっかり晒《さらし》で縛り上げられている。若いから養生すればじきに良くなるというのが、八木家が呼んだ医者の見立てであった。

「大丈夫、元の通りになる。ほっとしたよ」

　岡っ引きの黒蔵《くろぞう》は今も諦めず、火事を告げた者が誰か調べているらしい。しかし事がはっきりするとは、麻之助には思えなかった。

「まあ、とんでもない目に遭ったのは、我々だけだったんだ。もう事は終わってるし。誰だか知らないが、これ以上馬鹿をしないでくれたら、それでいいが」

　ところが。いつもならば余程あっさりしている清十郎が、今日は不機嫌な様子のまま、「そうだな」とは言わなかった。麻之助は首を傾げ、友の顔を覗き込む。

「どうしたんだい、そんなに恐い顔して」

「麻之助、事は終わっちゃいない」

「どうしたんだ、清十郎？　そりゃ当分、出かける仕事は出来ないだろ。でも、書き物仕事はやれるだろうに」

　いつもの清十郎なら、とうに気持ちを切り替えているところだ。すると友は布団に寄りかかりつつ、何故だか恨めしげな眼差しを、麻之助へ向けてくる。

「おい麻之助。今度の騒ぎの顚末《てんまつ》、宗右衛門さんに言っただろう」

「へっ？　そりゃ、おとっつぁんには全部話したさ。私はずぶ濡れで屋敷へ帰ったんだよ。何があったのか、親達から聞かれたからね」

　麻之助はその後、清十郎の義母お由有にも、寝付いた友に代わり、怪我をした事情を告げねばならなかった。つまり隠しても、お由有から母のおさんを通し、嫌でも宗右衛門には知れてしまっただろう。

「何でおとっつぁんに知られたのが、嫌なんだ」

清十郎が肩を落とし、唇を嚙む。

「おじさんは、直ぐに見舞いに来てくれたよ。そいつはありがたかった」

しかし。

「おじさんときたら、とんでもない事をしたんだ。見舞いの後あちこちに……つまり年頃の娘御を持つ親達に、あたしの怪我のことを触れ回ったみたいなんだ」

おかげで清十郎は、突然の見舞客の山を抱える事になった。おまけにどの親も娘も、見合いでもしにきたような出で立ちと心意気で、いささか恐ろしい。そして清十郎は町名主という立場だ。屋敷へ来た人を、会いもせず追い返す事など難しかった。

「その内誰かが、仲人まで連れてきそうで、本当に恐いんだよ」

「ありゃあ、おとっつぁんてば、力業に出たね」

今、歩けない清十郎は、屋敷から逃げ出すという手が使えない。

「そりゃ、大変だ」

麻之助がそう言った途端、長年の悪友が、こっちの袖をがっしと摑んだ。そして何時《いつ》になく真剣な調子で、頭を下げてくる。

「次々娘さんに来られたって、困るんだよ」

嫁に出来るのは、たった一人なのだから。

「頼む、麻之助。おじさんへ、もう見舞客を寄越すのは勘弁して下さいと、言っておくれでないか」

友は真剣であった。

だが、しかし。気の毒そうな眼差しを向けたものの、麻之助は蜜柑を持った手を、横に振った。宗右衛門は亡き源兵衛《げんべえ》に、清十郎の縁談をまとめてみせると誓っている。

「私が止めて下さいと言ったって、おとっつぁんは止まらないよ。言うだけ無駄だ」

それに麻之助は今、本当に忙しかった。町名主の息子として、まず子犬捜しを頼まれている。その上命の恩人、火消しの大三《だいぞう》からも、頼むと言われた事があった。

「大三兄ぃは、続く小火を、誰かがわざとやっていることだと、目串《めぐし》を付けてるんだ」

擦半が鳴った日、大三は堀川の岸で、濡れ鼠の麻之助へそう告げた。

「俺は、小火の出たところを、じっくり見たんだよ。火元としちゃ妙な場所が、幾つもあった。間違いねえや。誰かが煙草の火を、ぽんと置いたんだよ」

しかし証拠がある訳でなし、火消しの自分が、岡っ引きの親分達へ調べろとは言いにくい。その点、命を助けた町名主の跡取り辺りであれば、頼みやすいという訳だ。

「誰が小火を起こしたのか、調べておくんなさい。大火事に化けない内に」

大三は真剣だった。そして、いかにのんびりが大好きな麻之助でも、水の中から引き上げて貰った立場上、否《いな》とはいえなかった。つまり。

「清十郎、私は今、実に忙しいんだよ」

「だ、だからって、親友を見捨てるのかい」

事が縁談となると、もう一人の悪友、石頭の堅物吉五郎に泣きついても無駄なのだ。布団にもたれ掛かった清十郎は、いよいよがくりと肩を落とす。

その時麻之助はちょいと笑い、悪友を見捨てやしないよと言葉を続けた。

「だけど娘っこと親に、清十郎の前から遠慮願うとなると、これが難しい。つまり、ひょっとしたら強引な手を使うかも知れないけど、清十郎、怒るんじゃないよ」

麻之助は、友へ念を押したのだ。

「えっ……麻之助、つまり、どうにかしてくれるって事かい？　恩に着るよっ」

「長年の悪友の為だもの、頑張ってみるさ。さぁて、やらなきゃならないことが、三つに増えちまったね」

しかもどれ一つ、目処《めど》は立っていない。いつの間にか、こんなに忙しくなってしまった。

「ああ、せわしく働くなんて、自分には全く向いてないのにねえ」

麻之助は溜息をついてから、蜜柑を二房、ぱくりと食べる。それから甘いと言って、友の口にも押し込んだ。

3

屋敷を辞し、今日も良く晴れた空の下へ出ると、麻之助はまず道で、町を流している布売りを呼び止めた。そして若い娘達が前髪に結ぶ小布《こぎれ》、前髪くくりに使えそうな可愛い柄を、幾つか購《あがな》う。

それから、猫が好きな木天蓼《またたび》の事を思い浮かべたが、子犬が好くとは聞いたことがなく、木天蓼を手に入れるのは諦めた。その後、神田の大店《おおだな》へ足を運ぶ。麻之助が暖簾《のれん》をくぐったのは、扇屋吉田屋であった。

「おやこれは。町名主高橋家の、麻之助さんじゃありませんか」

先だって、吉田屋の娘おときの件で関わった故、番頭が顔を覚えていた。帳場から出て、愛想良く声を掛けてきたので、麻之助はまず、店表端近の畳に座る。そして、今日は何のご用でしょうとの問いに、下の娘さん、お香《こう》さんへ、頼み事に来たと口にした。

「はて、お香お嬢さんに何のご用で？」

「いや、お香さんの話ではなく……。実は今、頼まれて、おこげを捜しておりまして」

「お焦げ、ですか？　焦げ飯を町名主さんが捜すんですか？」

「あの、ご飯じゃなくて、おこげという名の子犬なんですよ」

町内の子供らが、見失った飼い犬を捜している。それで、見かけたら知らせてくれるよう、知り合いに頼んでいる所だと、麻之助は話した。

「お香さんなら、お稽古事で時々出かけられるでしょう。焦げた飯のような色の子犬がいたら、知らせて欲しいんですが」

するとこの時、店奥ではなく表から、構わないですよと明るい声がした。振り返ると、今まさに稽古から帰ってきたところらしく、振り袖姿のお香が店へ入ってくる。

「お久しぶりです、麻之助さん。子犬捜しをしてるんですか。町名主さんて、本当に色々な事をするんですね」

子犬の事は、友達にも話しておきますねとお香が言い、麻之助は恩に着ますと深く頭を下げる。人に頼むなら、今、子犬の絵を描くと言って矢立《やたて》を取り出すと、お香も端近に座り、番頭は頭を下げてから帳場へ戻った。店表の、直ぐ目の先にいるお嬢さんの側に、ひっついている必要もないと思ったのだろう。

すると麻之助はにこりと笑い、絵を描く為の紙と一緒に、懐から包みを取り出した。それから、こういう柄は好きですかと言って、包みを広げて見せる。

「あら、可愛い小布が沢山。前髪くくりに使えそうですね」

麻之助はにこりとして頷き、これはお香さんへ、お礼に差し上げましょうと言った。

お香は嬉しそうに頷き、一枚選び始める。すると麻之助は、さりげなく顔を近づけ、小声で、全部どうぞと言い足した。

「でも、子犬は見つけられるかどうか、分かりません。そんなに頂けないです」

「実は……もう一つ頼みがありまして」

更に潜められた声を聞き、お香が思わず、奉公人達が二人の話を聞いていないか、そっと周りへ目をやった。麻之助は小布の下から書き付けを取り出し、詳しい事はここにと口にする。

「実は今、町名主の清十郎が困ってるんです」

是非に救ってやりたいが、麻之助一人では難しい。力を貸してくれる人が必要であった。

「お香さんに、その役目、お頼み出来ないかと思いまして」

「まあ」

お香は一寸、小布を持つ手を止め、じっと麻之助の顔を見てくる。麻之助がふっと笑い、妻のお寿ずが生きていたら、力を借りられたんだがと言うと、眉尻を下げた。

「ということは、恐いお話でも、やってはいけないことでも、ないんですね？」

「そんな物騒なことを、余所のお嬢さんに頼めませんよ。えっとお香さんは今、十三でしたよね？」

頷く娘へ、麻之助は更に、好いた相手がいるかどうかを問う。有名な役者の名を聞き、その相手ならば構わないだろうと言うと、お香は少し腰が引けた素振りを麻之助へ見せた。

「噂だと麻之助さんは……実は町名主の清十郎さんだって、結構無茶をやるお人だって事でしたけど」

麻之助はまた笑い、無茶は数々やってきたが、自分でする事にしていると言った。よって、人に押しつけたりはしないのだ。

「そうでしたか」

お香は頷くと、頂きますと小布を膝に載せ、その下に置いてあった書き付けを手に取った。直ぐにそっと開いて読むと、一瞬、目をぱちくりとさせる。それから首を傾げた。

「あの、忙しい麻之助さんに代わって、清十郎さんへ伝言する。これだけで良いのですか？」

「是非、よろしくお願いします」

店の者達にも、しっかり頭を下げた後、麻之助は扇屋を出る。少し行った先で、つと振り返ると、口元に笑みを浮かべた。

「お香さんならば、手を貸してくれるだろうと思ったんだよね。まあ十三なら、縁づくには早い。大事《おおごと》にはならないだろう」

だから、まずは清十郎の悩みを解決すべく、吉田屋へ来たのだ。後は、上手くいってくれることを、祈るのみであった。

「町名主の家が絡まなきゃ、お寿ずやお由有さんも、私の手伝いをしてくれるだろう。うん、多分おっかさんだって」

三人とも、見た目よりも結構、ぱりっとした気性で粋《いき》な所がある。でもって、優しい。男としては大いに甘えたくなる相手だ。だが、しゃんとしていないと、鯔背《いなせ》じゃないといって叱ってきそうな人達でもあった。

「みんな、良い女だよねぇ」

麻之助は、ちょいと笑ってから、次の用件へと急いだ。


吉田屋を出た後、麻之助は最近小火が出た場所を回り、その日の事を聞いて回る事に決めた。おこげがどこへ向かったか、全く分からない。ならばまず小火騒ぎを調べ、その時子犬の事を聞くのが良いだろうと、考えた訳だ。

ところが。

「きゅわんっ、きゃんっ」

横山町辺りを歩いていたら、店脇の小路奥から、甲高《かんだか》い子犬の鳴き声が聞こえてきたのだ。麻之助の足は、考えるより先に小路へと曲がり、奥に建っている長屋へと進んだ。

（おいおい、子犬はあちこちにいるだろうに。一々、毛の色を確かめる気か？）

馬鹿をしていると、自分にうんざりした時、小路奥から、怒ったような男の声が聞こえてくる。

「駄目だ、駄目だ。梅吉《うめきち》、この長屋の狭い一間で、どうやったら犬が飼えるってぇんだ！」

「だって、この子犬、捨てられたんだ。飼ってあげないと、可哀想だよ」

（おや、捨て犬がいるのか。もしかして）

子供は半泣きの声を出していたが、麻之助が長屋脇へ顔を出すと、直ぐに黙る。いきなり見た事のない男が現れたものだから、井戸端にいた長屋の住人達も、一斉に黙り込んだ。

小路奥にある長屋では、住んでいる者は皆顔見知り。いつもの振り売り達以外が訪れる事も、珍しい。麻之助は慌てて、皆へ頭を下げた。

「あの、おじゃまします。ええと私は、神田の町名主高橋家の跡取り、麻之助って者で」

「町名主さん？　いや、跡取りさん？　はぁて、余所の町名主さんが何のご用で」

首を傾げるおかみらへ、麻之助は、迷子の子犬を捜していると告げた。すると子供が犬をさっと背に隠し、父親は笑みを浮かべる。

「こいつは良かった。おい、梅吉！　本当の飼い主が分かったぞ。犬を返すんだ」

やれ片付いたと、親はほっとした口調で言い、子供は渋々、丸っこい子犬を差し出す。

すると麻之助は、がくりと肩を落とした。

「ありゃ、白い犬だよ。首玉も朱色だし」

つまりどう考えても、子犬はおこげではなかった。「子犬違いだなぁ」と言うと、子供の目は輝き、父親が慌てる。

「おい、また駄目なのか。首玉をしてたから、この子犬は、飼い犬の筈なんだよ」

「うん？　またって、どういう事ですか？　いやそういえば……朱の首玉ですね。これは、どこかで聞いたような」

大きく首を傾げると、思い出した。確か天狗は、神田から三匹攫ったのだ。その内に、朱の首玉をした白い子犬がいたはずだ。

「そうだ、松枝町のしろ、だ！」

麻之助は笑うと、捜していたおこげではないが、この子犬は主《あるじ》のはっきりしている、迷い犬だと告げる。すると父親は、満面の笑みを浮かべた。

「おお、飼い主はきっと心配してるわな。町名主さん、返してあげてくんな。大急ぎで」

直ぐに子犬を麻之助へ押っつけると、「きゅわんっ」と鳴く子犬共々、長屋の外へと押し出された。子供達が恨めしげな顔で、麻之助の後から付いてくる。

「おじさん、本当に子犬の飼い主、知ってるの？　でもきっと悪い奴だよ。だってその兄ちゃん、半鐘が鳴ったら、子犬を置いて逃げたんだ」

「へっ？　半鐘？　何で子犬の話に、半鐘が絡んでくるんだ？」

驚いて問うと、梅吉は真剣な顔で麻之助を見て、断言する。

「十日くらい前、この子犬、拾ったんだ。子犬は首玉をしていたし、飼い主が現れるかもしれないと思った」

だから梅吉は、寺子屋へ行く前に、子犬を自身番へ置いて貰った。そこなら、梅吉がいない間に飼い主が捜しに来ても、直ぐに分かると思ったからだ。

「そしたら次の日、うちの長屋の辺りへ、捜しに来た人がいたんだって。白くて、朱の首玉をしてた子犬、見ませんかって」

昼飯に帰った梅吉は、子犬がどうなったか聞きに行こうとしたが、小火が起こって町は大騒ぎ、出して貰えなくなった。やっと落ち着いてから自身番を覗くと、子犬はやっぱりそこにいた。飼い主は現れなかったのだ。

「きっと火事に驚いて、飼い主、帰っちゃったんだ。子犬のこと、それきり引き取りに来ない」

梅吉は不満一杯の顔だ。麻之助は眉を顰めると、辺りへ目を向ける。

「ここいらは確か、横山町辺りだよね？　坊達、しろはこの近くで拾ったのかい？」

「うん」

しろが飼われていた松枝町と、ここは大分離れている。小さな子犬が迷い込むには、何とも遠い。なのに、飼い主はこの横山町辺りまで、しろを捜しに来たというのだろうか。

「うーん、千里眼の持ち主なのかしらん」

麻之助がすっと、目を細めた。

4

当主が怪我をしている八木家には、その日も何組かの見舞客があった。昼前に二組、八つ時、また二組の親娘が現れ、清十郎は顔を強《こわ》ばらせる事になる。するとそこに、更にもう一人、訪ねて来た客がいた。

「おや、これは……いらっしゃい」

珍しくも父親は連れず、乳母だけを連れ現れたのは、扇屋吉田屋の娘、お香だ。お供《とも》の乳母は別の小部屋に待たせ、お香は、親から言付《ことづ》かったという見舞いの金つばを、まず差し出す。それから落ち着いた顔で、清十郎が驚くようなことを話し始めた。

「実は、八木家へ来ましたのは、麻之助さんに頼まれたからなんです。麻之助さんは清十郎さんへ、小火や子犬の件をきちんと伝えると、約束したそうですね」

　しかし麻之助は今、大層忙しい。それで。

「子犬を捜しに来たとき、たまたま会ったあたしに、清十郎さんへの伝言を託されまして」

　十三のお香が、しっかりした口調でそう話すと、清十郎だけでなく二組の客達も、吃驚した表情を浮かべる。だが清十郎は、直ぐに何か思いついたようで、言葉を漏らす。

「もしかして、あいつ……」

　お香はそれには答えず、さっさと話を進めた。

「麻之助さんは小火の件を、先に調べるおつもりだったそうです。ですが横山町辺りで、迷子犬、しろを見つけてしまったとかで」

　麻之助が子犬を見つけたくだりを、お香がかいつまんで話す。清十郎は頷いた。

「ああ、例の天狗に攫われた犬ですね」

「子犬は生き物です。だから麻之助さんは、後回しに出来なくて。まずしろを、松枝町の飼い主さんへ送り届けに行ったとか」

　飼い主は志津《しづ》という、そろそろ五十に手が届く、三味線のお師匠さんであった。勿論しろを見て喜び、麻之助へ大いに感謝をしてくれた。

ただ。この時麻之助は、飼い主から思わぬ事を言われたのだ。

「志津さんは、横山町へは行っていないと言うのです。お稽古が詰まっていたし、まさかそんなに遠くへ子犬が行ったとは、思っていなかったとか」

代わりの人をやってもいないと、はっきり言い切ったらしい。清十郎がもたれ掛かった布団の前で、くいと片眉を上げた。

「おや、ならば横山町へ、迷子の子犬を捜しに行ったのは……誰だったのかね？」

本当の飼い主ではなかった。しかしその者は、白くて小さくて朱の首玉を付けた迷い犬が、横山町内にいることを、知っていたのだ。

「一体、誰が……」

清十郎は眉間に皺を寄せ、寸の間考え込んだ。しかし直ぐに顔を上げ慌てて他の客達に頭を下げる。お香とばかり話し込んで、見舞客との話が、ついおろそかになってしまっていたのだ。

「あの、皆さん、失礼しました。お香さん。麻之助の伝言、知らせてくれてありがとうございます。助かりました」

話を早めに終わらせようと、何かあったら清十郎から麻之助へ、知らせをやると伝える。するとお香はここで、清十郎を大いに驚かせた。おかげで話は途切れるどころか、またお香に戻ってしまう。

「あの、清十郎さんが何か思いつきましたら、それは全部、あたしに知らせて下さい。これからはあたしは、時々八木家へ来ます」

「はっ？」

「清十郎さんは今、動けません。その分の用を引き受けて、麻之助さんは忙しい。だから助けが必要なんです。二人の間の伝言は、これからあたしが受け渡しする事になりました」

「へっ？　麻之助がそう決めたんですか？」

問うと、お香はあっさりと頷く。

「暫く、よろしくお願いします」

にこりと笑ったお香は、桃色の芍薬《しゃくやく》が咲いたかのようで、まだ十三ながら美しい。すると、見舞いに来ていた片方の親娘が、ぴしりと背筋を伸ばした。

「うっ……」

清十郎が顔を強ばらせていると、急に不機嫌になったその娘は、「お大事に」という言葉を残して早々に辞してしまい、慌てて親が追う事になった。もう一人の娘、同じ町名主である甲村《こうむら》家のお安《やす》は、二十歳と年かさの為か、ぐっと落ち着いた表情でお香を見る。そして、笑みを口元へ浮かべた。

「あの麻之助さんが、こういう若い娘さんを寄越したんですか。そしてお仕事のお話をさせた、と」

お安は頷くと、父親の方を向いた。

「おとっつぁん、聞いてのとおりですわ。こんな時に大勢が見舞いに来たら、仕事が溜まってしまいます」

申し訳ないことをしたと、静かに言った。

「だから、私どもも早く帰った方が、清十郎さんは助かると思います」

これじゃ、見舞いになりませんとお安が言い、町名主の甲村が慌てて席を立つ。だが、最後に一言を忘れなかった。

「清十郎さん、このようにお安は、気持ちの優しい、気の利《き》く娘でしてな。今日を良きご縁に、これからよろしくお願いしますよ」

「それは……まあ、お互い町名主ですから」

相手が同業では、間違っても喧嘩など出来ない。清十郎が引きつった笑みをうかべると、町名主甲村はもう一度頭を下げ、娘より先に部屋を出た。

すると、残ったお安がすっとお香へ顔を近づけ、小声で言う。

「私は親が同業なもので、麻之助さんとも清十郎さんとも、顔見知りでございます。それで、分かっている事がありまして」

麻之助は普段、町名主の仕事に、若い娘を関わらせたりしない。下手をしたら、自分の縁談に化けかねないからだろうと、お安は言葉を続けた。

「でも、麻之助さんは、お香さんを使いに寄越した」

そして清十郎に、親しげな様子の娘がいたのを見た先程の父娘は、驚いて帰った。

「この噂が広まったら、お嬢さん方のお見舞いは、減るかもしれませんね」

お安が、僅《わず》かに笑う。

「ひょっとしたら麻之助さんが、清十郎さんが一息つけるよう、この筋書きを考えたんでしょうか」

お安は自分の言葉に頷いている。まだ十二、三にしか見えないお香であれば、親しく口をきいても、直ぐに清十郎と婚礼という話にはならない。つまり麻之助は娘達避《よ》けに、まだ若いお香を、八木家へ寄越したのだ。

「麻之助さんらしい、やり方ですこと。清十郎さんが、見舞客が多くて草臥《くたび》れたと、お友達に泣きついたのかしら」

「いやその、まさか……」

「では、私もそろそろ帰ります。清十郎さん、麻之助さんによろしく」

それから取って付けたように、お大事にと言うと、お安はぺこりと頭を下げ部屋から出て行こうとする。お香はお安の言葉を聞きつつ、寸の間、目をぱちくりとさせていたが、不意にその後ろ姿へ声を掛けた。

「その、お安さんて、とても聡明なお方なんですね。お話、驚きました」

お安は麻之助のお気楽な企《たくら》みを、一瞬で見抜いてしまったわけだ。そしてお香は、そんなお安を頼もしく思った。

「それで一つ、お尋ねしたい事が出来ました」

「はい？　何を」

お香は先程清十郎にかいつまんで話した、子犬と小火の件だとお安へ言う。

「一つは、迷子の子犬しろが、驚く程遠くにいた訳。何と思われますか？　そしてもう一つ、飼い主ではない誰かが、そのしろを捜していた理由も知りたいんです」

お香は、お安の考えを聞きたがった。八木家へ来る前、自分も考えてみたが、ちゃんと説明がつく訳を、思いつかなかったのだ。

「もし分かるのなら教えて下さいませんか」

素直に言われ、お安は年下のお香へ、優しげな眼差しを向ける。

「事情は先程、幾らか聞いたばかり。筋書きを見通せる頭は、私にはございません」

ですがと、お安は続けた。一つ、思いついた事があるという。

「横山町で、しろの飼い主を名のったお人は、町の人に子犬の見目を説明したんですよね。小さくて白くて、朱の首玉を付けている犬。それくらいは話さないと、しろの飼い主だと思って貰えなかったからだと思います」

　つまり飼い主を名のった者は、子犬のことを見た事があるのだ。

「ひょっとしたらその人が、しろを攫ったのでは。その後、横山町で捨てたか、逃げられたか、したんじゃないでしょうか」

　だからその飼い主を名のった御仁はしろを、横山町へ捜しに行ったのだ。

「まあ……」

「単なる私の、思いつきです。本当かどうか、誰にも分からない話ですね」

　お安はそう言うと、軽く膝を折って挨拶をしてから、今度こそ帰ってしまう。お香と清十郎は顔を見合わせた。

　すると、そこへ隣の部屋から声がかかる。

「魂消《たまげ》た。甲村家のお安さん、頭の良い人だねぇ。あの人が町名主になればいいのに」

「……麻之助、何で人へ伝言を頼んだお前さんが、今ここにいるんだ？」

　清十郎に問われると、麻之助は笑って、見舞客達の事、何とかしてくれと泣きついたじゃないかと、悪友へ言った。つまりお安の考えは当たっていると、あっさり認めたのだ。

「だけど、まだ十三のお香さんに、見舞客への応対を任せて、知らんぷりは出来ないだろう？　相手のあることだ。何を言われるか分からないし」

だから麻之助は一緒に八木家へ来て、隣の間で控えていたのだと、堂々と言う。清十郎は溜息を漏らした。

「こいつは……礼を言う所なのかな？」

「ちゃんと婚礼話にならない内に、見舞客を帰したじゃないか。大いに、もの凄く感謝してくれ」

二人がわいわい話していると、お香が不意に、とんと畳を叩いた。途端、男二人が静かになった部屋で、お香は話を始める。

「あのね、さっきのお安さんの考え、辻褄《つじつま》が合うと思いませんか？」

しろを攫った者が、その後、横山町でしろを捨てたという思いつきだ。勿論、それならしろがどの辺にいるのか、捨てた者には分かっている。だから横山町へ迎えに行ったのだ。

「うん、筋は通ってるね」

清十郎も頷いたが、麻之助は首を傾げる。そうなると訳の分からない事が、山と出てくるのだ。

「そもそも一旦攫ったしろを、何で捨てたんだ？　いや、捨てるくらいなら、何故攫ったんだろう？」

おまけにそいつは、飼い主を名のって横山町まで行き、しろを捜した事になる。あげく、しろを連れて帰らなかったのだから、ふざけている。

「半鐘は鳴ったけど、小火で済んだ。そいつが、驚いて逃げたとは思えないしねえ」

お香が首を傾げた。

「確かに妙な話になっちゃいますね。その、横山町に現れた偽者の飼い主さん、急に子犬の事、欲しくなくなったんでしょうか」

「小火が起きたからかい？」

軽い口調で言った途端、麻之助は己の言葉に驚いたように、清十郎と顔を見合わせた。そして、ぐっと表情を厳しくする。

「小火……そういやぁ、最近小火は多い。そして、犬猫がいなくなる事も多い」

珍しくもない話だ。だから今まで、二つに繫がりがあるとは、考えていなかった。しかし、ひょっとして。

「子犬が小火を連れてきたのか？」

お香が戸惑った目で、二人の顔を見る。麻之助が急に立ち上がった。

「何だか落ち着かないよ。嫌な感じがする。こりゃ、小火が起きた町に、迷子の犬猫が居なかったか、調べた方がいいな」

すると清十郎はもどかしいと言い、己の足を睨んだ。

「己で調べに行けないから、いつもよりぐんと、もどかしいぞ！」

「清十郎、私とお前さんだけで調べたんじゃ、時が掛かりすぎる事だよ」

　ここは両国で幅をきかせている貞《さだ》達に声を掛け、大人数で一遍に、小火が出た町内を調べてもらおうと、麻之助は口にする。お香も手を貸しますと言ったが、十三の娘さんは連れ歩けないと、首を横に振った。

　そして部屋から飛び出たのだが……麻之助は直ぐに戻った。舌をぺろりと出すと、小火騒ぎがあった町の場所が分からないと言い、急ぎ清十郎と確かめる。

　それから渋い顔で、一言付け足した。

「清十郎、歳のことを話して、今、拙《まず》い事を思いだした。しろのことだ。捜しに来た偽者の飼い主を、近所の子が見てた」

　その偽飼い主の事を、子供は〝兄ちゃん〟と言っていたのだ。清十郎も顔を顰める。

「子供が相手をそう言ったということは……随分若い奴かもしれないな」

「もし小火と子供が絡んでたら、頭を悩ませる事になるかもしれん」

　そうなったら、麻之助達だけで話している場合ではなくなる。くわばら、くわばらと言いつつ、麻之助は今度こそ表へすっ飛んでいった。

5

町名主高橋家の麻之助が、久々に皆の役に立ったと、町に噂が流れた。迷子になり、行方が知れなくなっていた子犬を二匹、子猫を一匹、無事見つけ出したのだ。

すると、何故だか麻之助は、さっそく文句を言われてしまった。怒っているのは、高橋家の庭へやってきた棟梁の子供達、お松と鉄五郎だ。

「麻之助兄ちゃん、松枝町のしろ、亀井町の茶丸、豊島町のぶちを見つけたんだよね？　ならどうしておこげも、捜し出してくれないの？」

そもそも姉弟は、おこげ捜しを麻之助へ頼んだのだ。勿論、天狗に攫われた子犬達が戻って来たのなら、それは嬉しい。でもでも……おこげを一番に見つけて欲しかったと、姉弟は目に角を立てていた。

すると麻之助は姉弟を縁側へ座らせ、今日も煎餅を渡した後、おこげの事も見つけると約束する。

「おこげはね、まだ居場所が分からないんだ。皆で捜してる所なんだよ」

特別に大事だからねと、麻之助は言う。

「それに今回は、おこげだけを見つける訳には、いかないんだ」

おこげを連れて行ってしまった者も、子犬と一緒に、見つけなければならない。

「だから、少しばかり時が掛かっているんだ。ごめんね」

「……よく分かんない」

鉄五郎が首を傾げつつ煎餅を食べていると、高橋家の庭へ、大勢が顔を出してくる。以前麻之助へ、小火のことを調べろと言ってきた火消し、大三とその仲間達だ。

知らない人が何人も来たので、姉弟は首をすくめ、もう帰ると言い出した。麻之助が木戸の表へ送っていくと、入れ替わりに今度は、八木家支配町の岡っ引き、黒蔵親分が訪ねてくる。

「先刻うちの手下が、迷い犬の噂を聞いた。今、確かめに行ってるよ」

そう言うと、庭にいる火消し達へ目を向け、随分な人数が集まったねと、口元を歪《ゆが》めた。

「麻之助さん、こんなに人を集めて、もし考え違いだったら大変だ。後であちこちへ頭を下げにゃあ、ならなくなるよ」

「そうなったら、情けのない話だ。ですが黒蔵親分、その方が、ほっと出来るかもしれません」

「……まあ、なあ」

すると、屋敷の奥で話をしていた町名主二人が、縁側へ出てきた。まだ足を引きずっている清十郎も、宗右衛門の肩を借りつつ、姿を見せたのだ。後ろには、お安とお香までいて、皆へ頭を下げた。

「娘さんお二人は、途中まで関わったんで、来てもらいました」

もし黙っていて貰いたい事ができたとしたら、事情を承知しておいて貰った方がいい。麻之助がそう言うと、町名主屋敷にいた面々は頷き、縁側へ集まった。まずは宗右衛門が話し始める。

「皆さんにお知らせした通り、天狗に攫われた筈の子犬と子猫、しろ、茶丸、ぶちが見つかりました。本当に三匹とも、小火が起きた町にいたんですよ」

そしてと言い、縁側で宗右衛門が顔を顰める。小火は必ず、飼い主を名のった者が、子犬達を捜しに来た後に、起こっていた。

麻之助が大きく息を吐く。

「子犬達を、長屋の奥まで入り込む、口実に使ったんだと思います」

江戸の町屋は、たて込んでいる所が多い。長屋など、畳の一間と土間という狭い間取りに、一家が住んでいるのだ。

だから湯に入るのは近所の湯屋《ゆや》、夏、涼むのは路地の縁台となる訳で、近所の者達は皆顔見知りだ。路地へ入ってくる振り売りまで、毎度やってくる馴染みであった。用もないのに余所者が入り込む事はないし、見知らぬ者がいたら、酷《ひど》く目立ってしまう。

ただ。

「例えば産婆なら、馴染みじゃなくっても来ます。火事になりゃ、そこにいる火消しの兄さん達は、長屋へ行く」

そして。迷子になった子犬を捜す者も、見知らぬ路地を歩いて、不思議には思われない。今度は清十郎が、低い声を出した。

「そうやって子犬じゃなく、人のいない家を探していたのか」

飼い主を名のった者は、多分最初からそのつもりで、余所の家の犬猫を連れ出したのだろう。麻之助達が、そう察しを付け捜したところ、小火が出た町で子犬達が見つかった。

「ただ、一匹だけ、未だに行方知れずの子犬がいるんですよ」

おかげで麻之助と清十郎は、その後どうするか、急ぎ腹をくくる必要に迫られたのだ。

「おこげ。今までに小火を出した町にゃ、いませんでした。つまりおこげはこれから、付け火に利用されるかもしれない」

大いに拙い話であった。これまではたまたま、小火で済んでいる。しかしもう一度火を付けたら、今度こそ、本当に燃え上がってしまうかもしれない。おまけに麻之助は子犬達を見つけた町で、眉間に皺が寄るような話を拾っていた。黒蔵親分が、低い声で言う。

「迷子の犬猫を捜しに来た奴が、まだ子供から抜けきっていない年頃に見えたっていうのは、辛《つ》れえなぁ」

それでどの町内でも、怪しみもしなかったらしい。高橋家の庭に集まった面々は、一寸目を見合わせると、更に集まり人の輪を小さくした。のんびりした日々の中、何故こんな事が起きたのかと、宗右衛門がこぼす。

「放火の罪は……重いですからね」

本当に重い。火の手が上がり、その火を付けた者として捕まれば、後は恐ろしい罰が待っていた。

厳しい取り調べの後、まず間違いなく、火刑となるのだ。縛り上げられ馬に乗せられ、木や紙に書かれた罪状を脇に晒《さら》されつつ、江戸の市中を引き回される。そして最後には罪柱に縛り付けられ、火焙《ひあぶ》りとなってしまう。己で火を付けなくとも、付けろと指示をすれば、その者も同じく、重い罪に問われた。

「子供がやった付け火に、高橋家はまだ、関わった事がありません」

多分幾らか歳を考えては貰えようが、それでも重罪になるだろうと思われた。おまけに子供が火を付けたとなれば、親もただでは済まない。もし偽の飼い主が、また火を付けようとするなら、今度こそ事を成す前に、皆で捕まえねばならなかった。ここで麻之助が縋《すが》るように、皆を見る。

「だけど聞いてみたら、犬猫がらみの小火はどこも、布団に落ちた煙草の火で、騒ぎになったもんだった」

油など、燃えやすいものを使ってはいないのだ。つまり、おそらく。

「火を付けた者は、単に騒ぎを面白がっているだけなんです。きっと、その先が分かってない」

罪の重さも承知していない。麻之助が縁側の端でそう漏らすと、火消しの大三が庭先から目を向けてきた。そして、ずしんと響くような声を出す。

「麻之助さん、つまり今度の小火は、どこかの阿呆が、大騒ぎになるのを楽しんだ、馬鹿騒ぎ。あんたは、そう思ってるんだね？」

まあ、今までに聞かなかった話じゃないと、大三は続ける。そして。

「江戸で暮らしてりゃ、生きている間に、二度三度、焼け出されても、驚く事じゃないわな。火事など、珍しくもねえからな」

ただ、そういう町で生きているのだ。小火はいつ、大火事に化けるか分からないと、皆、承知している。そして火事は、家を奪う。家族を奪う。己の命まで奪う。

「言い訳のきく罪じゃねえぞ。分かってるか？　だから見逃してやれ、なんぞと、俺にゃあ、言うなよ」

「分かってます」

それは麻之助も、重々承知している。しかし、と言葉を続けた。

「町内で馬鹿をすれば、親だけでなく、同じ長屋の者が叱ります。大家が小言を言う。寺子屋の師匠が怒る。皆で育ててきた子が、大人になろうという年頃でしくじるのは、見ていて辛いんですよ」

まだ分かっていないと思う所が、透けて見えるだけに、辛い。

「事の露見に命までもが掛かっていると思うと、親の顔が浮かんでしまう。今回は火の手が上がっていない。ほとんど被害が出ていないから、余計に」

すると大三が、恐ろしい表情を浮かべる。

「勝手、抜かすんじゃねえ！　一旦火の手が上がったら、俺達火消しが何をするか、分かってる筈だ！」

水を掛ける道具、竜吐水《りゅうどすい》など、大した用をなさない。火を消す為に、火消人足はまだ燃えていない風下の家を破壊して、その先に燃え移らないようにする。

つまり延焼を防ぐ為、家や財産を打ち壊され、文無しになっても、誰も、文句もいえない。それが火事であった。

「だけど……」

「だけどもくそもねえっ。これ以上ぬかすと、拳固《げんこ》を喰らわすぞっ」

そう言った時、大三の拳は、言葉よりも先に、麻之助へ繰り出されていた。

「ちょいとっ、大三さんっ」

驚いたのは岡っ引きや、他の火消し達だが、麻之助が避けたあげく、やり返しているのを見て、止めに入る者がいなくなった。どちらも喧嘩には大いに慣れていたから、物騒で口を挟めなかったのだ。

「大三さんっ、話は全くごもっとも。言う通りだっ。けどさっ」

しかし、と、麻之助は拳固を避けつつ、黙らない。

「まだ十と少しなのに、哀れだと思わないか？」

殴る、喋る。言い返す。殴る。拳固を互いが収めないものだから、喧嘩は終わらない。その内火消し達がはやし立て始め、大三の顔は、茹でた蛸《たこ》のごとくに変わってゆく。

「おいっ、このろくでもねえ町名主、いや、その跡取りっ」

お前、自分達に言って無い事があるだろうと、大三が怒鳴った。

「火を付けた奴が、十と少しってぇのが、何で分かるんだ。若いからって、そんな歳とは限るめえに」

何を隠していると言われ、がつんと殴られたものだから、麻之助の体が縁側へ吹っ飛んだ。だがすぐに、言い返す。

「子犬と子猫が捨てられていた、町の人達から聞いた」

つまり、付け火をした者達を捕まえたら、麻之助達には新たな悩みが始まるわけだ。

「子供をどう裁く？」

その時だ。

「おこげが見つかった！　昨日、捨てられてたんだと」

木戸から庭へ飛び込んできた者の声が、その場をさらった。黒蔵親分の手下であった。

「まだ、誰も子犬を捜しに来ちゃいません。今、仲間が見張ってます」

言い合いをしている間はない。皆は飛ぶように、おこげのいる町へ走る。

近くの自身番へ行き着くと、先程子供のような者達が四人、奥の長屋へ子犬を捜しに行ったという。慌てて手分けをし、探しに向かった。

（人目につかなそうな家だ。そいつを探さなきゃ）

麻之助は盗人《ぬすっと》もかくやという目つきを、家々へ向ける。すると。

「きゃんっ」

微《かす》かな声が聞こえたので、急ぎそちらへとゆく。すると。

（いたっ）

貧乏長屋の端、男の一人住まいらしき家の側に、誰かが立っていて、辺りへ目を配っていたのだ。その横に、長屋の内へ膝をついて上がり込んでいる細っこい姿が見えた。

走った。すると見張りが急に、反対の方を向く。向こうから清十郎がよろよろと駆けてくるのが見えた。その横を、大三の所の若いのが走っている。

「うわっ」

見張りが声を上げ、慌てて逃げに掛かる所へ、火消しが飛びつく。麻之助はものも言わず、部屋へ飛び込んだ。まだ子供にしか見えない背丈の者が、煙管《きせる》を手にしている。

その手を捻《ひね》り上げ押さえ込んだ。

「ひゃあっ」という、奇妙な悲鳴が耳に残った。

6

それから十日の後、清十郎と麻之助は、お香とお安を八木家へ招いた。そして、小火の件については、他言をしないという言葉を貰っていた二人へまず頭を下げた。

「おかげさまで一件は、無事終わりました」

それから麻之助が少し疲れた顔で、誰が小火騒ぎを起こしたかを告げる。

「小火は四人の若いのが、煙草の火を布団などへ落として、起こしてました」

ここ最近景気が良いので、忙しい大人達の目が、行き届かなかったらしい。その四人は働きはじめたばかり。気楽な子供の頃の毎日が吹っ飛び、日々に不満を抱えていたようだ。

「そいつらが、子犬達を攫う天狗だった訳です。名前は市助《いちすけ》、勇次《ゆうじ》、金太《きんた》、大次郎《だいじろう》です」

聞いた事のない名前だろうが、全く関わりの無い、見も知らない者ではない。

「市助、勇次は、吉蔵棟梁の息子なのです。おこげを捜していたお松、鉄五郎姉弟の、兄達なんですよ」

「金太、大次郎は、左官の息子です。おこげをくれたのは、金太達の親でした」

庭で寝ていたおこげが、吠えもせずにいなくなったのは、よく知っていた市助達が、小火騒ぎに利用しようと、おこげを連れ出したからだ。

「なんとまあ……つまり小火は、一時の気の迷いで、起こしたものじゃないんですね？」

お香が恐い表情を浮かべたのを見て、清十郎が、残念ながらと言い溜息をついた。何しろ市助達は、別々に行ったのも含め、小火を合算で五回も起こしていたのだ。もはや弾みで煙草の火が落ちて、などという言い訳が出来る回数ではない。麻之助が堀川へ落ちた時の小火も、四人の仕業であった。

「四人は十日前、おこげを捜す振りをして、長屋へ入り込みました。そして、火のついた煙草を布団の上へ落とそうとし、そこを私達が捕らえました」

まさか大勢がおこげを見張っていたとは、思わなかったのだろう、四人は最初、たまたま煙管の火が落ちたのだと、言い訳をした。ずっと見られていた事を知ると、その内、騒ぎが楽しかっただけだと、開き直ってきた。

火事がもたらす悲惨さも、火付けが負う事になる重罪も、四人とも思い描いてもいない。言葉には、軽さしかなかった。市助達は、煙が立ち、火事だと大騒ぎになるのが、ただ面白かったのだ。

それを聞いたお香が、口を尖らせる。

「もし、自分の家に火が燃え移ったら、その四人はどうする気だったんでしょう」

ここで麻之助が、こめかみを掻いた。

「四人は、火が燃え立つかもしれないと、頭の隅じゃ考えてたと思います。何故って、犬猫を使って小火を起こしたのは、自分の家から随分と離れた町でしたから」

己達は巻き込まれたくなかった訳だ。その話を聞いて、お香は口を引きむすび、お安は両の眉尻を下げる。清十郎が溜息をついた。

「事を表に出すか否か。この先、四人をどうするべきか。町名主であるあたしと宗右衛門さん、火消しの大三さん、親分方、それに麻之助が膝詰めで、話し合いました」

八木家へ集まったのは、火事が引き起こす悲惨さも、付け火をした者がどうなるかも、しっかり承知した者達であった。よって、軽く答えを出すことは出来ず、随分長く話し合ったという。

その後使いが屋敷から出て、二組の親達が、町名主の屋敷へ呼ばれた。親達はこの時初めて、己の子供達が何をしたか知った訳だ。

そして清十郎と麻之助は、お香達を見る。

「小火の話は、表へは出さないと決まりました」

四人は若かったが、付け火を重ねている。全員火刑にする覚悟無しに、十一から十四までの者を、罪に問えなかった。

ただし、と、麻之助が続ける。

「お咎《とが》め無しって訳には、いきません」

四人が、心底悪い事をしたと思っていない様子が、厄介であった。このまま江戸へ置いておいて、また繰り返したら、麻之助達は町の者に言い訳が出来ない。そして何かの拍子に、今回の小火の罪が露見したら、四人もただでは済まないのだ。このままでは命をかけて、江戸で暮らす事になる。だから。

「四人は仲間でやる気楽さから、火付けに走りました。よってばらばらに、遠方へ預ける事になりました」

京、大坂や堺、尾張などへ、修業という名目で行かせるのだ。そして多分、その地でずっと暮らす事になる。それが四人が負う、小火の始末であった。

「なるほど、そういう話に落ち着いたんですか」

お安が頷く。お香は四人が家から出されると聞き、膝へ目を落とした。

「四人は、十一から十四、なんですよね。あたしと変わらない年頃なんだ、突然、親元から出されるんですね」

その心許《こころもと》なさを思い浮かべたのだろう、お香が黙ってしまった。

「四人は本当に早く、実は今朝方、家を出ました」

まだ落ち着き先も確としてないので、一旦、方々の知り合いへ預けられるとのことだ。

「この判断で良かったかどうか、未だ分かりません。でも、決着をつけなければならなかった」

やってしまったことは、取り消せない。過ぎた時は、取り戻せない。その事は麻之助も、重々承知していた。だから決めたら、後は受け入れるしかない。分かっている。

ここで麻之助は座り直し、何やら強ばった笑みを浮かべた。

「しかし心落ち着かないことも、この世にはあるようで」

麻之助がそう言うと、いつも落ち着いているお安が、ゆっくりと頷き、迷いがあるのが当たり前です、と言ってくれる。麻之助は、一度静かに頭を下げた。

「ありがとうございました。これで区切りを付けられます」

それから茶を飲み、少し言葉を切っていたが……麻之助は急に表情を明るくし、にこりと笑ったのだ。

「お安さんは、いつも頼りになりますね。何ともありがたい。これからもお願いします」

途端、お安が眉間に皺を寄せる。

「麻之助さん、突然口調が変わったのですが……何なのですか？」

真面目な町名主の跡取りと、話をしていたと思った。なのに突然、お気楽な誰かが現れた気がしたと、お安は言う。その言葉を聞き、お香までが不安げな表情を浮かべる。

お安は麻之助の顔を、覗き込んできた。

「他にも何か起きたんですか？　はっきり言わないということは、悪い事ですか？」

すると、黙っていられなくなったのか、清十郎が横から話し出した。

「あのですね、麻之助の父である宗右衛門さんは、あたしの亡き父の友人でして」

よって父親が亡くなる時、清十郎へきちんと嫁を持たせると、宗右衛門は約束したのだ。その為先だっては、清十郎の怪我を娘達と親へ触れ回り、見舞客を集めてしまっている。

「宗右衛門さんは今、大事が終わって余裕が出たらしい。先日八木家へ、お香さんとお安さんが来た事に、気が行っちまって」

つまり、だから、それで。

「嫁に相応《ふさわ》しき人が現れたと、勝手に思ってしまったらしいんです。お二人の所へは、宗右衛門さんから、それとなく話が行きそうなんです」

小火の話に協力してもらったあげく、突然縁談に巻き込み、申し訳ないと清十郎は言う。お香は頬を膨らませ、お安は首を傾げた。

「清十郎さんは、十以上年上です。お爺さんじゃないですか」

「お香さん、申し訳ない。でも、お爺さんという訳じゃ……」

横からお安が言う。

「私は清十郎さんに、惚れてはいません」

どうも、ちっとも惚れっぽくなく、おかげでこの歳まで縁談がまとまらなかったと、お安は淡々と続ける。

「清十郎さんも、私には惚れてないと思います。だから今、縁談の話をされたのは、私から断ってくれという事なんだと思いますが」

だが、しかし。

「私もいい歳なので、それは難しいです」

お安との縁談を断るのは構わないが、それは清十郎からしてくれないと困る。そもそも、お安との縁は濃いものではないのだから、頑張って断って欲しいと、またまた、さらりとお安が言う。

「何とかして下さいね」

「……出来るんだろうか」

「こいつは、困ったね」

「あらまぁ」

麻之助とお香が戸惑いの声を上げ、清十郎は天井を仰ぎ見る。相変わらず江戸では好天が続いていたが、八木家はちっとも落ち着かなかった。麻之助は障子戸の向こうに空の青さを見ると、今、旅をしている若者らを思いうかべ、目がうるんでくるような思いに、寸の間とらわれた。

運命の出会い

1

「暗いねえ、清十郎《せいじゅうろう》。今日は新月だったかな。提灯を持っているのに、足下がおぼつかないよ」

真っ暗な道を歩みつつ、そう言って提灯をすいと下げたのは、江戸町名主高橋家の跡取り息子、麻之助《あさのすけ》だ。横で幼なじみ兼親友、そして長年の悪友である清十郎が頷《うなず》いている。友は草臥《くたび》れたように一つ息を吐き、ぼやいた。

「しかし麻之助、最近流行《はや》りだした病《やまい》だが、なかなか収まらないねえ」

下手をすると命まで奪われる病気が、今、江戸で広がっているのだ。高熱が出るところは麻疹《はしか》と似ているが、発疹は出ない。だがこの病、麻疹のように人へうつるものだから、人が大勢住まう長屋などで病人が出てしまい、看病を助け合う手も足りなくなっていた。

「麻疹もどきって呼ばれてるね。本当は何と言う病なのか分からないが、困ったもんだ」

おかげで清十郎など町役人は、仕事に追いまくられていた。家族で揃って病に倒れた者も多く、世話する者の手配を、大家とはかってせねばならない。亡くなったのが独り者だと、とにかく線香の一本もあげ、野辺送りを済ませる事も必要だ。

人手が欲しい事は多いが、麻疹もどきは死を伴った。よって高齢の町役人達には書類仕事を回し、清十郎や麻之助達壮健な若い者が、病人の所へ出張っているのだ。

麻之助が暗い道の先を見つつ、顔を顰《しか》める。

「流行病に罹《かか》っても、長屋暮らしではおいそれと、医者など呼べやしないしなぁ」

体が病を跳ね返す事を祈って、御札を張ることが頼りでは、なかなか病人は治らない。そして事が長引いている間に、麻之助と清十郎もほぼ同じ頃に、今回の麻疹もどきを拾ってしまっていた。

「こんな時に倒れる奴があるかって、枕元でおとっつぁんが随分、ぶつぶつ言ってた気がするよ」

しかし、麻之助が親から受けた説教は、まだましな災難であった。清十郎の方は、更にとんでもない目に遭っており、今も隣から溜息が聞こえる。

「やれ、この間来た縁談は、まとめようかと思っていたのに」

清十郎は、以前から親しかった娘御の一人と、先日見合いをしたのだ。大店《おおだな》の次女で、釣り合いの取れた相手であったし、美人な上、算盤《そろばん》まで達者だ。周りも納得し、清十郎も年貢を納め、形ばかりの見合いもすんなり上手くいった。これで八木家の嫁は決まったと、皆が思った。

ところがそんなとき、清十郎は流行病にとっ捕まってしまったのだ。

「見合い相手とは、許嫁《いいなずけ》も同然の間柄だったんだよ。なのに一度も見舞いに来てくれぬとは、思わなかった」

友は横で、口元をひん曲げている。いやそれどころか相手の娘御は、訳の分からぬ病が恐いと、根岸にあるという店の寮へ逃げ出してしまった。そしてその行いに、麻之助の父宗右衛門《そうえもん》が怒った。

「町名主の妻というのは、支配町の者から、頼りにされる立場だよ」

男には言いにくいことを、おなご達から聞き、相手の気持ちをくみ取り、細々《こまごま》と手を差し伸べられる者でないとやっていけない。町役人の家人であれば、勿論今回の流行病のように、恐ろしい事に出会ったりもする。それが町名主という立場だし、それ故に町内から集めた金子《きんす》、町入用から名主役料をもらい屋敷に住んでいるのだ。

「支配町で流行った病から真っ先に逃げ出すなんぞ、とんでもない。とても清十郎さんの妻には向かないよ！」

　父親代わりを任ずる宗右衛門が、首を横に振ったものだから、清十郎の縁談は、当人が寝付いている間に流れてしまった。麻之助が笑う。

「まあ、ねえ。娘さんの気持ちも、分からなくはないが」

　嫁ぐなら、体が強くてしっかり稼いでくれる亭主が、ありがたいのだ。しかし。

「男としては、情のあるかみさんが欲しいよな」

　男と女、難しいねぇと言うと、清十郎が苦笑と共に頷く。

　だが……直《す》ぐにその表情を引っ込めると、清十郎は顔を引き締めた。そして夜道を歩みつつ、ちらりと麻之助を見てから、改まった口調で話し出す。己《おのれ》に縁談が来た事で、もう一つ、別の話が湧いて出たという。

「実は、おっかさんが関わってる事なんだよ。麻之助には、話しておきたいと思ってね」

「お由有《ゆう》さんの話？」

　清十郎の亡き父源兵衛《げんべえ》は、麻之助達の幼なじみであるお由有を後妻にもらっており、清十郎には幸太《こうた》という、じき十になる弟がいる。お由有は麻之助達と、歳が二つしか違わない。だから清十郎に嫁が来たら、随分歳の近い姑《しゅうとめ》になる筈であった。

「清十郎、お由有さんがどうかしたのかい？」

「そのね、今回の麻疹もどきが流行る前から、あたしへの見合い話が重なってただろ? 多分それで来た話なんだが……」

ここで清十郎は、己から切り出した話なのに、何故だか少し言いにくそうにして、一旦言葉を切ってしまった。麻之助も先日聞いた噂話を思い出し、黙ったものだから、妙な間があく。

だがそこで急に、麻之助は横を向いた。

「ん? 何だ、この匂い?」

暗い中、どこから匂うのかは分からないが、妙な香りがしてきたのだ。花のように良い香りではないが、何故だか覚えがある気もする。清十郎も気づいたらしく、二人で顔を見合わせたその時、夜の向こうから何やら気配が近づいてきた。先の見通せない道の脇から、足音が聞こえてきたのだ。

麻之助が急ぎ、提灯を音の方へ向けると、じきに明かりの端へ人が現れる。まだ十五、六くらいの若者であった。

若者は麻之助達を見ると、太い眉をぐっと上げ、ほっとした声を出した。

「やあ、やっと人に会えた。灯《あか》りの方へきてみて良かった」

「おや、お前さん。こんな暗い夜に提灯も無しか?」

清十郎が問うと、若者はまず竹之助《たけのすけ》と名のった。それから家を出たときは、まだ明るかったと言ったのだ。

「道に迷ってる間に、暮れちまって」

「なんと、随分長い間迷子になってたんだね」

今夜は、僅《わず》かな提灯の明かりを押しつぶしそうな程暗かったから、もう随分遅い刻限に違いない。竹之助は僅かに肩をふるわせ、辺りへ目をやった。

「暮れた頃たまたま行き会って、道案内を買って出てくれたお人がいたんですがね。その大江《おおえ》っていうお人が、道に詳しくなくて」

それで却《かえ》って迷い続けたのだと言い、竹之助は頭を掻いている。軽い調子の声に何かほっとし、麻之助は明るく問うた。

「で、竹之助さん、住まいはどこの町かな？」

聞けば驚いた事に、竹之助は麻之助の家、町名主高橋家の支配町に住んでいると分かった。麻之助が笑いつつ名乗り、送って行こうと言うと、竹之助は興味深そうにこちらを見てくる。

「じゃあお前様が、お気楽だって噂の、町名主の跡取りなんだ。会えたって長屋で言ったら、みんな話を聞きたがるかな」

「あれまあ、私はそんなに名が通ってるのか」

あははと声を立て、さて行こうかと麻之助が提灯を前へかざした。

「早く帰ろう。何だか遅い刻限なのが気になってきた」

だが三人は暗い道を、幾らも歩む事はなかった。何とその時背後から、近寄ってくる足音が聞こえたのだ。提灯を向けると、また一人男が現れてきた。こちらも、明かりは手にしていなかった。

「ああ、いたいたぁ。おい竹之助さん、一人で消えたりしちゃ心配するじゃないか」

竹之助へそう声をかけてきたのは、何とも地味ななりの男だ。今日竹之助と連れだっていたのなら、この男が頼りない道案内に違いない。しかし暗い中、わざわざ捜しに来てくれたとは、律儀なことであった。

だが竹之助は男を見ると、嫌そうに顔を顰め、一歩後ろへ下がってしまった。

「大江さんか。もう案内はいいと言ったのに、何でおれを追って来るんだ？」

大江と一緒にいると、道を間違ってばかりでちっとも家へ帰れない。じれて一人でゆくと言い、きっぱり別れた筈であった。

「なんか、しつこくないかい？　気味悪いっていうか。大江さん、もう、おれにつきまとわないでくれ！」

だが、竹之助に強い口調ではねつけられたにも拘《かか》わらず、大江は気にもしない様子で近寄ってくる。その迷いも戸惑いもない態度を見て、竹之助はまた大きく一歩退いた。

大江は、僅かに笑みを浮かべている。

「縁あって出会ったんじゃないか。竹之助さん、そんなに嫌うなよ」

そう言うと大江は、手をすうっと三人の方へ差し出してきたのだ。提灯の明かりしかない中、麻之助にはその手が何故だか、白く浮かび上がって見えた。思わず、ぶるりと首を振った横で、清十郎が息を呑んだのが分かる。

すると。

竹之助が「ううっ」とうめき声を上げ、何とその場から道の左側へ、逃げ出したのだ。あっという間に闇の中へ消えてしまうと、大江が慌ててその闇へ声を掛ける。

「おいっ、竹之助さん。提灯も持ってないのに、どこへ行くんだ？　待っておくれ」

そして大江は何と竹之助を追い、己も闇夜の中へ飛び込んで行ったのだ。

「大江さん、無茶だ！　この暗さじゃ追いかけたって、会えやしないよっ」

麻之助が急ぎ止めたが、二人の姿はとうに見えない。足音さえも夜に搦《から》め取られ、直ぐ聞こえなくなった。麻之助はぐっと眉根を寄せると、二人が消えた左側の闇へ恐い表情を向ける。

「こりゃあの二人には、もう会えんな」

ここでふと、また何か匂う気がして、次の言葉を飲み込むと首をひねる。横で清十郎が、大きく息を吐いた。

「ああ、こうも暗いと、道に迷った事すら大事になるな。とにかく早く家へ帰ろう」

皆、心配してるだろうとの言葉に、麻之助も頷く。

ただ。

竹之助達が現れてから、麻之助は妙に、今夜の暗さが気になっていた。勿論、雲が夜空を覆い、月も星も見えなければ、提灯の明かりが届かぬ先、伸ばした手の先半分が暗闇の中でも、おかしくはない。板戸を閉《た》てきった部屋で真夜中に目を覚ませば、己の身さえ見えない事と同じだ。

(でも……)

麻之助は先程から目を凝らして、辺りの闇へ何度も眼差しを向けていた。

(今、町役人達は病の始末で大忙しだ。清十郎も私も、勿論江戸を離れる筈がない。つまりこの暗い道も、江戸のどこかの筈だよな?)

なのに、なのに。酷《ひど》く気に掛かる事があった。

(どうして夜鳴き蕎麦《そば》の明かり一つ、目に入らないんだろう)

江戸で暮らす者達は、大概早寝早起きではある。だが昨今は夜商いをする者も結構いて、余程暗い夜でも、遠くに小さな明かりが見えたりするものなのだ。

いや、こうも黒一面で、闇以外何も見えないという事こそ、何とも奇妙な話であった。山の中ではない。ここは日《ひ》の本《もと》一、数多《あまた》の人が暮らすお江戸であった。

(何故だ……)

かしその事を清十郎と話すのが、なんだか恐いような気がして、麻之助は言葉に出
にいた。二人で考えた方が、問いの答えに行き着きやすい筈なのだが、しかし。
答えを知るのを、私は恐がっているのかな)
麻之助が歩みつつ眉尻を下げていると、その時清十郎が横でまた口を開いた。

2

「麻之助、二人に戻ったし、さっき途切れた話、今の内に言っておくよ」

家に帰ってからでは、却って話しにくいからと言われ、麻之助は友へ顔を向ける。

「あ、そういやぁお由有さんの話が、途中だったね」

足下の明かりへ目を向けたまま、清十郎は先を語りだした。

「その、おっかさんには今、縁談が来てるんだ」

お由有の父親、札差《ふださし》の大倉屋《おおくらや》が、これはという話を持ってきたのだという。

「お由有さんに、縁談？」

麻之助はぐっと、唇を引き結んだ。

(耳にしたあの話……やっぱり本当だったのか)

実はつい先頃、母のおさんが父と噂をしているのを、麻之助は小耳に挟んでいた。し

かしその後、お由有については何の話もなく、単なる噂だったのかと思っていた。清十郎へ目を向けたが、提灯の明かりが余り届かない為か、表情はよく見えない。

「少し前、あたしは大倉屋さんに店へ呼ばれてね。話をする機会があったんだよ」

清十郎が続ける。珍しかったので、何事かと思って顔を出すと、お大尽《だいじん》と呼ばれる札差の店は、相も変わらず桁外《けたはず》れの威勢であった。お由有は大倉屋の妾腹《しょうふく》の娘なのだ。

そして大倉屋では、何とお由有の再婚話が待っていた。

「おとっつぁんが亡くなってから、大倉屋さんは時々、娘の新しい縁を考えていたって事だった」

お由有はまだ二十八で、このまま一生独りでいるには若い。父親としては娘の事が、心配なのだ。

「そんな時、あたしへ縁談話が集まった」

その内の一つにやっと決まりかけたのに、病がきっかけで縁談は流れた。だが、相手の娘御は十九で、お由有と九つしか違わなかった。お由有は後妻だから、跡取りの清十郎とは義理の間柄だ。つまり息子夫婦と一つ屋根の下に暮らせば、先々気詰まりになるではと、大倉屋は心配したらしい。

「それでお由有さんに縁談を、用意した訳か」

麻之助が道を照らしつつ言う。だが。

「嫁ぐとなれば、幸太を連れて行く訳にもいかないだろう。幸太は、八木家の次男だ。清十郎、お由有さんは……承知なのかい？」

「実は今回の縁談、幸太の事も大いに関わってるんだ」

大倉屋は娘だけでなく、孫である幸太の行く末も、それは気にしているらしい。

「幸太はそろそろ十だ。つまりじき、奉公を考える歳なんだよ」

家業のある家でも跡取り以外は、それが当たり前だ。だが、そういう事であれば。

「今回、おっかさんに来た縁談の相手は、大倉屋の通い番頭、四郎兵衛《しろべえ》さんというお人なんだ」

清十郎の声が、闇の中へと消えてゆく。四郎兵衛は四十一だというから、お由有よりかなり年上だが、亡くなった源兵衛よりは若い。

「出来る番頭である四郎兵衛さんには、三年程前、そろそろ一軒持たせようという話があったとか」

札差は、簡単には店を増やせぬ商い故、他の商いをと話していたのだ。

「だがそんな折り、四郎兵衛さんのおかみさんが、病で亡くなった。添ってまだ二年、子供もいなかった四郎兵衛さんは、店を持ちたいと言わなくなってしまったそうだ」

それで今も、大倉屋で通い番頭をしている訳だ。「あ……」麻之助が目を見開き、清十郎が頷く。

「もしおっかさんが四郎兵衛さんと添うんだったら、四郎兵衛さんは新しい店を持つ事になる。そして幸太をその店の跡取りとして、一緒に引き取りたいというんだ」

妾腹とはいえ、主《あるじ》である大倉屋の娘を妻にし、孫を養子に取るという話に、文句を言うものはいないだろう。そして独りきりであった四郎兵衛は、店と妻、跡継ぎを得るのだ。

「幸太も先々、お店《たな》の主になれる」

そういう事であれば、八木家としても喜んで、次男を送り出す話になりそうであった。

勿論お由有は、この縁談を断る事が出来る。だが断っても、このまま幸太とずっと一緒に、八木家で過ごす訳にはいかない。幸太は早ければそろそろ、遅くとも十三、四までには、奉公先か修業先を見つけて家を出る事になるからだ。

「まだ小さい子供だと思ってた幸太が、もう先々の仕事を考える歳になったのか」

麻之助が大きく息を吐いた。それからちらりと清十郎を見て問う。

「大倉屋へ行ったんなら、番頭の四郎兵衛さんにも会ったんだろ？　どんな人柄だった？」

「そうだね……ちょいと口数は少なかったが、大層落ち着いた感じのお人だったよ」

お由有が惚れるかどうかは分からないが、添えば妻や子を、しっかり守ってくれそうな男だと思ったそうだ。そういう男であるから、大倉屋も娘を預けようと思いついたに違いない。

「成る程……」

麻之助が頷くと、提灯が揺れた。足下の明かりも、ゆらゆらと動く。

(自分一人の事であったら、お由有さんは、今回の縁談を受けたかな?)

しかし縁談は、幸太の先々が掛かった話でもあった。多分お由有は今、真面目に考えている筈だ。

ここで清十郎がそっぽを向きつつ、余分な一言を口にする。

「お寿《す》ずさんは亡くなったが、麻之助はまだ若い。この先、また嫁取りの話は来るだろうが、養子を取るという話にはならないからな」

承知しているよなと言われたが、麻之助は返事をしなかった。提灯を突き出すようにして道の先を照らし、足早に進んでゆく。

「麻之助、あたしは真面目に話を……」

「分かってる。ちゃんと聞いてるさ」

「おっかさんは……」

清十郎が言いかけた、その時。二人は暗い道で急に、立ちすくんでしまった。

思わぬ声を、耳にしたからだ。

「清十郎さん、聞こえてますか」

「ひっ……お由有さん？」

突然、今話に出ていた当人、お由有の声を聞いたのだ。麻之助はびっくり仰天、言葉を失い、清十郎ときたら提灯を高く掲げ、辺りを見回している。その顔は強《こわ》ばっていた。

（つまり……清十郎も聞いたって事だな。今の声、空耳という訳ではないらしい）

暗くて分からなかったが、二人は屋敷の側まで、帰ってきていたのだろうか。そして提灯の明かり目当てに、お由有が声を掛けてきたのか。

「お由有さん。近くにおいでですか？」

麻之助は大声を出してみたが、何故だか応えはない。二度、三度と呼んでみたものの、駄目であった。

「ど、どうしたことだろうか。おっかさんの声が、聞こえたよな？　なのに、何故返事がないんだ？」

戸惑う清十郎と目を見合わせた時、更に奇妙な事が重なった。麻之助の鼻に、先にも嗅いだ事のある匂いが届いてきたのだ。

（ああまた、この匂いだ……）

麻之助はぐっと顔をしかめると、道の周りの暗闇へ視線を向けた。それから、幾つもの疑問が湧いてきたと言い、分かる事があるか並べて、清十郎へ問うてみる。

「一つ目。なあ清十郎、何故今急に、お由有さんの声がしたんだろう」

「二つに、それにどうして先《せん》から、何度も同じ匂いがするのかね」

「三つ、更に今日は、夜商いの明かり一つ見えないよ。その訳は何なんだろう？」

おまけに……。

麻之助はここで清十郎へ、今更だがと断ってから問うた。

「四つ目、さっきから二人で歩いてるけどさ、ここはどこだったっけ？　私達はどこから来て、どこへいこうとしてるんだ？」

お由有の声をきっかけとして、麻之助は改めて考えてみたのだ。ところが、答えが思い浮かばなかった。問われた清十郎は、一瞬笑いそうになったものの、何故だか返答が出来ず、大きく目を見開く。

「何と……あたしにも分からんぞ。そういやぁ、そもそも麻之助とあたしは、今日どうして一緒に、この道を歩いてるんだろうか」

答えが出て来ない。

「病人の出た長屋へ看病に行って、帰る所かな？　なら何で、通りの名くらい思い出せないんだろう？」

二人は気味悪そうに、表情を強ばらせる事になった。ただここで、清十郎が一つだけ確信を持って言う。

「さっきから気になるこの匂い。こいつはどこかで、嗅いだような気がするんだが」

「ああ、清十郎もそうなのか」

「この匂いが何だか分かれば……蔓《つる》の先に芋があるように、この場所がどこだか、思い出すんだろうか？」

お由有の声が聞こえた訳や、この道の名も、頭に浮かぶのか。いささか心細げに問うてくる友へ、麻之助は「さあ」と言うしかなかった。

ただ……。よくよく考えてみると、幾つもの疑問の答えは、一つしかないような気もする。何しろこんな奇妙な事は、簡単に起こったりしないからだ。

しかし。

(考えついた話は……私達にとって、余り嬉しいものじゃないんだよね)

友へ今、それを言うべきかどうか。麻之助は寸《すん》の間考え込み、辺りは静けさに包まれた。

3

その時、道の左側から、また声が聞こえてきたのだ。

麻之助と清十郎はさっと表情を引き締めると、共に提灯を握り直し、暗闇の先へ明かりを向ける。すると機嫌の良い声が近づいてきた。

「ああ、こっちの兄さん達は見つかった。明かりのおかげだね。良かった」

その言葉と共に現れたのは、何と竹之助を追っていった、あの大江であった。一人きりだったから、連れはどうしたのかと清十郎が問うと、大江は小さく肩をすくめ、見失ったと正直に言う。

「竹之助さんの事、心配だよねえ。きっと今頃一人で困ってるに違いないよ。だからさ、出会ったのも何かの縁だし、二人にも捜すのを手伝ってもらおうと思って、戻って来たんだ」

「捜すっていっても、この暗さじゃ。草臥れるだけで、見つかるとも思えないが」

こっちも歩きづめで、いい加減疲れていると、麻之助が口にする。すると大江は愛想の良い表情を浮かべ、左手の闇を指した。

「実は、竹之助さんが見つからないんで、遠くまで捜しに行こうと思ってね。近くの堀に舟を用意したんだ。それに乗って捜せば、ただ歩いてゆくより楽さ。一緒に捜してくれれば、お二人も一休み出来るよ」

だから。

「さあ、お二人さん、舟へおいでなさいよ」

ここで大江が、今度は麻之助達へ、手をすうっと差し出してきたのだ。暗さの中、その手は何故だか今度も、ぼうっと白く浮かび上がって見える。麻之助は思わず唇を噛んだ。

（あの手）

ただ手が差し出されているだけなのに、何故だか目が離せない。首筋がひやりとしてくる。麻之助はぐっと腹に力を込めると、大江へ一つ問いを向けてみた。

「近くに堀川があるとは思わなかった。で、大江さん、舟がゆくんなら、結構大きい堀川だよね。何と言う川なのかな？」

川の名が分かれば、今、己達が歩いているのが、どの辺りか見当がつくかもしれない。しかし大江があっさり、知らないと言ったものだから、麻之助の表情が険しくなった。

「大江さん、あんたは、はぐれた竹之助さんを捜すため、急いで舟を仕立てたんだよね？」

「ええ、まあ」

「つまりこんな夜更けに、舟を借りたって事になる。皆、寝ている刻限だよ。川に船頭が居たっていうのかい？」

麻之助は言葉を重ねたが、それでも大江は飄々《ひょうひょう》とかわす。何だか慣れたものであった。

「そうなんだ、居たのさ。夜釣りの客でも待ってたのかな。運が良かったんだね」

本当なのか嘘なのか。気楽に返答をするものだから、麻之助は表情を益々強ばらせて、こう切り返してみた。

「大江さん、その舟を借りるのに幾ら払った？」

本当は、一文も払ってないのではないか？　こうも暗い夜、舟など借りられた筈も無い。麻之助は、大江が嘘をついている気がしたのだ。

しかし心の奥底では、大江がまともな借り賃を口にしてくれる事を、切に願っていた。こんな暗い道で、これ以上妙な事に遭遇するのは、ご免だったのだ。だが。

「さあてな。大江の返事を聞いた麻之助は、総身に力を入れる事になった。

有り金をぽんと掌《てのひら》へ載せたら、これでいいと言われたんだよ」

夜だし、細かい額までは分からないと言ったのだ。

「えっ……？」

横で清十郎も、表情を恐いものにしている。麻之助はぶるりと身を震わせた。

(妙な答えが返ってきたよ。剣呑《けんのん》だ。物騒だ。だって、ここで嘘をつく事情って、何だ？)

この男、一体誰なのだろうか。

月さえ出てない闇夜に夜歩きをしている、ただの酔狂《すいきょう》とは思えない。江戸の夜は、町の間にある木戸によって隔てられており、簡単に遠くへは行けないのだ。

では、闇に紛《まぎ》れた物取りだろうか。だが、それならばとっくに、襲われていてもよい頃だという気がする。

(となると、もしかしたら……もっと剣呑な御仁かもな)

何故なら麻之助達は、ここがどこだか分からないし、今が何時《なんどき》なのかも承知していない。おまけに時々妙な匂いを嗅ぎ、どちらを向いても、明かり一つ見えない道を歩いている。そして先程は、心配げなお由有の声まで聞いていたからだ。

尋常ではない。この暗い場も、そこに現れてきた大江も、どう考えても並の者ではなかった。

(嫌だなぁ、御免被りたい考えこそが、一番当たっていそうじゃないか)

こうも真っ暗な道の真ん中で、己のとんでもない思いつきが、事実と化していくのを見るのは恐ろし過ぎる。

(しかし、もし私の考えが当たっているんなら……大江さんに言われるまま、舟に乗るのは剣呑だ)

麻之助は、勇気など示したくはなかったが、腹をくくらねばならなくなった。引きつった笑みを口元に載せると、珍しくもまず祈ってみる。

(神様仏様、これから無茶をします。お願いですから助けて下さい。ええと、こんな時ばかり神仏に縋《すが》るのは、いい加減だと分かってますが、お慈悲を)

加護を願ってから提灯を握り直すと、麻之助はまず、隣にいる清十郎を見た。

そして友へ、呼んでみろと言ったのだ。

「は？　麻之助、急に何を言うんだ？」

「お由有さんだよ。さっきどこからか声が聞こえただろ？　ならばこちらの声も、届くかもしれない」

「おい、どうして突然、そんなことを言い出すんだ？」

ここで麻之助へそう言ってきたのは、清十郎ではなく、提灯の明かりの端にいる大江だ。清十郎の方は顔を引きつらせつつ、こう問い返してきた。

「麻之助、さっきお前さんが大声で呼んでも、おっかさんは返事をしなかった。つまり、近くにはいないんだ。でも息子であるあたしが呼んだら、答えるかもしれないって言うんだね？」

「ああ、清十郎が呼ぶ声を聞けたのは、お前さんの病が癒えてきた証《あかし》かもしれない。清十郎、お由有さんに声が届いたら、きっと元の江戸へ帰れる」

だがそれは、どう考えても尋常な事ではなかった。

「つまり今麻之助と共にいるこの道が、常の場ではないってことか」

清十郎はそう言うと、麻之助の返答を待ちもせず、次に大江へ言葉を向けた。

「じゃあ、ここの闇から現れた大江さんも、大いに怪しいな。恐ろしいな。そういやぁ舟の借り賃、幾らなのか分かってないようだ。返事がないね」

ということは。

「麻之助、あたし達は揃って、どこへ来ちまったんだ？」

二人連れで奇妙な場所へ放り込まれたのなら、せめて綺麗なおなごと一緒の方が良かったと、悪友はしょうもない事を言ってくる。麻之助はこの時提灯を高くかざすと、己が考えついた恐い恐い話を、長年の友へ告げることになった。

「こんな暗い場所で、舟に乗らないかと誘われたんだ。実は真っ先に、死出の旅を思い出したんだけどさ」

だがしかし、いくら付き合いの良い悪友同士とはいえ、同じ時、三途《さんず》の川の岸にいるとは考えにくい。ならばここはどこなのか。

「なあ清十郎、私は仕事で流行りの麻疹もどきに関わって、病に罹った事は覚えてる。一緒に居たお前さんも、病を拾ったよな？」

「ああ、同じ頃」

麻疹と同じく、麻疹もどきのうつる力は、強いものであった。だから麻之助も清十郎も若くて元気だったのに、病人の世話を始めて間もなく熱を出してしまったのだ。

「その時、私は親から文句を言われ、清十郎の縁談は流れた。でも、だよ」

麻之助は、とても大事な事を思い出せないのだ。

「私達は、治ったのか？　いつ、床上げしたんだっけ？」

こうして清十郎と道を歩んでいるのだから、無事元気になり、また働きだしたのだと思っていた。しかし麻之助は病が治った後、母のおさんがよく作ってくれる、小豆粥《あずきがゆ》を食べた覚えがない。

つまり。

「私達はそれぞれの家で、まだ病の床に居るんじゃないかな。そう考えたら、さっき私の声がお由有さんに届かなかった事も、納得出来るんだよ」

八木家でお由有が看病しているのは、息子の清十郎だけだ。麻之助は高橋家で寝こんでいる。そしてお由有は清十郎へ、きっと時々声を掛けているのだろう。つまり。

「この真っ暗な道は、剣呑な病が高熱の病人に見せている場さ。死へと繋がる、危うい幻なのかもしれん」

麻之助と清十郎は揃って同じ頃病んだから、誰かが同じ夢を見せている訳だ。

「さっき出会った竹之助が、うちの支配町の者だって事も、ここが病人の見る闇の内ならば納得だ。支配町の長屋じゃ今も、麻疹もどきが流行ってる。竹之助も病で臥せってるんだろう」

つまり病気が治らない為、竹之助は家へ帰れないでいる訳だ。

すると大江はここで大仰《おおぎょう》に手を振り、悲しい事を言うと口にする。そして一歩、二人に近づいてきた。

「とんだ言われようだ。おれを疑うんなら、証を出しな」

「夢、幻の内で、証と言われても困るがね」

麻之助は、段々恐ろしさが増してくる大江へ目を据え、足を踏ん張って言葉を重ねてゆく。つまり麻之助達が今、臥せっていると思える根拠だが。

「清十郎は覚えてるよな。さっきから時々、妙な匂いがしているが……あれ、薬湯の匂いじゃないかね。ほら町役人の皆で金を出して買った、あの煎じ薬だよ。私達も煎じたことがある」

「あっ……」

清十郎が、思わずといった様子で頷く。二人も麻疹もどきに罹ったのだから、馴染みの薬を飲んでいるに違いない。病人の悪夢の中へも、枕元に置かれた薬湯が匂っている訳だ。

するとここで、大江が更に一歩近寄ってきた。

「おやおや、この世と夢の中、段々話が混ざってきたね。じゃあ、おれは何者だっていうのかな？」

大江の口調は変わらぬ筈なのに、何故だか麻之助の額に、汗がにじみ出てくる。麻之助は唇を嚙むと、勇気を奮い起こし大江の名を語った。

「危うい病が流行っている中、病人にとっ憑《つ》いて離れないってことは……あんた、疫神《えきじん》じゃないのかい？」

疫病をもたらす神、病人を人の世から引きはがし、黄泉《よみ》へと連れ去ってしまう者だ。どう考えても人は歓迎しない相手で、竹之助が毛嫌いしたのも分かる。

すると大江は、また寄ってきた。

「おや、随分な名前をくれるじゃないか。ならば本当に疫神かどうか、手を取ってみちゃくれないかね」

さあ、この手を握ってみなよ。黄泉へ連れ去られるかどうか、試してみなよ。大江が一層間を詰めつつ言った。

その時！

麻之助はそれこそ決死の表情で清十郎の腕へ飛びついた。そして己の身を軸にして、友の身を思い切り振ったのだ。それから急に手を離し、清十郎を右手の闇へ向け放り出した！

「清十郎、考えるな。お由有さんの名を叫べっ」

「ひいっ、お、おっかさんっ」

一瞬で友の姿が闇の内へ消える。何故か、その手にあった提灯の明かりすら、あっという間に見えなくなってしまい、麻之助は大江と二人で、暗い道に残される事になった。

「清十郎は助かったさ。声が届いてちゃんと八木家へ戻り、布団の中で目を覚ましたに違いない。きっとそうだ。さもなきゃ……恨まれるだろうな」

4

麻之助は死にものぐるいで走りつつ、それでも独り言をつぶやいていた。揺れる提灯の明かりは、走ってゆく道の先をほとんど見せてはくれない。つまり麻之助は、真っ黒な壁へ突っ込んでいく感じで駆けているので、何かで気を紛らわせていないと、心の臓が止まってしまいそうなのだ。

つい先程の事。

麻之助が清十郎を闇に放り込み、その姿があっという間に消えてしまったその時、大江は麻之助を喰わんばかりに、その表情を険しくしたのだ。

「それで逃げたつもりか。逃げられると思ってるのかっ」

大江と麻之助の目が合った。一瞬の迷いの後、大江は清十郎が消えた闇へ飛び込んでいったのだ。そのおかげで麻之助は、道を先へ駆け出す間を得た。

「一人になっちまったな」

とにかく死にものぐるいで走った。あの大江が本当に疫神であったなら、逃げられるかどうかは疑問だったが、他に出来る事がない。物事は投げてしまったら、そこで勝敗がついてしまう。麻之助は諦め悪くも、できるだけ粘ってみる事にしたわけだ。

（それに……もし私がうまく、逃げ続けていたら）

思いついた事があり、己を鼓舞して走り続ける。だが、すぐに息はあがってきた。

「はあっ、しかし私はこの先、どう動けばいいんだ？」

麻之助には、もう相棒はいない。どうやったら、江戸へ帰れるのかも分からない。

「お由有さんに、呼んでもらう事も出来ないし」

その時ふと思いついて、麻之助は闇を分けて走りながら、まず親を呼んでみた。しかし応えがないので、今度は亡き妻、お寿ずの名を呼んでみる。

もっともお寿ずはあの世に召されているから、お寿ずの所へ行ってしまっては困るのだが……それでも他に、当てがない。後ろから足音が迫ってきたらどうしようと思うと、更に大きな声が出る。

「お寿ずっ、助けておくれっ」

すると。ひいひい言いつつ走っていく道の先が、急に明るく思えてきたのだ。

「おおっ？」

必死に明るさを目指せば更に、ぼうっとした光は増してゆく。駆けて駆けて、そうしてじき、うっすらと見えて来たものがあった。

「家だっ。高橋家の名主屋敷だっ」

心底嬉しくて、麻之助は後先考えず、つっ走った。そして門を開けると、玄関から中へ飛び込んでゆく。

だが、その時。

背後から足音が聞こえた気がして、麻之助は思わず振り返った。すると土間と板間の境で蹴躓《けつまず》き、思い切り転んでしまったのだ。

頭を打った気がした。目の前が、真っ暗になっていった。


「麻之助っ、もう具合はいいんだろう？　いつまで寝てるんだい？」

父に名を呼ばれ、麻之助は目を覚ました。馴染みの天井板が見えたので、起き上がってみると、いつもの部屋で布団の上に寝ている。掻《か》い巻《ま》き布団の柄も見慣れたもので、麻之助は思わず大きく息を吐いた。

「助かった……戻って来たみたいだ」

首を巡らせると、部屋の隅に盆が置いてあり、馴染んだ生薬の匂いがする碗もあった。麻之助は頷くと、心底ほっとして肩から力をぬく。それから直ぐ、とんでもない別れ方をした友のことを思いやった。

「清十郎はどうしただろう。大丈夫だよね？　ちゃんと八木家へ戻ってるよね？」

急ぎ起き上がると、友の安否を聞くため部屋から廊下へ出る。しかし麻之助は、そこで急に足を止めた。

部屋の外に、人の姿がなかったのだ。高橋家はそもそも両親と麻之助、手代の巳之助《みのすけ》、下男、女中の六人暮らしだから、屋敷内に人が溢れているという感じではない。しかし。

(何となく、人の気配がしないというか)

一寸何故だかぞくりとしたが、それでも清十郎の事が聞きたくて、親の部屋へ顔を出した。誰も居なかったので、次は台所へ行き……首を傾げる事になる。

「はて、今日は揃って出かけているのかしらん」

そう考えた端から、いや違うと思い直す。麻之助はつい今し方、父の声で起こされたばかりではないか。

「あん？　どういうことだ？」

ぐっと唇を引き結んだその時、部屋の外の廊下から足音が聞こえてきて、麻之助はさっと後ろの障子戸を見た。己でも顔が強ばっているのが分かる。

すると直ぐに障子へ大人の影が映り、あっさりと戸が開いた。現れたのは父の宗右衛門であった。

「おや麻之助、やっと起きたんだね。今は麻疹もどきのせいであれこれ忙しいのに、全く暢気《のんき》な奴だよ」

親からいつものように小言を聞かされ、今日ばかりは、それが有りがたかった。母のおさんの姿が見えないがと言うと、女中を連れ、葬式の手伝いに出かけたという。

「巳之助には、私の代わりに見回りに出てもらった。こうなると静かだな。麻之助、茶でも淹《い》れてくれんか」

孝行息子は頷くと、長火鉢に掛けてあった鉄瓶を手に取り、自分の分と一緒に淹れる。長火鉢の猫板の上へ湯飲みを載せると、麻之助は清十郎の事を問うた。

「あいつも、麻疹もどきで寝こんでいた筈だけど、おとっつぁん、具合がどうか聞いてないかな」

「清十郎さんかい？　さあて分からん。おとっつぁん達は、ずっと町の用で忙しかったからね」

すると宗右衛門は麻之助へ、気になるのであれば、ちょいと八木家へ顔を出せばいいと、大変真っ当な事を言ってきたのだ。

「裏の堀川から舟で行けば、直ぐに八木家へ行って戻れるだろう。さっさと様子を見てきて、私にも具合を聞かせておくれ」

「おお、おとっつぁん。仕事をしろって言う前に、清十郎への見舞いを勧めるなんて、今日は凄く優しいですね」

「息子、おとっつぁんはいつも、優しいんだよ」

ほれ堀川はそっちと、親は町名主屋敷の横手の方を指す。麻之助は、そちらにある障子をしばしの間見てから、ゆっくりと頷いた。

そして、忘れ物があると言って隣へとって返すと、何故だか奥の間から、掃除道具を持ち出してきたのだ。宗右衛門が長火鉢の横で、まじまじと立派な座敷箒《ぼうき》を見つめる。

「麻之助、八木家へ行く前に、部屋を掃きたくなったのかい？」

「いえ、おとっつぁん、そんな訳ありませんよ」

大真面目に答えると、麻之助は箒をさっと逆さまに持ち、頑丈な竹の柄《え》を前にして構えた。そして目を見開いた宗右衛門へ、喧嘩に慣れた放蕩息子ならではの素早さで、強烈な一撃をみまったのだ。

ところが。

悪友の清十郎でも避《よ》けきれぬだろう攻撃を、宗右衛門はあっさりかわした。それから落ち着いた顔で息子を叱ってきたので、麻之助は唇をくいと歪《ゆが》め、への字にする。

「本物のおとっつぁんでもないのに、説教なんぞすんなよ。私の父親に化けるんだったら、さっきの一発は我慢して、喰らわなきゃいけなかったんだ」

宗右衛門ならば、箒から逃げられはしなかった。そして。

「親の顔で言えば、私が間違えるとでも思ったのかい？　高橋家の横に、堀川なんぞ流れちゃいない。八木家へはいつも、歩いて行ってるんだ！」

何としても麻之助を、怪しげな舟へ乗せたいようだと言うと、宗右衛門はうつむいて、何故か肩をふるわせている。麻之助は段々気味の悪さに包まれ、己の腕に鳥肌が立ってくるのを見る事になった。

「ふ、ふふふふ」

父親だと思っていた男が、笑い声を立てていた。ひょいと麻之助の方を見上げてきたその顔は、既に宗右衛門ではなくなっていた。

「うっ」

箒を抱えたまま、麻之助は思わず一歩後ろへ飛び下がる。男の顔は、あの暗い道で見かけた大江のようにも見えたし……大江山に住むという鬼のようにも見えた。

ぐっと腹に力を込めると、麻之助は箒を振り回して大江を僅かに引かせた後、隣の部屋へ逃げ出た。表の堀川に舟が繋いであるということは、屋敷の外には町が広がっているに違いない。逃げてゆく先があるということだ。

「提灯がない。外が真っ暗じゃないことを祈りたいね」

目にした障子戸を開けると、雨戸を閉《た》ててある廊下に出る。その戸を開ければ外だ。大急ぎで逃げなければ、鬼にがぶりと喰われそうな気がして、麻之助は必死の思いで端の戸を一枚戸袋へ放り込み、先へと飛び出る。

すると。

雨戸の先は、庭ではなかった。そこにはまた、先程と同じような部屋が続いていた。

5

「くっそう、疫神の奴、何としても残った私だけは、この妙な場所から逃がさない気だな。出て行きたきゃ恐い舟に乗って、あの世へ行けと考えてる訳だ」

麻之助は廊下を走りつつ、思い切り文句を言った。両親とて、自分を看病しているに違いないが、清十郎と違い呼びかけてくる声一つ聞こえない。多分己の病状は、よりかんばしくないのだろう。

「それでも、あっさり大江さんの言う事を聞いて、あの世へ行きたくないなぁ。どうしてかね。大江さん、美女の姿で現れるべきだったかもな」

それに麻之助は、できるだけ粘ってみると、先程決めていた。

「大丈夫だ。頑張ろう」

震えてくる身を励ますようにつぶやいてみたが、襖を開けるたびに新たな部屋が現れ、その向こうにも、また同じような部屋が待っていると、いい加減、うんざりしてくる。人の居ない部屋を、ただ進んでゆくのだが、何故だか追ってくる足音は全く聞こえてこなかった。

すると。

「おおっ?」

次の襖を開けた時、麻之助は向かいの襖が少しばかり開いている事に気づいた。隙間から、女物の着物の柄が、僅かに見えたからだ。

(うわっ、今、おなごの方が良かったと言った途端、女で攻めてくるのか。こりゃ、こっちへ来てから話した事は、全部疫神に聞かれてるな)

何を言ったのか全てを思い出す事が出来ず、溜息が出た。清十郎とあれこれ話したと思うが、大江が、聞いたものをどう使ってくるのか、不安になる。麻之助は六畳間で立ち止まり、この後どうするべきか寸の間迷った。

一つ目の選択は、多分大江が化けたであろうおなごを避け、廊下か隣の間か、とにかく他の道を探す事だ。真っ当な考えだとは思うものの、残念ながらこの場所自体が真っ当ではない。向かいの部屋にいるはずの女が、後ろの部屋から現れるかもしれないのだ。

二つ目は、ここで勝負に出てみるという考えだ。大江から逃げ続けられるかどうか、分からない。ならば一度向き合ってみるのも、よいかもしれない。まあ、馬鹿な選択だとは思うが。

(でも疲れ切って、もうどうでも良くなる前に、大江と対峙《たいじ》しないと。その機会すら持

てなくなるかもしれない）

正直に言えば、麻之助はそろそろ大分、疲れてきているのだ。このまま逃げてばかりいると、終《しま》いには休めるのなら、怪しい舟に乗ってもいいと思いかねない。

（神様、仏様）

そう唱えると大きく息を吸ってから、一つ吐き、正面の襖を開けた。どんなに綺麗なおなごが現れても、見ほれずに落ち着いている事が出来ると、麻之助は己を信用していた。

そして。

部屋にいたおなごを見た途端、麻之助の心の臓ときたら、突然どきりと鳴ったのだ。その上己の顔が、熱くなるのが分かる。知らぬうちに、唇を噛みしめていた。

目の前に現れたのは、先程話を聞いたばかりの清十郎の義母、お由有であった。

「お、お由有さん……」

まさかお由有が現れるとは思わず、麻之助は立ちすくんでしまった。

（焦るな。清十郎と、お由有さんの話をしたばかりじゃないか。勿論大江は、あの話を聞いていたのさ）

高橋家の辺りでも病をばらまいているのであれば、疫神は町にいる多くの者の名や姿を、承知している筈だ。噂話だとて山と聞いているだろう。だから先程は麻之助の父、宗右衛門そっくりの男が現れたのだ。

（で、でも……）

何しろ目の前にいるのは、いつものお由有そのものであった。藤鼠色《ふじねず》の着物を着て、草花模様の櫛《くし》を挿している。こんな所に突然現れるのは妙だと百も承知していても、男相手のように、いきなり打ってはかかれない。するとお由有はその躊躇《ためら》いを見透かしたかのように、落ち着いた様子で話し始めた。

「まあ麻之助さん。お久しぶりですこと。寝付いたとお聞きしてましたが、具合はもういいのですか？」

ありがたい事に清十郎の病は峠を越え、ほっとしていると言われて、麻之助は思わず良かったと頷いた。お由有は優しく笑うと、清十郎が無事本復したら、縁談を考えて欲しいという話が、さっそく来ていると言い足し笑う。

「本当に気の早いお話で。お医者様が清十郎さんへもう大丈夫と言ったのは、今日の事なんですよ」

「医者から回復具合を聞き出したんですかね。一つ縁談が流れた所だから、次を狙っているんでしょう」

麻之助も微笑んだが、縁談の話が出ると、お由有当人へ来たという縁談の方が、どうしても気になってくる。

一瞬、ここは妙な場所なのだ、正気に戻らねばと思ったものの、お由有の一言が、きちんとした考えを蹴飛ばしてしまった。

「あの、麻之助さんは清十郎さんから、聞かれましたか？　その、私にも縁談が来ておりまして」

お由有は小さく笑みを浮かべ、実は己への縁談が来る前から、考えていた事があったと言い出した。清十郎の縁談が調《ととの》った時点で八木家を出て、父親である大倉屋の持ち家へ移る気であったのだ。姑と花嫁の歳が近い事を、お由有も心配していたらしい。

「源兵衛さんと一緒になったおかげで、幸太を無事産んで育てる事ができました。本当に感謝してます。ですが」

お由有と今の当主清十郎は、血が繋がっていない。そしてお由有の夫源兵衛は、もう八木家にはいないのだ。これ以上、八木家に甘えられないとお由有は言った。

「あの子は……幸太は夫、源兵衛さんの子ではありませんから」

「お由有さん」

そのはっきりした物言いに、麻之助が目を見開く。今日のお由有はいつになく、何事も口に出していた。

「大きな息子を持っていた源兵衛さんは、全てを承知の上で、私と一緒になってくれました」

しかし息子の清十郎にまで、世話にはなれない。なってはいけない。運の良い事に、まだお由有の父、大倉屋が存命で働いていた。自分と幸太は、頼りにできる人がいる間に先々を考えねばならない。お由有母子は、そろそろ歩み出す時なのだ。

「父は……今回の縁談を考えて欲しいと言ってます。私にとっても幸太にとっても、一番良い話だからと」

麻之助はその言葉を聞いて、拳を握りしめる。ならば、お由有は嫁ぐと決めたのだろうか。

(もし新たに縁づく事に決まったら、もう一度お由有さんと、話す機会があるかどうか分からない)

麻之助の頭には、妻のお寿ずが亡くなる少し前に、言い残した話があった。

今更蒸し返す事ではないだろうと、あれからずっと黙っていた。しかし、この場で問わなかったら、もう二度と口にできないかもしれない。そう思うと、問いが口からこぼれ出る。我慢出来ず話してしまった。

「お由有さん……お寿ずが死に際に教えてくれたんです。その、幸太の父親のことですが」

麻之助は以前より、嫁入り前のお由有と噂になっていた、上方の男が父親だと思っていた。幸太が生まれた時、そのように噂した者も多かったと思う。だが真実は、麻之助達が考えていたのとは少し違う話であったと、お寿ずは告げたのだ。

いつもの高橋家では考えられないくらい、他の人影が見えないのに、この時部屋の奥でことりと何かの音がした。しかし麻之助はお由有だけを見ると、真面目な調子で話を続けてしまった。

「お由有さん、お由有さんはあの当時、上方の男から、私が書いたという文《ふみ》を渡されていたそうですね。そしてその男へ、私への文を頼んでいた。それは本当の事ですか？」

お由有は僅かに眉尻を下げ、下を向いてしまう。声が小さくなった。

「あの頃の麻之助さんは、それはそれは折り目正しかった。落ち着いて考えれば、まだ十六で生真面目だった麻之助さんが、おなごへ文など出さないことくらい、分かっていた筈ですのに」

何通も交わされたその手紙は、最初から代筆だと断ってあり、そもそも麻之助の字ではなかったとお由有は続ける。麻之助は、字は達者だ。大事な文であるなら、代筆など頼む筈もなかったのだが、お由有は欲しかった文を手にできた事に喜び、疑う事すらしなかったのだ。

「いいえ、疑いたくなかったのかもしれません」

自分が、二つ年上なのを気にしていた。おまけに妾腹とはいえ、分限者《ぶげんしゃ》大倉屋の娘お由有には、既に随分多くの縁談がきており、気持ちが焦っていた。ところが急にそれを乗り越え、麻之助と気持ちを交わせたのだ。そのことが、ただただ嬉しかった。

「頂いた文には、もう二、三年経って麻之助さんが一人前になったら、きっと嫁にもらう。だから暫《しばら》くは新たな縁談など受けないでくれと、そう綴《つづ》られていました」

それ故麻之助は、当分表でお由有へ近寄ったりしない。年下男との縁を心配した大倉屋が、さっさと縁談の一つを、まとめてしまうかもしれないからだとも文にはあった。

お由有は視線を逸らしたまま、麻之助の方を見ずにそう言った。

(なるほど、上方男ばかりを見ているように思えたのは、そういう訳か)

お由有の話は続き、麻之助は話にのめり込む。

「ある時麻之助さんからの文に、たまには二人でこっそり、不忍池《しのばずのいけ》で蓮の花を見ようと書いてありました」

呼び出されるまま、お由有は池之端《いけのはた》へ行ってしまったのだ。蓮池の近くには数多茶屋が並んでいて、男と女が忍んで会うには都合が良いようにできていた。お由有は障子戸を開け放つと、表に見える堀川の景色を見る。

「茶屋近くへ供《とも》も連れずに行った時、私はそこで思わぬ男と出会ってしまったんです」

麻之助はおらず、お由有はその男に、茶屋へ引きずり込まれる事になった。つまり文を交わしていた相手は、上方男ではなかったのだ。

「その男が幸太の父親なんですね。男の名は」

お寿ずは、その男の名までは言わなかった。

（欺《だま》され子ができても、お由有さんはその男とは添わなかった。源兵衛さんと一緒になったんで、だから皆、あの時急ぎ家へ帰った上方男を、相手だと思ったんだ）

もし、あの男が相手でないとしたら、誰だったのか。お由有は何故だか言わない。

（今目の前にいるこのお由有さんでは、言えないのでは？　この人はあの大江の化身だから、知らないのでは？）

その考えが頭を一瞬過《よ》ぎったが、直ぐに男の名前の事で麻之助の頭は一杯になる。こうしてお由有を目にしていると、ふと思いついた事があった。

（大倉屋さんは、お由有さんをとんでもない目に遭わせた男の事を、酷く怒ったに違いない）

大金持ちで、武家にも顔の利く札差に睨まれ、その男が江戸で安穏と暮らせる筈がない。つまりそのろくでなしは、お由有の縁談が急ぎ決まる前に、江戸を出たのではないか。

そこで麻之助は、当時の事を必死に思い出そうとした。お由有と文の受け渡しをしていた上方男は、確かにその頃、西へ帰った。そして……。

(ああ、一人いた。確かあの上方男と一緒に、商いの修業に出るとか言って、支配町から去った男がいたじゃないか)

その男は、今も上方から帰っていない。

(お由有さんを呼び出したのは、縁談相手の一人だった、あいつか……)

そういえば早い時期に、お由有との縁談を断られていた筈だ。だが断られても大倉屋との縁と、金と、お由有を諦められなかったのだ。

(それで私の名を使って、お由有さんと文を交わした。そして終いに茶屋近くへ、呼び出したのか)

力を使えば、おなごは最後には諦めると思っていたに違いない。しかし子供を産む決意はしたものの、お由有はその男の思い通りにはならず、全てを承知した源兵衛と夫婦になった。麻之助の頭の中で話は繋がり、一つ一つ頷くと、納得していく。

(あの当時、お由有さんが私の所に、添ってくれるかと問いに来た事がある。でも、後から考えたらあの時には、とうに源兵衛さんの後添えになることを、承知していた筈だ)

十六だった麻之助には、金を、暮らしを、何より生まれる子供のことを、そっくり引き受ける力がないと分かっていたと思う。そして母になる娘は、赤子の事を一番にして、己の身の処し方を決めていた。

麻之助は半ばやけくそで、これだけは聞きたかった事を、目の前のお由有に問う。

「もし私が……無謀にもお由有さんを引き受けると言ってたら。どうしてましたか？」

「気持ちだけは、本心嬉しいと言ったでしょうか。それからもう縁談を決めたことを、話したと思います」

お由有があっさり言い、麻之助は苦笑いを浮かべた。

（そんな返事が待ってるなんて、あの時は思いつくこともできなかった）

多分お由有は麻之助の所へ……色々な事を諦めに来たのだろうと思う。恋しい気持ちとか、娘としての日々が消えていこうとしていた。その代わりに、父親のような歳の者へ嫁ぐ己には、じき、厳しい噂話が耳に届くと承知していた筈だ。あれは麻之助に対する、最後の甘えだったのかもしれない。

情けなくも、己に呆然《ぼうぜん》とするしかできなかった麻之助は、やがてすっかり生真面目な所を吹っ飛ばしてしまった。ここで麻之助は、ようよう思い出した幸太の父の名を口にする。

「お由有さん、幸太の父親は……横平屋《よこひらや》の達三郎《たつさぶろう》さんですね」

お由有とは、噂にもなっていなかった男であった。お由有は返答をせず、ただ黙って明るい堀川を見つめている。

だがそれが間違いのない答えだという事が、麻之助は分かっていた。

6

「麻之助さん、そろそろ行きましょうか」

その時お由有が振り返ると、すっと手を取り、麻之助をいざなった。気がつけばお由有はいつの間にか屋敷の縁側に立ち、今にも沓脱《くつぬ》ぎへ降りて、表へ出て行こうとしていたのだ。

「あれ？」

つい今し方まで延々と部屋が続き、出たくても出られなかった筈の屋敷は、いつの間にまともになっていたのだろうか。麻之助は一寸目をしばたたかせたが、直ぐに訳を知る事になる。

屋敷の庭の直ぐ先、驚く程近い所を、人を何人か乗せた舟が進んでいったのだ。舟の行き交う堀川は、百年前からそこにあったかのように、景色に馴染んでいる。船着場では更に何人かが、舟へ乗り込んでいた。脇の道には魚や端布《はぎれ》、籠を山と持った振り売り達が、いつもの売り声を響かせている。

「驚いた、堀川なんて、近所にゃ無かった筈なんだけどねえ。でも、毎日の風景に見えるじゃないか」

つい笑ってしまっている内に、お由有は麻之助の手を引きつつ、庭へ降りてしまった。

「おや、参ったな」

麻之助は一層笑い出す。暗い道で見かけた大江に手を引かれていたら、さっさと振りほどいて、ついでに殴っていたに違いない。

「なのに怪しいと承知していても、お由有さん相手だと、手荒な事はできないときてる」

見てくれは大切だねえと言い、それでもやんわり手を払う。すると、その時突然お由有が「きゃっ」と声を上げ、庭に座り込んでしまった。

急ぎ横を見たところ、驚いたことに何と亡き妻、お寿ずが庭に立っていたのだ。手には先に麻之助が使った、座敷箒を握っている。もっともお寿ずは箒草の方を使い、お由有の足を打ったようであった。

「麻之助さん、何をのんびりしているんですか。せっかく外へ出られたんでしょ？　さっさと逃げますよ！」

麻之助の手首を握ると、お寿ずは強く引っ張って、庭から駆け出て行く。麻之助は思わず、妻へ挨拶をしていた。

「お寿ず、久方ぶりだねえ。お前さんのお葬式以来だろうか」

「あら、私はこの通り、ぴんぴんしていますけど」

怪しいと思いつつ、相手が綺麗なおなごの顔をしていると、つい話し込んでしまう亭主というのは、全くもって情けない。お寿ずにきっぱり言われ、麻之助は大いに頷いてしまった。

「うん、そうだね。で、お寿ずも綺麗だ」

庭から表へ出るとき、ちょいと屋敷を振り返ってみたが、何故だか既にお由有の姿がない。

「おんや、役目が終わって消えたのかな？」

疫神は今、江戸で大勢に病を広めている所なのだ。その上この妙な場所でも、竹之助や麻之助達など多くを、あの世行きの舟へ乗せようと頑張っている。つまり行ったり来たり、化けたり、忙しいのに違いなかった。

「そんな中、私一人に随分手間と時をかけてくれるもんだ。疫神に見込まれたんだろうね、私は」

でも、しかし。考えようによっては、こいつは悪い話ではなかった。麻之助がそう言うと、堀へと続く道の端でお寿ずが急に立ち止まり、亭主を見てくる。

「麻之助さん、どうしてです？」

「あのね」

ここで麻之助は、ゆったりとお寿ずへ笑いかけた。

「今江戸の町は、麻疹もどきに取っつかれてる。私達には御札に頼るか、何とか金を掻き集め、良く効くとは言いがたい薬を購《あがな》うしか、対抗するすべがなかったんだ」

それで麻之助と清十郎にも麻疹もどきがうつり、この、黄泉へと繋がる場所へ引き込まれてしまった。

「しかし、だよ。いい加減でも頼りなくても、私は町名主の跡取りだからねえ」

つまり町役人の端くれとして、支配町の人々を、守らなくてはいけないのだ。おまけに麻之助はお気楽者で、遊び惚《ほう》けており、とんと真面目ではない。つまり流行病に罹ったからといって、疫神に言われるがまま、真面目に直ぐ死んでしまう気には、なれないのだ。

「だから、せっせと逃げてたんだよ。すると意固地な疫神が、こだわって追ってきた。途中で清十郎を逃がしちまってるから、私にまで逃げられる事は許せなかったのかね」

その時、麻之助には分かったのだ。麻之助がこの場所で死なずに粘れば、疫神はここに長く留まり、江戸の町をふらついたりしない。つまり疫神が消えた江戸からは、病人がぐっと減ってゆくのではないか。

「ならばと私は頑張って、疫神をこの場に引きつけておいた」

どんな流行病にしろ、治まらず流行り続けるものはない。きっと江戸の病は、峠を越えたに違いなかった。

「たとえ最後にゃ舟へ乗せられて、あの世に行くとしてもだ。町名主の跡取りとしては、良い仕事をしたってことになる。そうじゃないかい、お寿ず？」

万一生き残り、後でこの話を親にしても、幸せな夢を見たと言われ、笑われて終わるだろう。そのことがちょいと悲しいと言い、麻之助は堀川をゆく舟を間近で見つつ、お寿ずへ満足げな顔を向ける。

すると、ここでお寿ずが、可愛い姿に似合わぬ、妙に低い声を上げたのは、ご愛敬《あいきょう》というものであった。

「馬鹿な……病はもっと流行り続ける筈なんだ。それが、早くも終わりへ向かうって？」

麻之助がにたぁと笑ったところ、お寿ずの姿はいつの間にか消え、気がつけば堀端に麻之助といるのは、大江になっていた。顔をひきつらせているので、麻之助は首を振った。

「しょうがないよね。私にばっかり関わってたから、そんなことになったんだよ」

麻之助が邪魔なら、今からでも江戸へ戻る道を示してくれればいい。直ぐにここから消えると言ってみたが、大江はどっちへ行けば帰れるのか、教えてはくれない。疫神はけちであった。

「馬鹿な。病はまだ、ちゃんと流行っている……」

大江は舟が気になる様子で、堀へちらちらと目を向けていた。今も人が乗った舟が、目の前を過ぎてゆく。だが、ここでふと気がついた事があった。

（おや、どの舟も左の方から来るね）

麻之助が堀川を見つめ直したその時、やはり左手からゆるゆると次の舟が現れる。するとそこに思わぬ顔を見つけ、つい声を上げた。

「おいおい、竹之助さんじゃないか」

暗い道を清十郎と歩いていたとき知り合った、高橋家の支配町に住む若者だ。名を呼ばれると竹之助は顔を岸へ向け、舟の中から手を振ってきた。

「なんと、麻之助さんじゃないか。もう一人の町名主さんは、どうしたんだ？」

「清十郎は親に呼ばれて、お江戸へ帰ったよ。お前さんは何で、こんなところで舟に乗ってるんだい？」

すると竹之助は、麻之助達と別れた後、自分も誰かに呼ばれた気がしたと言った。それで真っ暗な中、声の方へ闇雲に突き進んだのだという。すると。

「明るい場所へ、ぽんと出たんだ。親がおれを呼ぶ、うるさい声が聞こえたところが。いきなり眩《まぶ》しい場所に出た為か、竹之助はまた、方向を失ってしまったのだ。声がどちらから聞こえたか、分からなくなったという。

「一気に草臥れちまってさ。堀の端で座り込んでたら、船頭さんが乗せてくれたんだ」

だが、やっと家へ帰れると思ったのに、まだ家に着かない。溜息をついていたその時、麻之助に出会ったらしい。

この時麻之助の横から、大江が顔と口を出し、堀川の舟へ笑みを向けた。

「おおっ、竹之助さん、あんたはやっと素直に舟へ乗ったのかい。そいつは良かった。いや、嬉しいね」

「……大江さん、あんたどうしてまた、おれの前に現れるんだ」

竹之助はつきまとわれ、迷子になった時から、大江をすっかり嫌っていた。その男に、舟に乗ったことを褒められたものだから、竹之助はそのまま乗っている事が、大いに嫌になったらしい。

「降りる！」

突然言いだしたが、船頭は舟を、堀川の岸に着けてはくれない。すると竹之助は、ふらつきながら舟の中で立ち上がり、無謀にも岸へ飛び移ろうとしたのだ。

堀川の川幅は大して広くなく、落ちてしまっても溺れはしないと、竹之助は踏んだのに違いない。以前提灯も持っていないのに、暗闇へ突っ込んで行ったのと同じく、考えなしに飛びあがる。

船頭が慌ててそれを止めたが、その時長い竿が手からこぼれ、岸の方へ倒れてしまった。それを大江が急ぎ拾い、船頭へ手渡そうとする。

すると。

この時竿と一緒に、大江の体が堀へとすっ飛んだ。麻之助がその背を、思い切り草履《ぞうり》で蹴飛ばしたのだ。

「お寿ずじゃなくて、ただの疫神なら、蹴るのに遠慮しなくて済む。ありがたいね」

竹之助と大江が堀川の上ですれ違い、舟の脇に大きな水しぶきが上がる。竹之助は足を水につけたものの、岸にしがみつく事ができた。

「はは、疫神を堀川へ叩き込んだ奴は、お江戸広しといえども私くらいだよ、きっと」

麻之助は笑いつつ、竹之助を引っ張り上げた。

「竹之助さん、お前さんは親の呼び声を聞いたんだよね？」

多分疫神が江戸にいない間に、竹之助の病は回復したに違いない。それで声を耳にする事ができたのだ。

「お前さんの乗った舟は、堀川の左手から来た。つまり竹之助さんが親の声を聞いたのは、この堀を左に行った先だ」

暗い道を歩んでいるとき、お由有の声が江戸へ呼び戻してくれる筈だと、麻之助は清十郎を闇へ放り込んだ。よって今度は竹之助を呼ぶ親の声をめざし、堀川を左へ行ってみようと腹を決めた。向かう方向が間違っていないことを神仏に祈り、堀へと目を向ける。

「それじゃ疫神、おさらばだ」

二人で駆け出した。

駆けて駆けて。

駆けて。

その内何故だか一人になっており、辺りが明るくなってきたような気がした。じき、麻之助に親達の声が聞こえ始める。吉五郎《きちごろう》の声まで聞こえ、清十郎は無事だと教えて貰えた。

（つまり、こちらへ突き進んで、大丈夫だってことだ）

無事生きて戻れたら、竹之助を探し出し、礼を言わねばなるまい。清十郎にも早く会いたいと、あれこれ思い描いていたら、この幻の内で疑問にけりをつけたお由有の話を、ふと思い出した。

お寿ずにも出会えた。

そう考えると、とんでもない場所へ来てしまったが、悪い事ばかりではなかったと思う。

帰れると感じる今なら、そう思う。

「麻之助、なにのんびりしてるの。早く目を覚ましてちょうだい」

突然、母おさんの声が聞こえた。麻之助は苦笑を浮かべると、声のする明るい方へと必死に駆け続けた。

親には向かぬ

1

江戸でも繁華な、両国橋東岸でのこと。盛り場から、少しばかり東へ行った辺りの長屋脇で、何人もの住人達が、渋い顔を浮かべ、一人のおなごに目を向けていた。囲まれているのは、近くの妾宅に住まうおなご、お虎《とら》だ。

「昨日の昼餉《ひるげ》は芋、一昨日の昼も芋。その上、今日もまた芋を買ったんだって？」

「お虎さん、昼は芋しか食わないのかい？」

「金が無い訳じゃあるまいに。小さい子供が食うものを、けちるんじゃないよ」

旦那は江戸でも人に知られた高利貸しで、その為かお虎は近所に、良く思われていない。それを承知しているので、お虎は初め大人しく、玩具片手に話を聞いていた。だが、食べ物の話ばかり続くので、その内じれて、長屋の連中へ気っぷ良く言い放った。

「昼餉に芋を食べると、近所から文句を言われるたぁ、知らなかった。聞くけど、あんた達、芋を食べる事はないのかい？」

それにしちゃ、番屋でたんと売っているとお虎が言うと、長屋の面々が一寸黙る。だが直《す》ぐに怒ったような顔で寄ってくると、声を低くし、お虎へこう言ったのだ。

「暢気《のんき》に芋を、買ってる場合じゃないよ。お虎さん、丸三《まるさん》の旦那が、何か拙《まず》い事にでも巻き込まれたのかい？　強面《こわもて》の兄さん達が、あんたの家の周りをうろついてるよ」

「えっ……」

「小さい子が、お虎さんと一緒に暮らしてないかって、あたしらは聞かれたんだ。長屋以外の事なんて、知らないと言っといたが」

どうやら長屋の皆は芋ではなく、この話をしたかったらしい。お虎とは日頃付き合いがないので、芋を話のきっかけにし……万吉《まんきち》が妙な男らに目を付けられていることを、教えてくれたのだ。万吉は、先日妾宅に預った子で、まだ四つであった。

「うちが、見張られてる？」

お虎はさっと辺りへ目を向けてから、唇を噛んだ。こんなにも早く、自分の家の方が目を付けられるとは、思ってもいなかった。

（どうしよう）

急ぎ旦那の丸三に知らせ、何か手を打って貰わねばならない。勿論、丸三は色々考えてくれるだろうが、家には日頃、お虎と通いの小女、それに……万吉しかいなかった。

（大丈夫だろうか）

急に黙ってしまったので、長屋の者達が気遣わしげな顔で、お虎を見てくる。いつもであればさっさと離れて、妾であるお虎を遠巻きにしている者達が、珍しい事であった。だが直ぐ、お虎は納得して顔を上げた。長屋の皆は幼い万吉の事を気遣っているのだ。

（そうか。だったら……）

お虎はここで、生まれて初めての事をした。芋と玩具を握ったまま、近所の皆へ深く深く頭を下げたのだ。

「おやっ」そして驚く長屋の面々に、もしまた万吉の事を尋ねる者がいたら、お虎へ知らせて欲しいと頼みこむ。

「うちの万吉の親は、今、具合が大分悪くてね。それであの子、一時預かってるんだ」

万吉の親は……多分、もう保《も》たないのだ。しかし親は質屋を営んでいたので、万吉はそこそこ、まとまった金を残して貰えそうであった。すると。

「大金が、小さな万吉へ渡りそうになった途端、身内だと言ってきた奴がいるんだよ」

あからさまに子供より金が目当てで、病の親も嫌っている。だから万吉を守ってやらねばならないと言うと、大方は頷《うなず》いたが、年かさのおかみが一言、問うてきた。

「あのさ、今の話は本当かい？　丸三さんが、あの小さい子の金を、手に入れようとしてんじゃないのかい？　何しろ高利貸しだし」

　お虎は明るく笑った。

「うちの旦那は、そろそろあの世の事が気に掛かる歳だからね。三途《さんず》の川の渡し賃六文以上は、あの世へ持って行けない事くらい、承知してるわ」

　高利貸し故、今更阿漕《あこぎ》な所がなくなる訳ではなかろうが、子供相手に無茶はしない。

「それに馬鹿をしようとしたら、あたしがお盆でひっぱたいておくから、大丈夫」

「そりゃ勇ましい」

　どっと笑い声が上がり、長屋の面々は万吉の為、気づいた事は知らせると、お虎へ約束してくれる。だが先程のおかみは、長屋へ帰る前に、お虎へ一言釘を刺してきた。

「あんた、坊のこと、可愛がっているようなのはいいけど、昼餉が毎日芋じゃ可哀想だよ。飯と漬け物に、煮売り屋で売ってる煮豆でいいから付けて、食わせてやんな」

「あ……そうか、そういうもんなんだね」

「いつまで置いとく気か、知らないけど。手習いへ通うような歳になったら、芋じゃ足りないからね。お八《や》つじゃないんだ」

　お虎は頷くと、黒板塀にある木戸を潜《くぐ》り、一軒家の妾宅へ戻った。それから手の中の芋を見つめ、大きく首を傾げる。

「やっぱり昼餉が毎日焼き芋じゃ、いけないみたいだねえ。でも、あたしが小さい頃は、親があたしの分の飯を忘れずにいてくれりゃ、ほっとしたもんだけど」

芋はお虎にとって、親の思い出が重なる、数少ないものの一つだ。子沢山だったからか、お虎の親は、子の世話をまめにやく方ではなかった。そしてその内、面倒をみきれないと言い、器量の良かったお虎を、芸者をしているおなごの所へやってしまったのだ。

「あたしは芋、嫌いじゃないんだ。甘いもの」

でも正直にいえば、小さい子供に、何をどれだけ食べさせればよいのか、いや、子と毎日どう過ごせばいいのか、お虎は未だに良く分かっていなかった。

「慣れないねえ、全く」

とにかく今は丸三へ、剣呑《けんのん》な者が現れた事を知らせねばならない。溜息をついたその時、家の奥から縁側へ、幼い姿が現れてくる。

「万吉」

声を掛けると、子供はくりんとした目で、嬉しげにお虎へ寄ってきた。芋と一緒に買った小さな太鼓を見せると、飛びつく。

お虎は不意に、丸三が万吉の話をしに、家へ来た日の事を思い出していた。

江戸の神田には、古町名主高橋家の支配町が、八つばかりある。どの町も、いつもは暢気にしている者が多いが、最近ある町内で噂話が飛び交い、皆がぴりぴりし始めた。

その内膨れあがったその噂は、町役人の端である月行事《がちぎょうじ》を動かした。そしてある日、その月行事と家主が二人、それに何故だか隣町の名主清十郎《せいじゅうろう》と、同心見習いの吉五郎《きちごろう》までが、揃って高橋家へ顔を見せてきたのだ。

「麻之助《あさのすけ》がまた、頭の痛い事をしたんですな」

町名主でもある宗右衛門《そうえもん》は直ぐに納得し、お気楽者の跡取り息子を呼びに行った。

「麻之助、玄関へ来なさい。皆さんの質問にお答えして、ご心配を除くように」

麻之助は、遊んでいた飼い猫のふにと顔を見合わせ、溜息をついた。どう考えても町役人達は、花見へ誘いに来てくれたのではない。

「ふに、一人で皆さんに立ち向かうのは、勘弁だよ。一緒にいておくれな」

「ふにぃ」

猫を連れてくるなと言われなかったので、一緒に玄関へ向かうと、宗右衛門は息子を、玄関の真ん中に座らせた。すると、じろりとふにを睨んでから、月行事が急ぎ話しだす。やはりというか、お小言が降ってきた。

「聞いたよ、麻之助さん。今回はまた、結構な無茶をしてくれたねぇ」

正直に言えば、頼りない町名主の跡取り息子が、また間抜けをしても、今更驚かない筈であったと月行事は言う。しかし。

「ただね、幼い子供が絡んでるとなりゃ、話は別なんだよ」

するど、部屋内で沢山の顔が頷いたものだから、麻之助は困った顔でふにを撫でた。

「ああ皆さんは、万吉坊の事で話しに来られたんですね。質屋明松屋《あけまつや》さんの子供の」

「おや、心当たりがあるんだね。麻之助さん、本当に……本当に幼い子供を、あの悪名高い丸三さんへ預けたのかい？」

丸三は、江戸ではちょいと名を知られた男であった。表向き質屋も商っているが、その実は高利貸し、剣呑な者なのだ。

他で借りられない者へも貸してくれるとかで、客が途切れる事はない。だが利は高く、借りればあっという間に、借金が丸々三倍になると言われていた。よって本名など忘れられ、丸三の名で通っている。

「おい、どういうつもりなんだ？」

「ありゃ皆さん、顔が恐いというか」

麻之助は思い切り両の眉尻を下げると、まあちょいと話を聞いて下さいと、大急ぎで言い足した。麻之助としては、父親と、町役人達と、悪友らが何と言おうと、最近、結構真面目に働いているつもりなのだ。

「あのですね、明松屋さんは結構、繁盛《みまか》している質屋を営んでおいででした」

おかみは万吉を産んで程なく身罷り、明松屋は万吉と奉公人達と共に、暮らしていたのだ。しかしそんな中、不運にも明松屋が、病に取っつかれてしまった。

「心の臓が苦しくなってきたんだそうで」

玄関の皆が、顔を見合わせ頷く。

「明松屋さん、少し前から調子が悪いってこぼしてたね。町の皆も、心配してたんだよ」

そして明松屋には、病以外の心配事があった。

「亡き明松屋のおかみさんは遠方の出で、江戸に身内がおられない。そして明松屋さんにも、頼れる親類がいなかったんです」

つまりまだ幼い万吉がいるのに、いざという時、泣きつける先がなかったのだ。だから明松屋は病を得ても、何とか商いを続けていた。しかし段々、体が保たなくなってくる。

「それで明松屋さんは、倒れる前に出来る事はせねばと、腹をくくりました。そして私を訪ねて来られたんです」

父の宗右衛門ではなく、頼りないとの評判がある麻之助へ話を持ってきた事に、最初は麻之助自身が驚いた。しかし訳を聞き、赤子を失った事のある麻之助は、万吉の為、やれるだけの事はする事にしたのだ。

「まず一番に、別の医者にも、明松屋さんを診て頂きました」

そして以前からの医者と新たな医者、明松屋の三人で、話をして貰ったのだ。明松屋は子の為に、確かな先の見込みを知りたがった。その結果。

「お医者方の見立ては、江戸煩《えどわずら》いではないかということでした。しかも結構重い。それでお医者は私に……一応、万吉坊の引き取り手を探しておくよう、言ってきました」

その言葉の意味を覚《さと》り、玄関に集まっていた全員の表情が険しくなる。

「明松屋さんは、店を畳み、療養する事になりました。なるだけ生きて、万吉坊の先々の事を見定めたいというんです」

麻之助は飛び回った。まずは、つてをあたり、明松屋が養生する家を、隅田川を遡《さかのぼ》った大川橋近くに決める。そして次は、奉公人達の働き先を探した。手代と小僧二人のみだったから、これは早々どうにかなった。

「おお、そういう事をやってたのかい。麻之助さん、そいつはご苦労な事だ」

家主から珍しくも褒め言葉を聞き、麻之助が嬉しげにふにを撫でる。だが。

「明松屋さんの一の気がかりは、勿論、万吉坊のことです。坊をどうするか、随分話し合ったんですが」

子守を付け、とりあえず明松屋の療養先へ連れて行ってはどうかと、麻之助は言ってみた。普通なら明松屋は一時でも長く、万吉と一所に居たい筈だからだ。

「しかし父親というのは強いですね。明松屋さんは万吉の為に、それを諦めたんですよ」

その代わりに、早く万吉の預け先を見つけて欲しいと、麻之助へ頼んできたのだ。

明松屋は、万吉坊が引き取られた先でちゃんとやっているか、見届けたいと願った。もし養い親と万吉が上手くいかなかった場合、已《おのれ》がまだ生きていれば、別の預け先を手配できるからだ。麻之助は大急ぎで、万吉を育てて貰える先を探した。

「万吉坊はまだ四つ。明松屋さんには、どういうお人に預けたいか、望みがありました」

すると。まだ話の途中であったのに、ここで吉五郎が大きく首を傾げる。

「なあ麻之助、何だかさっきから、とても真っ当な話を聞いてる気がするんだが」

「おんや、嬉しい事を言うね」

「お気楽者の麻之助だが、どう考えても今回は大層頑張って、気の毒な明松屋からの相談に乗っているよな」

例えば宗右衛門や清十郎が、支配町の者から同じ相談を受けても、麻之助のように、事に当たったってゆくに違いない。

「なのにどうしてその先で、話がひん曲がったのだ？　何で突然四つの子を、あの丸三さんへ預ける事になったのだ？」

「吉五郎、それを今、話そうとしてるんじゃないか。せっかちだねえ」

麻之助が苦笑いを浮かべると、膝の上でふにが、にゃんと鳴く。ここで麻之助は急に土間の向こうへ目を向けると、そのまま言葉を切った。名主屋敷の表から、手代巳之助《みのすけ》が言い争っている声が聞こえてきたのだ。宗右衛門が眉を顰《ひそ》める。

「はて、誰だろう。中へ入れろと、大声を出してるみたいだね」

玄関に集まっていた面々も、顔を見合わせる。町名主屋敷の玄関といえば、町内の揉《も》め事を裁定する場で、呼ばれもしないのに押しかけたいような所ではなかった。もし町名主に相談があるのなら、町の皆は門をくぐった後、手代へでも一声かける。

麻之助は、口元を歪《ゆが》めた。

「おや早々に、おいでなすったか」

その時、いきなり玄関の戸が開いた。そして客人方がいるからと、止める巳之助を引きずるようにして、派手な大名縞を着た大男が姿を現してきた。

麻之助達七人の眼差しが集まり、男は一寸、その足を止めた。

2

元芸者のお虎はその名に負けず、随分と威勢が良く、ついでに見た目もかなり良い。その上色っぽいから、お虎はこれまでずっと、旦那の世話になってきた。

もっとも、綺麗だとはいえお虎はもう三十路《みそじ》を超えており、大年増である事を当人もようく承知している。だからここ暫《しばら》く、お虎は世話になる旦那を変えずにいた。今の旦那は強突《ごうつ》く張《ば》りとして、江戸ではちょいと名の知られた金貸し、丸三であった。

丸三はいい歳をしている為か、かなりお虎を放っておいてくれたし、その上、金の面倒はきちんとみてくれた。誠にありがたい旦那だったから、お虎は子が欲しかったのだが、しかし恵まれなかった。

「子を産んで、先々その子に養って貰おうとは、思っちゃいないんだよ。これでも芸者をやってたんだ。いざとなったら三味線でも教えて、何とかやっていくさ」

けれど子がいたら、旦那を失っても、がむしゃらに働けそうだと思ったのだ。しかし子供ばかりは、月々のお手当てのように、ほいと渡される訳にはいかなかった。

このまま歳を重ねていき、もう男に振り向かれず一人になったら、酷《ひど》く寂しいに違いない。そしてそれは、遠い先の話ではないだろうと、最近お虎は腹をくくっていた。

すると。

ある日、お虎の所へやってきた丸三は、いつになく、話を切り出すのに困っていた。だがお虎は、きっぱりしないのが嫌な質《たち》だから、側でうじうじしているなら家へ帰ってくれと頼んでみる。すると丸三は大きく息を吸ってから、とんでもない事を言い出した。

「お虎、実は今度、子供を預かる事になったんだよ。いえね、友達の麻之助さんが……

何だって？　町名主の跡取り息子が、友達なのかって？　本当だよ！　友達だ！」

とにかくその麻之助が、先日丸三へ頭を下げにきたというのだ。

「体を壊して療養にゆく人が、支配町にいるそうだ」

男は明松屋と言い、丸三と同じく質屋をやっていた。やもめで、しかも頼れる親戚がいないので、四つになる子を託す先に困っているのだ。それで。

「このあたしに、質屋ごと預かって貰えないかって、麻之助さんは言うんだ」

丸三は、店や子供をあずけても大丈夫な人だから。麻之助にそう言われ、丸三は断れなかった。

「へえ、町名主の跡取りさんが、そんな事を言ったのかい？　へぇえ」

ここでお虎は、いつもよりぐぐっと低い声を出した。相手が大事な金づる……もとい、大事な旦那でなかったら、景気よく頬でも張って、目を覚まさせてやりたいところだ。

「でもお前さん、そりゃちょいと、おかしい話でしょうに」

「そ、そりゃ麻之助さんとは、随分歳が離れてるけどね。でもちゃんと友として、日頃も話などしてるんだよ。嘘じゃない」

「お前さん、おかしいのは子供の話の方だよ」

とにかく落ち着いてと、お虎は長火鉢の湯で茶を淹《い》れ、己と丸三の前に置く。それからしげしげと、歳を重ねた男の顔を見つめた。

「お前さんはもう、若くはないんだ。そしてね、おかみさんはいない」

一人暮らしの男で、しかも遠慮無く言うならば、悪名高き金貸しだ。町名主の跡取り息子が、どうして小さな子を託すと言い出したのか、お虎には分からない。

「どうも妙だよ。それにお前さん、引き取った後、どうやってその子の面倒をみる気なんだい？」

丸三は、毎日せっせと稼いでいる。そして高利貸しという強欲な商売でも、苦労もなく金が入る事はないようで、結構忙しいのだ。

「家に小さな子がいりゃ、おまんまだってきちんと三食、用意しなきゃいけない。風呂へ連れて行って、着替えさせて。きっと大変だよ。お前さんに出来るのかい？」

すると。子育ての苦労を並べてみせたというのに、丸三は随分と嬉しそうな顔を、お虎へ向けたのだ。

「おお、自分の子がいなくったって、お虎はやはりおなごだね」

男には分からぬ事にも気が行くと褒められ、お虎は思わず笑みを浮かべた。すると丸三はほっとした顔で、お虎へとんでもない事を頼んで来たのだ。

「うん、あたしが一人で小さい子を育てるのは、とても無理だと思うんだから。

「お虎、力を貸しておくれ」

「はあ？」

「こっちの家でお前さんに、万吉坊の面倒をみて欲しいんだよ。ほら、前に子が欲しいと言ってたじゃないか」

丸三は調子よく、いや、お虎なら大丈夫だと安請け合いをし、事を決めようとする。しかし、子の世話を押っつけられそうだと知ると、お虎は丸三を睨み、きっぱり否《いな》と言った。

「あたしゃ、お前さんの妾じゃあるけどね。でも、子守の奉公にきた訳じゃないんだ」

自分で世話出来ないなら、子供を引き受けるんじゃないと突っぱねたところ、丸三は一寸、泣きそうな顔になった。どうやらとっくに、子を養うと言ってしまったらしい。

「おや、友とやらに、そんなにいい顔をしたいものかい？」

阿呆らしくなって嫌みを言うと、江戸でも聞こえた高利貸しは、湯飲みを握りしめた。それから身を乗り出し、若い妾へ一所懸命言い訳をしてくる。

「あのねえ、お虎。麻之助さんがあたしに頼みたいと言ったのには、ちゃんと訳があるんだ」

こういう時の丸三は、当人が必死であるからか、何というか……可愛らしい。世間の評判と違う面を、自分だけが知っているような気がして、お虎はそういう丸三が結構好きであった。仕方なく話を聞く様子を見せると、丸三はせっせと語ってゆく。

「同業の質屋だから分かるけど、明松屋さんの店、なかなか儲かっていた筈だよ」

そして店主である父親に万一の事があれば、残った財はそっくり、一人息子の万吉へゆくのだ。

「だから万吉を預ける先は、どこでも良いとは言えないんだ。明松屋の身代《しんだい》、つまり大層大きな金を、万吉が大きくなるまでの長い間、失わずに居られる人でなけりゃね」

大金を扱った事のない者だと、厳しい。

「手元に大金がありゃ、万吉坊の金と知ってても、つい使いたくなるからね。儲けて返せばいいと手を出し、失いかねないんだよ」

おまけに、もっと厄介な事があった。

「明松屋さんは店を一旦閉めたが、株はまだ持ってる。そいつは放っておけない」

「株？」

「お虎、質屋は誰でも、好きなように開けるわけじゃないのさ。店を開くには、まず質屋の株を買わなきゃならない。そして質屋の組合に、入れて貰わなきゃ駄目なんだよ」

質屋の株は高額故、右から左へ売れるものではなく、組合と揉めると後々困るから、適当な者へ売っていい訳でもない。素人には扱いづらいものであった。

「そうか、万吉坊を引き取ったら、株とやらを売るにしろ預かるにしろ、質屋の事も引き受ける事になるんだね」

どうやら万吉の件は、よくある捨て子のように、誰かが子を引き取って終わりという話には、出来ないようであった。商いの話が絡むから、長屋暮らしの連中では歯が立たないだろう。お虎が頷く。

「それで麻之助さんは、同じ質屋をやっているお前さんに、話を回したんだ」

丸三は同業の質屋だから、明松屋の株を頼める。

丸三には子がなく、引き取れば万吉を可愛がりそうだ。

そして丸三は金持ちで、年寄りだ。だから万吉の金を預けても、安泰であった。あの世へ金を持っていけない事くらい、承知している歳だからだ。

その上、思ってもみなかった事だが、多分町名主の跡取り息子は、丸三の所には、女手があると思っているのだ。お虎だ。

(ああ、こりゃ悪名高くったって、子供をこの人に預けようとする筈だ)

驚いた事に、お虎は大いに納得していた。お虎が明松屋の立場になり、病で先がないと分かったら、子を丸三に託したいと思ったかもしれない。

ただしそれは、お虎が子育てに手を貸し、何とか上手く毎日を送れたらの話だ。丸三は店の世話は出来ても、四つの子供の世話は無理だとお虎は思う。

(あ、拙いね。この話、断れなくなったらどうしよう)

お虎は不意に、これ以上丸三から話を聞きたくないと思ってしまった。しかし都合が悪いからと、卑怯にも途中で逃げ出すような事を、お虎はしたくない。そういう勝手は、嫌いなのだ。

だから、丸三の話を聞き続けた。そしてお虎はどんどん、困り切った表情になっていった。

3

町名主高橋家の玄関へ勝手に入ってきたのは、四十を二つ三つ、過ぎているように見える大男であった。着物といい帯の色といい、歳の割には派手な見た目だ。

男はさっさと手代巳之助を振り切ると、身軽に、土間から板間へと上がってくる。そして中程で腰を下ろし、正面に座っていた麻之助へ話しかけてきた。

「ちょいとお尋ねしやす。こちらの町名主さんが、病になった明松屋の、相談に乗っていると聞きやした。本当かね」

ここで返事をしたのは、麻之助ではなく、顔を顰《しか》めた月行事であった。

「あんた、いきなり入ってきて、失礼だね。まずは己から名のりなさい」

男はさっと、明るい笑みを浮かべた。

「こいつぁ済まねえ。おれぁ明松屋の身内で、与一《よいち》って言いやす。ええ、両国橋辺りじや、胴元の与一って名で通ってやすよ」

実は、明松屋の兄にあたると言いだし、清十郎と吉五郎が顔を見合わせる。

「おや？　明松屋さんには、身内がいないんじゃなかったのか？」

だが、清十郎は次の言葉を言えなかった。玄関にいた年かさの面々が、急に揃って、表情を険しくしたのだ。次に与一へ言葉をかけたのは、宗右衛門であった。

「与一さん、あんたなのか。細っこい奴だったが、随分とでかくなったもんだ」

ついでに、一段と図太くもなったようだと、温厚な町名主らしからぬきつい調子で、宗右衛門は言葉を続ける。

「あれだけ勝手をした男が、堂々と町名主の屋敷へ顔を出してくるとは、恐れ入る」

すると与一は、「へへへ」と笑い、まだ昔の事を覚えていたのかと、頭を掻いた。

「そろそろ忘れてくれてもいい頃かなぁと、思いやしたが」

「そう、お前さんの都合良くいくものか。何しに戻ってきたんだい！」

今度は家主に言われ、与一は口を尖《とが》らせる。だが、怯《ひる》む様子はなかった。

「邪険にすんじゃねえよ。実は、生き別れの弟、明松屋の具合が悪いと聞きやしたんでね。わざわざ様子を聞きに来たんじゃねえか」

二人っきりの兄弟だ。心配していると言い、与一はへらりと笑った。

「弟は繁盛している質屋の主《あるじ》になっていたとか。それが病になって託す者もなく、店を畳んだんだ。いや、気の毒に思ってね」

つまり、だから。

「今日から先は、この与一が弟の先々を、心配してやりやすよ。店も、甥《おい》っ子の面倒も、おれがみやす。優しいでありゃしょう？　ええ、もっと歓迎しておくんなさい」

すると。

ここで麻之助が、低い声で笑った。そして吉五郎と清十郎へ、話があると口にする。

二十何年か前、まだ先代の明松屋がいたころの話、ここに居る与一も関わった昔話だ。

「与一さんときたら、自分のことなのに、忘れている事があるようだ。思い出して貰う為にも、一緒に話を聞いて貰いましょうかね」

「麻之助、お前は子細を承知しているのかい」

ここで宗右衛門が、心配げに聞いてくる。麻之助は溜息交じりに頷いた。

「何しろ明松屋さんが、何度も何度も話してくれましたからね。万吉坊の預け先を決める時、この与一さんだけは駄目だという事を、私に納得させたかったんだと思います」

「へえ……弟の奴が、そんなことを言ったのかい」

「吉五郎、清十郎、この与一さんは、正真正銘、明松屋さんの兄さんだった。だった、とわざわざ言ったのは……うん、与一さんは、久離《きゅうり》願いが出されているんだよ」

既に明松屋の人別《にんべつ》帳から外され、名が勘当帳に記されているのだ。身内であっても関わりなし、明松屋の財産を受け継ぐ資格もない者であった。与一がそんな立場になったのは、まだ先代明松屋が元気だった、若い頃の事だ。

「与一さんは昔から、そりゃ、ろくでもない面々との付き合いが、多かったそうだ」

その頃、先代明松屋には三人の子がいて、ある時与一の妹に大層良き縁談が来た。娘が切に望んだ縁で、親は大分無理をして、話がまとまるよう持参金を作ったのだ。

「するとある日、相手方へ渡すばかりとなっていた持参金が、そっくり店から消えた」

先代は頭を抱えた。情けない事に、大事な金を持ち出したのは、日頃悪縁を抱えている長男だと分かったからだ。だが。

「金を取り戻そうとお上へ訴えれば、跡取り息子がどうなるか分からない。親から盗んだ金は、それ程多かったんだよ」

先代は随分と悩んだが、どうしても息子を訴える事が出来ず、口をつぐんでしまった。

「ただし、そのせいで娘の縁を潰せないと、明松屋の沽券《こけん》を売り、持参金をこしらえようと決めたんだ」

店に残っているもので大枚に化けるのは、明松屋の土地の権利を記したもの、沽券だけであった。つまりこの先は、地代を払いながら、質屋を続けようと思い立った訳だ。

「すると、やっと沽券が売れて金が出来た頃、与一さんが店へ戻って来て、親と妹へ頭を下げたんだ。良くある話で、博打で借金を作り、困ってやった事だと言った」

金を払わねば己の命が危なかったと、涙ながらに語った訳だ。お店《たな》の息子であった与一は、きっと怪しげな仲間達に嵌《は》められたのだと、先代は息子を庇《かば》った。

ここで吉五郎が眉間に皺を寄せる。

「与一は己の馬鹿の尻ぬぐいを、身内にさせたのか。相手がいかさまでもしたんなら、いっそ上方へ逃げればよかったものを」

しかし話は、そこで終わらなかった。

「だが、そんな与一を放っておいたのでは、明松屋にまた難儀が降りかかりかねない。先代明松屋さんは泣いている息子に、その場で久離を言い渡したんです」

つまり町役人へ届けを出し、親とも店の金とも切り離すことにしたのだ。

「途端、与一さんは開き直った」

何と、まだ借金が残っているから、沽券を売り払った分も、そっくり渡せと親へ迫ったらしい。先代が断ると、与一は直ぐに仲間を家へ引き入れた。今度は力ずくで、店の金をあるだけ持ち出したのだ。

さすがにその時は先代明松屋も、町役人達に相談したが、与一は雲隠れしてしまった。役人が賭場を捜すと、その度に怪しげな者が、明松屋へ嫌がらせをしてくる。じき、金を盗られた為店が立ちゆかなくなった頃、事はなし崩しに、うやむやになっていった。

「持参金は消え、縁談も店も失った。気落ちした先代は、寝こみがちになったとか」

長屋へ移り、いよいよ困った親子三人の暮らしは、嫁に行きそびれた娘が支えた。しかし慣れぬ仲居などやっている内に、悪い風邪を拾い、親より娘が先に亡くなってしまう。後には病人の先代と末息子が残された。

「その子はまだ八つだったが、これは拙いと、周りが奉公先を世話した。今の明松屋さんが奉公したのが、質屋だったんだ」

そして後悔に押しつぶされた先代は、胃の腑を悪くして食べられなくなり、程なく亡くなった。今の明松屋は短い間に、一人きりになったのだ。早くに独り立ち出来たのは、妻の持参金のおかげ。その後、今の店が上手くいったのは、亡き親が守ってくれた為に違いないと、明松屋は語ったという。

ここで麻之助が、与一を真っ直ぐに見る。

「持参金を盗んだ後、与一さんは畳に頭を擦りつけ、泣いて親へ謝ったとか。その姿を、八つだった明松屋さんは覚えてるんだよ」

「へええ、そりゃ物覚えの良いこって」

だが。

「泣いた後、直ぐに開き直って親を脅し、沽券の代金を無理矢理奪ってる。その姿も、明松屋さんはしっかり見てた」

その二度目の盗みのせいで、姉も父も、あっという間に命を失った。

「与一さん、あんたが二人を殺したんだと、明松屋さんは言ってる」

　そして麻之助へ、こうも言ったのだ。

「与一さんは金の匂いをかぎつける。自分が死にかけていると知ったら、また、根こそぎ奪いにやってくると」

　与一はそういう奴だと、明松屋は断じた。与一は元々人として何か、欠けている所があるというのだ。今回も幼い万吉の先々など、小指の先程も考えないに違いない。だから。明松屋は麻之助に、こう言って頭を下げた。

「合戦をする気で、何が何でも四つの子を守っておくれと言われたんです」

　二度と与一に、明松屋の金を奪われたくない。何としても万吉を、明松屋と同じ目に遭わせてはいけないのだ。明松屋が残すのは、幼い万吉が生きて行く為の金であった。

「今の明松屋さんは、息子である与一さんを責められなかった先代とは違う。あのお人は病を得てるが、それでも戦う気なんだ」

　だから町名主ではなく、色々噂のある跡取りの麻之助へ、相談を持ちかけてきたのだ。以前町役人達は、無法者から父親の身代を守れなかった。同じ事を繰り返してはいけない。麻之助であれば、思い切った手も打てるのではと、明松屋はそれに賭けた。

「両国橋の東で与一と言やぁ、賭場の面々を、束ねる胴元の一人だってことだ。今じゃ手下を、大勢抱えているんだと」

話してくれたのが、両国の大親分大貞《おおさだ》であったから、確かな事だと麻之助が語る。すると与一は、あの親分を知っているのかと、笑うような表情を作った。

「神田の町役人さんが、大貞と顔見知りたぁ驚いた。そんなあんたへ縋《すが》るんだ、明松屋は本気で、この兄に逆らう気とみたね」

ならば。

「町役人さん、合戦でも何でも、してみりゃいい。出来るもんなら、だ」

現れた時とは随分違う迫力で、与一は片膝を立てて麻之助を睨んでくる。

「おれは明松屋の長男だ。で、弟がわざわざ、潰れた親の店を蘇らせてくれたんだ。兄のおれがそっくり頂かなきゃ、悪いってもんだ」

万吉を心配していると言っていた口で、与一は早くも物騒な事を口にする。

「だから店や甥っ子を頂くまで、これから何度でも話し合いに来るつもりさ」

いや合戦と麻之助が言ってたように、ただ話すだけでなく、ちょいと物騒な話になるかもしれない。だが大枚が掛かった事故《ことゆえ》、仕方がなかろうと、与一は勝手に続ける。

「ふん、やっぱり、そういう話になるんだね」

麻之助が顔を顰めた。与一達は、賭場の借金を返せない者が出ると、しつこくその者へまとわりつくのだそうだ。そして、何度でも嫌がらせを繰り返す。

「岡っ引きを呼ぶくらいじゃ、引きゃしないとか。でも、同心の旦那を毎回呼べないしねぇ。その内、相手が参ってしまう」

大概の者は音《ね》を上げ、身ぐるみ剝《は》がされるのだ。与一がにやりと笑った。

「へっ、お前さん達も直《じき》に降参さ。おれらに敵《かな》う者なんぞ、いやしねえ」

すると麻之助が膝からふにを抱き上げ、急にひょいと立ち上がった。そして真っ直ぐ与一へ近づくと、突然その顔へ、ふにを押っつけたのだ。

余程嫌だったらしく、ふにが思い切り爪を立てたものだから、与一の悲鳴が玄関に響く。麻之助はにっと笑うと、悪かったねえと言い謝った。

「与一さんも、猫に引っかかれれば痛いのか。血も出るみたいだ。敵う者なしというから、鬼神みたいに何でも平気かと思った」

与一がもの凄い表情を、麻之助へ向けたものだから、吉五郎と清十郎が割って入る。吉五郎が、眉間に皺を寄せつつ与一へ告げた。

「確かに同心は人数が多くはない。だが手下達を両国から神田へ送り込んで来たら、今回はただじゃおかん。町役人達や、その家の者らへ手を出してみろ。直ぐに捕らえてやるわ」

その時は先代明松屋と与一の因縁を、吉五郎が奉行所の与力方へ、詳しく話す事になる。同心見習いのびしりとした言葉を聞き、家主達がほっと息を吐いた。だが。与一は引く様子も見せない。

「町名主の跡取りは、少しは歯ごたえのある奴みたいだな」

だが自分を止めようとしても、無理だと言い切る。与一は明松屋がこしらえたものを、そっくり手にすると決めているのだ。

「まあ、今日の所は帰ろうかね。これから長い付き合いに、なるだろうからな」

与一は立ち上がると、凄みのある表情でそう言い、とにかく玄関から出ていった。途端、家主や月行事、清十郎までが総身から力を抜き、麻之助へ納得した顔を向けてきた。

「これが、丸三さんへ万吉坊を頼んだ訳か」

支配町の大勢が出入りする町名主屋敷では、与一の手下達を防ぎきれない。長屋では、もっと無理だ。そもそも先代明松屋の時、町役人達は、盛り場の悪達に対しきれなかった。万吉には、もっと強い養い親が必要なのだ。

「怪しげな連中が来ても、退ける手立てを持っているのは……丸三さんだけか」

高利で金を貸し、揉め事を多く抱える故、腕っこきの男達を何人も手元に置いている、あの老人。幼子を守れるのは、悪名高い、あの男だけなのだ。

4

ばんっ、と、景気のよい音が部屋に響き、阿漕な高利貸し、丸三が頭を抱えた。己の妾お虎に、小さな盆で額を叩かれたのだ。

「ありゃま、痛そう」

横で首をすくめると、何と麻之助までが、すぐに続けてひっぱたかれた。

「痛て……お寿《す》ず、参ったねえ」

麻之助は丸三と共に、万吉が世話になっている妾宅へ、顔を出していた。胴元与一の手下と思われる者が、早くもお虎の家近くに現れたと、知らせを受けたからだ。

万吉を昼寝させた間に、お虎はお盆という強い味方を手に、怒った。

「二人とも、万吉坊を守るって言ったのに、何やってんのさっ。妙な男がいるって知らせてくれたのは、近所の人達だよ！」

「済まん、お虎。与一の賭場は、見張らせてたんだが。まさか、早くもこっちへ来るとは」

丸三は大貞に間へ入ってもらい、話し合いを始めようとしていたのだ。だが与一は、事を丸く収める気はないらしい。

「これでもあたしは、本気で怒ったら結構恐いんだがねえ。だから、なるだけ穏便にと考えたんだ。合戦になっちゃ拙いだろう？」

するとその言葉を聞いたお虎が、お盆でまた、ぱかりと己の旦那を殴った。

「そういう言葉は、きちっと万吉を守ってから、言ってくんな。子供は遊ぶのが勤めなのに、これじゃ表へやれないじゃないか」

全く何が合戦だ、男ってぇのは喧嘩沙汰が好きなだけだと、お虎は息巻いている。

「その、済みません」

麻之助は、小さな庭に面した一間で、ひたすら頭を下げた。お虎はお盆を膝の上に置いて、溜息をつく。

「何だか随分と、厄介な奴に見込まれたみたいだね。まあ、身内は選べないって、あたしにも重々分かってるけどさ」

ここで、お虎の前では大変大人しい丸三が、眉を顰めて言った。

「話は聞いてたが、与一という男、やはりどこか危うい男だね。自分でも止められないんだろうか。無茶な突っ走り方をする」

両国橋にいれば、大親分大貞の事は、耳にしている筈であった。与一とて、挨拶をした事があるかもしれない。なのに、その大貞と丸三が話をしている最中、次の手を打ってくるのが恐い。そんな風だから、親も妹も死なせてしまう程の、無謀をしたのだ。

「お虎、用心しておくれ。明松屋さんの名など騙《かた》って、万吉を連れ出されたら厄介だ」

可哀想だが万吉は、暫く家の内で過ごす事になりそうだ。するとお虎は、分かっていますと返事をしてから、軽く首をひねった。

「あ、そうだ。なら今日二人に、ちょいと留守を頼めるかい」

「留守番？」

お虎は当分小女と万吉坊を、二人だけにしたくないと言った。それで人がいる今の内に、済ませたい買い物があるのだ。

「万吉坊の寝間着が、もう、つんつるてんでね。古着でいいから、早く丈のあったものを買いたいと思ってたんだ」

ついでに番屋でまた、焼き芋も買ってきたい。今日は振り売りから買った、鰯《いわし》の干ものを昼餉に出し、万吉はおいしそうに食べた。だが、いつもの芋も欲しいと言ったので、お八つは芋にしようと思っているのだ。

「ああ、ならあたしたちの分も、芋を買ってきておくれ」

丸三が寝間着代だと、お虎へ小さな巾着《きんちゃく》を渡す。お虎は頷くとそれを胸元へ押し込み、早めに帰ると言って表へ出た。

すると丁度《ちょうど》、近くの長屋の前に、着物が沢山掛けられた、大きな竹馬のようなものが置いてあるのが目に入る。

「あ、古着売りの兄さんが帰ってきてる」

子供に着せられるものがないか、お虎が見に行くと、近所からさっそくおかみ達が現れ、あれこれ一緒に品定めをしてくる。丸三は巾着へ気前よく金を入れていたから、お虎は小さな寝間着を二枚と、今より丈の長い万吉の着物を一枚買った。

「子供の着物は、直ぐに小さくなっちまう。そんときゃこの着物、うちへ売ってくんな」

古着売りの兄さんに言われ、お虎は頷くと着物を抱えた。すると、これから万吉のお八つに、芋を買いに行く事を聞いたおかみが、着物は預かるから、帰りに拾っていけと言ってくれた。

「そりゃ助かるわ。今、うちの旦那や知り合いが来てて、芋を食べるっていうんだ。だから、沢山買う気なんだよ」

「へえ、丸三の旦那、芋が好きなのかい。金持ちなのに、あたしらと同じようなもん、食べるんだね」

「あの人が好きなのは、芋と蕎麦《そば》と納豆汁だ」

「へええ、あの丸三さんがねえ」

一度話して以来、近所のおかみさん達が話しかけてくるから、つい喋ってしまう。うっかり長話をしそうになり、お虎は慌てて、芋を買いに長屋から通りへ出た。

「いけない、のんびりしてたら、万吉坊が目を覚ましちまうね」

そして……じき、長屋のおかみが着物を持って、妾宅へ声を掛ける事になった。お虎が、なかなか帰って来なかったからだ。麻之助が急ぎ近くの番屋を走って回り、顔を引きつらせて戻って来る。毎日芋を買って、なじみ客であったお虎の姿を、芋を売る番太《ばんた》郎《ろう》達は誰も見ていなかった。

〝吉五郎、大変な事になった。直ぐに丸三の妾宅へ来ておくれ〟

麻之助からの文を貰った吉五郎は、両国へ急ぎ来てくれた。四つの子が剣呑な件に巻き込まれたと、義父小十郎《こじゅうろう》へ話してあったので、何とか仕事から離れ動く事が出来たのだ。

だが吉五郎が両国橋の東岸、町屋の妾宅にある木戸を開くと、目つきの険しい大男が立ちはだかり、中へ通さない。睨み合った所で、麻之助が慌てて声を掛けてきた。

「吉五郎、来てくれたんだね。鉄八《てつはち》さん、そのお人は味方だ。町方の同心見習いだよ」

「そいつは、失礼しやした」

鉄八がさっと横へどき、木戸をくぐると、吉五郎は整った妾宅の庭を見て目を見張る。男達が、庭にも家にも溢れていたのだ。

「吉五郎、ご覧の通り、大事《おおごと》になっちまった」

麻之助は吉五郎を、まずは縁側へ座らせ、心底困った顔を向けた。友は眉間に皺を寄せ、騒動の訳を問うてくる。麻之助は、両の手を握りしめた。

「実は、万吉坊を預かってるお虎さんが、芋を買いに出たきり帰って来ないんだ」

勿論麻之助達は、お虎を捜したが、見つからない。吉五郎が顔を顰めた。

「与一に攫《さら》われたか。万吉の方は無事なのか」

すると、この問いに答えたのは、麻之助ではなかった。家の奥から丸三が顔を出し、吉五郎へ頭を下げてから、恐い顔で話し出す。

「万吉坊はちゃんと、奥にいますよ。ただ昼寝から目を覚ましたら、お虎の姿が見えないもんだから、名を呼んでますけど」

万吉は、赤子の頃に母と死に別れている。甘える相手が欲しかったのだろう、あっという間にお虎になついていたのだ。

「そのお虎が急に、いなくなったんだ。泣きべそをかいているんですよ」

ここで丸三がばしっと音を立て、手にしていた扇子で着物を打った。その顔が、何時《いつ》になく恐い。それは多分、世間の噂になっている方の丸三、これまで麻之助達が見ずに来た、男の一面であるに違いない。丸三はいつもと違い、迫力をまき散らしていた。

「吉五郎さん、あたしはね、だてに長年、強突く張りの高利貸しと、言われてきた訳じゃないんだ」

金貸しを続けてきたせいで、丸三は逆恨みにも遭ったし、散々、危ない奴とも対峙《たいじ》してきた。だから手下は多い。丸三が金を出し、店を持たせた元奉公人や、関わりのある親分、その身内も沢山いる。貸した金の利を減らしたり、いっそ利は要らぬと丸三がいえば、更に驚く程、男らを集める事が出来るだろう。

しかし今回は子供が関わっているから、丸三は事を、丸く収めようとしたのだ。

「そのあたしの妾を、攫うたぁ度胸がいい。あたしは今、心底腹を立てているよ」

丸三の店がある両国橋界隈で、身内のおなごへ手を出してきた者は、今までいなかった。

「油断した。このあたしとぶつかる事を恐がらない者が、この両国の地にいたんだ」

ならば、丸三の敵方に回ればどうなるか、やり返して示すしかない。

「あたしは町名主の息子や、同心見習いと友達です。だから一応ちゃんと、与一へ使いを出しましたよ」

お虎を直ぐに帰し、謝り、もう明松屋へ手を出さないこと。それを約束するなら、今回の無法を許さないでもないと伝えたのだ。

麻之助が丸三へ、恐る恐る問う。

「与一さん、頭を下げるかしらねえ」

「まあ、ここでしおらしく従う位なら、おなごを拐《かどわ》かす馬鹿など、しなかったろうね」

つまり与一は引かない。丸三はそれを見越し、ぶつかる支度をしている訳だ。丸三の顔が、すっと麻之助達へ向けられた。

「なめられたら、あたしは金貸しとしてやっていけないんだ。だからお二人とも今回は、口出しは無しにしておくれ」

「う、わぁ」

麻之助が困り切った声を出した。事は万吉の話から、お虎の拐かしへと移ると、今や丸三の面子《めんつ》と立場を賭けた大事へ、化けてしまったのだ。

その時、奥から手代が呼びに来たので、丸三は話を打ち切り、麻之助達から離れて行く。吉五郎は、麻之助を睨んできた。

「何で、いつの間に、こんな事になったんだ！　麻之助、お前、ここに居たのだろう。どうして丸三さんを、止めなかったのだ」

両国橋の盛り場で、高利貸しと賭場の胴元が、大勢の手下達を引き連れぶつかったら、まさに合戦であった。互いに礼儀正しく、拳固《げんこ》だけで喧嘩をする訳もなく、長どすなど物騒な得物《えもの》が使われるに違いない。

「そんなことになったら、我ら奉行所の者も、見逃す事は出来なくなるぞ。与一だけでなく、丸三さんも罪に問われる」

「だってさ、あの丸三さんを止められやしないったら。出来るっていうなら、吉五郎、お前さんが今、やってみせろよ」

「うっ……」

引く筈もないのは、与一だけでなく、丸三も同じであった。それに。

「私が万吉坊を預けたんで、お虎さんは攫われたんだ。お虎さんを放っておけとは、口が裂けても言えないよ」

「そりゃそうだが……麻之助、これからどうする気なんだ？」

吉五郎も麻之助も、丸三を罪人にしたくない。麻之助はここで、水を払う猫のように、ぶるぶると身を震わせた。

「手を打たなきゃ。どんな奇手でもいい、どうにかして、この騒動を収めなきゃあ」

お虎を取り戻さねばならない。

両国橋で、高利貸しと胴元がぶつかり合うのを、食い止めねば拙い。

明松屋の財は、万吉に受け継がせたい。

とにかく今回を最後に、与一を大人しくさせたい。そうでなければ今度は万吉が、狙われる事になりかねないからだ。

「私は全部、何とか出来るのかしらん」

縋るように吉五郎へ目を向けてみたが、真面目な友は早くも困り切った表情を浮かべている。麻之助は縁側ですっくと立ち上がり、拳を握りしめると……取りあえず天の神様へ、助けて下さいとお願いした。

5

互いの出方を見ているのか、丸三も与一も直ぐには動かず、翌日となった。そんな中、麻之助は悪友清十郎を連れ、両国橋の盛り場を急いでいた。

まだ早い刻限とはいえ、盛り場には早くも大道稼ぎの者達が出ていたし、客も結構いる。この辺りでは商うにしろ遊ぶにしろ、お天道様が頭の上にある間の事であった。葦《よし》簀《ず》張《ば》りの小屋で、灯《あか》りを多く灯《とも》せば火事が恐いし、何より灯りの油代が高く付くからだ。

足早に道を行きつつ、清十郎が小声で問う。

「麻之助、万吉坊と明松屋さんを、上方へ逃がす事に決めたんだって？　思い切ったな」

丸三と与一がぶつかる前にと、麻之助は昨日、必死に動いた。そしてとにかく、頭の痛い悩み事をばらけさせ、一つずつ何とかする事にしたのだ。

「そもそもの事の起こりは、明松屋さんの事だ。いや最初から、与一さんがしつこく絡んでくるなら、親子で上方へ行っちゃあどうかって、考えてはいたんだけどね」

今までそれを言いかねていたのは、明松屋の具合が悪いからだ。

「しかし、このまま騒ぎが続くんなら、その方が体に悪い。きっぱり遠くへ逃げた方が、気が楽ってもんさ」

既に質屋の店は閉めている。明松屋は、上方で万吉と一緒に暮らせばいいのだ。与一は、今は盛り場の胴元として、金も立場も得ている。それを放り出し上方へまで追うとは、考えられなかった。

明松屋は、直ぐに腹をくくった。何より万吉の世話を頼んでいたお虎が、与一に攫われた事を知り、震え上がったのだ。麻之助が昨日のうちに、支配町にある廻船問屋へ頼み込み、明松屋の親子は、そこの船で上方へゆくと決まった。

「明松屋さん、お虎さんまで、とんでもない目に遭わせてしまったと、酷く気にしてた。いっそ全部の財を金箱に詰めて、与一さんへ押っつけたい気持ちだとまで言ってたよ」

麻之助は人をやり、とにかく半日で、明松屋の旅支度を整えさせたのだ。清十郎が横で、にやりと笑う。

「それで麻之助、次にこのあたしと、お虎さんを救おうっていうんだな」

「うん頼む。吉五郎も働いてるんだよ。貞《さだ》さんの所へ行って、昨日おなごを無理矢理、連れ歩いていた男がいないか、聞いて貰った」

丸三が、お虎は大人しいおなごでは無いと言った。脅されて静かについて行ったとは、思えなかった。大貞の息子貞なら、噂をつかめると思ったのだ。

「すると案の定、一騒ぎあったのを、盛り場の人達が見てた」

真っ昼間におなごが一人、三人連れの男達に、担いで行かれたのだ。大男に抱えられたおなごは、人攫いと騒いでいたという。しかし逃れられなかったおなごは、その内男の髷《まげ》へ手を伸ばし、元結《もとゆ》いを外してしまった。男は幽霊のような髪となり、それは目立っていたらしい。

「さすがは丸三さんの、お妾だね。しかし、そんなに騒いでたのに、誰も攫われて行くお虎さんを、助けなかったのか？」

「清十郎、両国橋で、行き会ったごろつき達に絡めというのは、ちと荷が重いよ。しかもごろつきは、三人連れだったというし」

両国橋の両岸は、江戸では浅草と並ぶ盛り場だから、皆、剣呑な騒ぎに慣れている。巻き込まれたら危うい目に遭う事を、承知しているのだ。

だがお虎達は目立っていた故、連れて行かれた先は分かりやすかった。そしてその場所を、こっそり教えてくれる者もいたのだ。

「案の定、お虎さんが連れ込まれたのは、ちょいと踏み込みづらい場所、賭場の奥だ」

麻之助達はここで川から遠ざかり、怪しげな見世物が多くなる一角へと歩んで行く。

「貞さんの手下が一人、賭場を見張ってくれてる筈だ。吉五郎さんは今日、仕事で来られない。その分、自分らが頑張りますってさ」

「おお、相変わらず貞さん達は、吉五郎に男惚れしてるねえ」

清十郎がにやりと笑みを浮かべた時、麻之助の足が止まった。するとそこへ、貞の所で馴染みの弟分が寄ってきて、挨拶をすると、少し先の見世物小屋を指さす。

「あの小屋の脇にあるのが、賭場でして。お虎さんはあそこにいるみたいですが、中は横の小屋と繋がってやす。どの辺りへ押し込められてるかまでは、摑めてねえんで」

「いや、ありがたい。この場所が分かったのは、本当に助かる」

お虎を助け出せれば、明松屋の件、お虎の件、二つが何とかなった事になる。残るは、丸三と与一の事だけだ。

「お虎さんが無事で、万吉坊も逃げたとなったら、丸三さんは無茶をしないだろう。岡っ引き達が集まってくる前に、どこかで事を収めてくれるさ」

多分。与一の方が、馬鹿をしなければ、だ。

麻之助の希望に満ちた言葉を聞き、貞の弟分は横で笑っている。清十郎は大いに疑わしげな目を向けてきたが、さりとて他の考えも浮かばないようで、頷いた。

「ま、とにかく心配事を減らそう」

だが眼前の小屋内から、どうやってお虎を取り戻すか、まだその算段もついていない。賭場であれば、揉め事に備え腕自慢の男達が何人もいるに違いなかった。少なくとも、お虎を攫った三人は、間違いなくいる。麻之助は眉間に皺を寄せ、小屋へ目を向けた。

「まずは賭場へ、客の振りして入り込むかな」

それから清十郎に皆の気を引きつけてもらい、麻之助は奥へ探りに入るのだ。

「神仏のご加護があれば、お虎さんを早々に見つけられる筈だよ」

するど弟分は、ぐっと眉尻を下げた。

「麻之助さん、早々に捕まっちまわないで下さいね。この盛り場は、隅田川の直ぐ側なんですぜ」

この地の親分らに睨まれた者は、簀巻《すま》きにされ、さっさと隅田川へ放り込まれてしまうという噂であった。

「船頭や漁師でもなきゃ、水練が達者な奴なんてまずいませんし、心配だ。麻之助さんはどうなんです？　ああ、駄目ですか」

「手習い所で、読み書き算盤《そろばん》は教わっても、水練は習わないからねえ。でも簀巻きにされてたら、泳げても溺れると思うけど」

「ちがいねえ」

弟分が明るく笑った、その時だ。

麻之助と清十郎は、大急ぎで道脇の茶店へ隠れる事になった。何と、目当ての賭場から与一と、ごつい男達が出てきたのだ。

「あれ、何があったんだ？」

与一らは麻之助達の前を足早に通り過ぎ、隅田川へと向かう。道の先で、盛り場へ遊びに来ていた者達が、隅へ寄って逃げていた。

「与一さんが、賭場を守る恐いお兄さん達と、出かけたぞ。お虎さんを捕まえてるのに」

清十郎が男らの背へ、顰め面を向ける。

「橋の方へ行く。物騒だね。与一さん、何をやらかす気なんだろうか」

気になるが、お虎を救い出す好機かもしれない。麻之助は与一らを見て、小屋へ目を向け、また道の先を見た。隣で弟分が首を振る。

「まあ、川の辺りは大貞親分の島だ。賭場の胴元だとはいえ、与一さんもあの辺で騒ぐとは思えねえ。丸三さんの店へいくのかね」

それとも舟で、どこかへ向かうのだろうか。弟分がそう口にした時、麻之助は一瞬、目を見開いた。

「舟？」

それからゆるゆると、連れ達の方へ向く。顔が強《こわ》ばっていると、己でも分かった。とんでもない事が、思い浮かんでいた。

「思い出した……明松屋さんのことだ。全部手配したんで、もう大丈夫と思ってたけど」

明松屋は養生に行った大川橋近くから、今日、廻船問屋の持つ船へ向かう手はずなのだ。その時万吉坊も、父親の元へ戻る。二人は両国橋から少し下った先の船着場で落ち合い、隅田川を下る事になっていた。

「もしかして、その事が与一さんに、知られちまったんだろうか」

昨日決まった話で、麻之助は与一に事を摑まれるとは、考えてもいなかった。しかし与一は、万吉坊が丸三の妾宅に隠れている事を、それは早くに摑んでいた。もしかしたら……今日の事も、承知しているのだろうか。

「拙い。明松屋さんは病人だ」

船着場で与一の手の者に襲われたら、逃げる事も難しいだろう。清十郎が、男達が歩いて行った先へ顔を向ける。

「なら麻之助、直ぐに船着場へ行こう」

だが……麻之助は友の肩へ手をかけ、止めたのだ。

「清十郎はお虎さんを取り戻してくれ。今なら賭場の内は、ぐっと人が少ない筈だ」

「そ、そりゃそうだろうが」

だが、しかし。明松屋の方は大丈夫なのか。清十郎に問われ、麻之助は首を横に振った。

「分からないよ。でも」

与一達は十人近くいたし、揃って腕っ節の立つ面々のようだ。

「二人で駆けつけたからって、腕ずくで勝てる相手じゃなさそうだ。なら清十郎、お虎さんをまず助け出してくれ」

麻之助は船着場へ走り、明松屋達を逃がす道を、探すと言った。それなら一人でも、やれる事はあるだろう。

「とにかく、親子で廻船問屋の船へ乗ってしまえば、何とかなる筈なんだ」

すると弟分が、息を吐く。

「お虎さんを助けるにも、一人じゃきついです。仕方ない、あっしも手を貸しましょう」

三人は目を合わせると、一つ頷き、それから背中合わせになると反対の方角へ、ものも言わずに駆けだしていった。

6

一人になった麻之助は、両国橋の東岸から橋を渡り、西の盛り場へ出ると、南へ突っ切っていった。少し行った先に、明松屋と万吉が待ち合わせている、船着場があるのだ。

そして桟橋のある川岸が見えてくると、麻之助は顔を引きつらせる事になった。

「そうだった。丸三さんなら万吉坊を、自分で送って行く筈なんだ」

今思えば、丸三が直ぐ、お虎を取り戻しに動かなかったのは、万吉を無事、上方へ送り出してからと決めていた為かもしれない。

つまり船着場には、丸三とその手下達が集まっていた。そしてそこへ、両国橋の東岸から、与一達がやってきた訳だ。

直ぐにぶつかる事はなかったが、互いに睨み合い、船頭達までがその船着場から、逃げ出している。

「この場からこっそり、明松屋さん親子を連れて逃げるなんて、無理だ。どうすりゃいいんだ？」

見ると万吉は丸三にくっついており、長い羽織の中に身を入れ隠れている。程なく川上から、明松屋を乗せた舟が下ってくる筈だ。勝負の時と踏んだのか、今日の与一は一段と遠慮がなかった。

「おや、こいつは都合の良いこった。餓鬼がいる。そろそろ明松屋もやってくるんだろう。上方へゆく気だってね。なら、身代そっくり舟で運んでるな。手間が省けたさ」

だから、つまり。

「丸三さんよ、これからは、明松屋の身内で話をするんだよ。その餓鬼と明松屋の舟を置いて、さっさとここから離れておくんな」

与一の声は図太かったが、丸三が万吉を渡す訳もない。一段と剣呑な表情を浮かべると、丸三は真っ直ぐ与一の顔を見た。

「与一さんや。あんた、やっぱり駄目だわ。胴元だと威張ってるが、勝手ばかりしてきたせいかね、いい歳して中身のねえ奴になった」

「はあ？　じいさんが、何、偉そうに言ってるんだ」

麻之助から、猫のふにを押しつけられた時のように、与一は青筋を浮かべている。丸三は更に笑うと、目を川へ向けた。

「おや、明松屋さんが来たようだ」

舟に荷があれこれ載っているのは、上方へ越す為の支度だろう。この時、明松屋が舟の内で、一寸立ち上がりかけた。もう随分近かったから、明松屋からも、岸に与一達が待ち構えている事が、見えたに違いない。それでも舟が、静かに岸へ近づいて来ているのは、万吉が待っているからだ。

そしてその事を承知しているから、与一達も船着場にある舟に乗って出ず、岸で待ち構えている。麻之助は必死に、この場を収め、なおかつ明松屋達と逃れる方法を思案したが、とんと良き案じを思いつかない。

（明松屋さんの舟が、岸へ着いちまう）

隅田川を行き交う一艘の舟が、船着場へ寄ろうとして……しかし何を思ったか、すいと川の流れへ戻った。そんな中、明松屋の舟だけが、静かに寄ってくる。あの舟が、船着場へ着いたら、丸三と与一の派手なぶつかりあいが、起きてしまいそうであった。

(どうする？　万吉坊だけ連れて逃げるか？)

そして明松屋へは、そのまま川を下れと叫ぶのだ。

(でも、あんまり良い手じゃないなぁ)

子供を抱えて走っても、あっという間に捕まってしまいそうだ。その上、川をゆく明松屋の方も、舟で追いかけられるだろう。

丸三がそれを止めようとし、ここで与一と合戦が起きそうであった。

(でも、他に手がない。時がない)

麻之助が、岸近にいる丸三へ寄る。そして丸三に小さく声を掛けてから、万吉坊を、自分の羽織の中へ素早く移そうとした。

すると丸三が麻之助の腕を握り、止めた。

「ま、丸三さん？」

「麻之助さん、今は逃げちゃ駄目だよ。逃げ切れるなら考えるが、廻船問屋さんの船を巻き込んだ、もっと大きな騒ぎに化けるだけだ。あの与一が相手じゃ、そうなるだろうよ」

だから、この場で始末を付けねばならないと、丸三は言い切った。そして船着場へ寄って来た明松屋へ、大きな声で言ったのだ。

「明松屋さん、胴元与一さんとの話がこじれた。与一さんは何としても、明松屋の財をそっくり、己のものにしたいんだそうだ」

その為に、病の明松屋や、まだ四つの万吉がどうなっても構わないのだ。今、舟の中に積んでいるその金箱を、何としても手に入れずにはおれないのだと、丸三は続ける。

すると舟の内にいる明松屋が、一つ首を傾げた。その後、そろそろ船着場へ着こうかという辺りで、急に積んでいる金箱を持ち上げると、持って行けと言わんばかりに舟の端へ置く。与一が満面の笑みを浮かべ、それを取りに向かった。

その時。丸三が、握っていた麻之助の腕を、離した。それだけでなく、肩ですいと身を押したのだ。

「へっ……？」

「あたしじゃ、与一の側へは近寄れない。頼むよ」

丸三がつぶやき、途端、麻之助が唇を引き結ぶ。そしてさっと駆け出すと、与一と舟の方へ向かった。

「与一さん、与一さん」

与一は船着場から手を伸ばし、重そうに金箱を抱え上げた所であった。丸三や、その手下ではなかったし、楽しげに名を呼んだので、与一の手下達も麻之助を止めなかった。

そして。

栈橋へ駆けて行くと、麻之助は与一が摑んでいた金箱を、思い切り蹴った。箱は隅田川へ、転がり落ちていったのだ。

「うわああっ、何しやがるっ」

与一の悲鳴が辺りに響く。一瞬の後、麻之助は与一に、川へと放り込まれた。

大きな水しぶきが上がり、皆が魂消《たまげ》た声を上げた。だが丸三の手下が、直ぐ鉤《かぎ》の付いた長い竹で引っかけ、岸へ引き寄せてくれたので、麻之助は船着場へ這い上がる。

一方与一は船着場にあった舟へ移り、水に浮いた金箱を必死に引き寄せようとした。だが箱は流れに乗り、岸から離れて行く。それでも両の手を伸ばし、やっとのことで金箱を摑んだその時、箱の重さに引っ張られたかのように、与一は川へ落ちてしまった。

「わあっ」

岸辺の者達が騒ぐ。与一も水練は苦手のようで、必死に金箱へしがみついて何とか水に浮いていた。たまたま近くを通った舟から手が伸びるが、与一は金箱を持ったままだから、摑む事が出来ない。金箱と与一はあっという間に、隅田川を流され始めた。

麻之助が流れて行く与一へ向け、声を張り上げる。

「与一さん、明松屋さんの財など離して、舟へ上げてもらうんだ。そいつを持ったままじゃ、水から上がれないだろうに」

そもそもその財は、与一のものではない。それの為に命を失ったら、馬鹿馬鹿しいではないか。だが与一は命が危ないというのに、金箱にしがみついた。

「うるせえ。てめえが川へ、蹴り落としたせいだろうが。こいつはおれのもんだっ」

麻之助は、与一の手下達を見た。

「おい、あんたの所の胴元は、あのままじゃ沈んじまうよ」

何とかしろと言ったが、与一がいなければ頭が無いのと同じようで、皆、立ちすくんでいる。そうしている間に、与一は段々沈み始めた。金箱は箱自体が結構重いようで、与一と一緒に水の底へともぐり始めたのだ。

「ぶはっ、うえっ」

水を被り、顔を出し、また水に呑まれる。そんなことを繰り返しつつ流れていく内に、不意に金箱だけがぽかりと水に浮いた。与一も一瞬また浮いたが、着ているものが水を吸ったのか、もう金箱を追う事も出来ず、顔を水面へ出せもせず、そのまま流れてゆく。

そして。

「あの、そろそろ引き上げても、いいんじゃないですか？」

助けるつもりですよねと、麻之助が丸三へ問う。すると高利貸しは、一つ息を吐いた。

「大勢が見ているし、真っ昼間だし。麻之助さんが、箱を蹴ったせいで溺れたなんて、言われるのも嫌だね」

そうでなければ、与一を放っておきたかったとでも、言いたげであった。だが丸三はここで、行き交う舟へ向け、大きく手を振った。すると、いつの間に与一の側へ寄っていたのか、小ぶりな舟が二艘、素早く近づき、沈みかけた男を引き上げる。

与一はじき、舟の上から川へ、げえと水を吐いていたから、岸からも無事だと知れた。そして麻之助が気づいた時、船着場に来ていた与一の手下達は、そっくり丸三の手の者に、取り押さえられていたのだ。

事はいつの間にか、丸三の勝ちで終わっていた。

「丸三さんて、やっぱり恐いお爺さんだったんだねえ」

後日のこと。麻之助の屋敷に揃った清十郎と吉五郎が、年かさの友の事をそう口にした。三人の前では、最近随分と大人しい丸三であったが、やはり江戸でも名の知られた高利貸しには、甘くない顔がちゃんとあったのだ。

ここで吉五郎が背筋を伸ばすと、縁側から、麻之助達を見て言う。

「与一は今度の事で、罰を喰らう事になった。遠島を言い渡された」

与一は最初、明松屋の財を狙っても、昔と同じく、上手く罪から逃れられると思っていたらしい。何しろ身内の事だから、甥っ子の先々を心配しただけだと、言い逃れる算段であったのだ。

「明松屋さんは具合が悪いし、お調べに引っ張り出すのは大変だ。だから下手をすりゃあ、それで通っちまったかも知れないが」

だが今回は、事に丸三が関わっていた。そして与一は丸三の妾お虎を、真っ昼間に攫っている。

「お虎さん、遠くへ売ってしまう心づもりだったようだ。与一が捕まった後、どさくさに紛《まぎ》れてどこかへ移されたら、大変だった。清十郎、賭場からお虎さんを救い出したのは、お手柄だったな」

言われて悪友は、ちょいと得意そうに頷いた。珍しくも顔に拳固を喰らった痣《あざ》が出来ているから、清十郎にとっても結構大変な立ち回りが、賭場であったと分かる。だが清十郎は、遠慮気味に言った。

「だけど、ありゃあ、あたしだけの手柄じゃないんだ。貞さんの弟分が、随分手伝ってくれたんだよ」

お虎を見つけ逃げようとしたのだが、簡単にはいかず、小屋内で見つかってしまった。仕方なく賭場の面々と殴り合いになり……その時何故だか、味方が随分と多かったのだ。

「貞さんの身内が、賭場に何人かいたんだ。助かったよ。吉五郎、礼を言っといてくれ」

「分かった……でも何で俺が言うのだ？」

とにかくお虎が無事戻ったので、与一は言い抜けできない、拐かしという罪に問われたのだ。すると、その事を聞きつけた町役人達が、昔の明松屋の件まで、お上へ申し上げてしまった。大いに不届きであるとされた与一は、首は失わなかったが、遠島と決まった。

「遠島！　そりゃ、明松屋さんはほっとした事だろう」

もう、与一がいつ万吉を狙うか、心配しないでもいいのだ。江戸を離れずに済む。麻之助は、明るい声で言った。

「ああ、本当に明松屋さんの件、幕が引けたようだ」

こうなると、川に沈んでしまった明松屋の財が、惜しく思えてくると言い、吉五郎が笑った。与一がしがみついていた金箱は、隅田川を流され、戻らなかったのだ。

すると清十郎が、急に「こほん」と咳をし、その金箱の件で何人かと、話をしたと言い出した。

「実はあたしの縁談、宗右衛門さんは今も頑張っててね。賭場で殴られたんで、家で大人しくしてたら、お香《こう》さんやお安《やす》さんを見舞いに寄越したんだ」

二人の娘は、縁組みを考えてはどうかと、宗右衛門が勧めていた相手だ。実は見舞いに来たのは三人で、もう一人、町名主の娘、お市《いち》という人も顔を見せた。こちらも宗右衛門のお眼鏡にかなった娘だ。

「よみうりが出たらしくて、三人とも今回の話を知りたがった。それであたしは三人へ、聞いてみたんだよ」

隅田川の川岸で、明松屋の財が入った金箱を、悪者与一が欲しがった。渡さねば、小さな子供が危ない。だが渡すのは理不尽だ。

「自分ならどうしたか。それを問うたのさ」

正答などない問いだと、清十郎は三人へ、あらかじめ言っておいた。麻之助は友を見つめる。

「それで？　三人は何と返事をしたのかな」

「お香さんは、直ぐに答えた。自分には、そんな大金が掛かった事、判断出来ないと」

お香は年若いから、まだ大きな金は扱った事がないのだろう。人の判断に任せたいのだ。お香より幾つか年上のお市は、首を傾げてから、金箱は悪者へ渡すと言った。

「今回は大丈夫だったが、子供が危うくなりかねない。金よりも子供、だそうだ」

面白い答えであったのは、お安だ。お安は詳しい経緯を知っている筈も無いのに、変わった対応をすると話した。金箱を舟に載せ、隅田川へ流すと言ったのだ。

「ほう」

「へえ」

「そうすれば、与一達はそれを追いかける。あの大きな川で、流れる舟を捕らえるのは、簡単じゃない。与一達はかかり切りになる筈で、その間に子を連れて、逃げると言ったんだ」

誠に頭の良い、お安らしい返答であった。

「でもさ、お安さんへ、おなごは金よりも子供を取るねと言ったら、少し笑ってたんだ。麻之助、どうしてだと思う？」

清十郎に真面目に聞かれて、麻之助は悪友を手近にあったお盆で、ぽかりと打った。

「何するんだい！」

口を尖らせた友へ、麻之助は渋い顔で言う。

「おいおい、お前さんまでが、馬鹿を言っちゃいけない。丸三さんは金箱を欲しがる与一へ、あんたは駄目だ。勝手ばかりしてきたせいで、中身のねえ奴になったと言ったんだよ」

先程、話した筈であった。

「つまり、いい歳をした大人なら、あの金箱に、明松屋の財が入っていると思っちゃ、いけないのさ」

「はあ？」

吉五郎までが、間抜けな声を出したものだから、麻之助がまたお盆を手に取ると、友が逃げる。麻之助が笑いながら言った。

「為替だよ」

上方へ行くと決まったのだ。明松屋の身代は勿論、嵩張《かさば》り重い小判などでなく、為替手形と置手形の二通に変わっていた。

「旅先で、手形と引き換えに金子《きんす》を引き出せる、あれさ。清十郎、旅に出るのに、重い金をわざわざ運ぶ筈がないだろう」

「あ……日頃縁がないもんで、忘れてた」

無くなった金箱にも多少の金や、金目のものは入っていただろうが、明松屋の身代はほとんど、無事であったのだ。お安はそれを察して、笑ったのだろう。

「うーむ、商いの事に詳しいのか。お安さん、どこの大店《おおだな》へ嫁いでも、大丈夫だな」

なのに、未だに嫁にいっていない。ひょっとしたら、しっかり過ぎるからかもしれなかった。おなごは、若く、かわいく、少々ぼうっとしていた方がいいという男は多い。

「縁とは難しいもんだねえ」

清十郎は、娘達との話を、そう言って括《くく》った。とにかく明松屋の金は無事で、今それは、丸三が預かっているのだそうだ。

「丸三さん、また質屋明松屋を開けて、手代の一人に店を任せる事にしたとか」

その方が儲かって、万吉の財が増えるかららしい。万吉はまたお虎が預かり、心配が減った明松屋は、同じ両国の医者の所で、養生すると決めたようだ。

「おや、そんな話になったのか。では丸三さん、お虎さんを、かみさんにしたらいいのではないか?」

吉五郎が言うが、何故だかそういう流れには、なっていないという。

「男と女は、難しいね」

「ああ、確かに。ああ、疲れた」

男三人、揃って言うと、とにかくほっとした顔で、川の字にごろりと寝転ぶ。するとその上を、現れたふにが順番に踏んづけていった。

縁、三つ

1

「麻之助《あさのすけ》、この大馬鹿もんがっ」

江戸は神田の古町名主、高橋家の奥の間で、主《あるじ》、宗右衛門《そうえもん》の怒声が響いた。

もっとも屋敷の者達は、それでも皆、落ち着いて己《おのれ》の用を続けている。高橋家の猫ふにですら、知らぬ顔でぺろぺろと、己の毛を嘗《な》めていた。

何しろ高橋家の跡取り息子は、町内でもお気楽者と名高い、麻之助なのだ。よって宗右衛門は、まめに小言を言うし、屋敷の者達は、すっかりそれに慣れていた。

一方麻之助も、叱られるのはいつもの事だから、素早く父親へ頭を下げた。

「はい、おとっつぁん、済みません。もう、馬鹿はやりません。ご勘弁を」

とにかく上手く謝ったのに、しかし今日の麻之助は、早くに顔を上げてしまった。そして軽く首を傾げ、父親を見たのだ。

「ところでおとっつぁん、私は今、どんな事で、叱られてるんでしょう？」

明るく問われ、宗右衛門は深い溜息をついた。そして今回やった事は、冗談では済まないよと、恐い表情を息子へ向けたのだ。

「麻之助、お前ときたら三日前、おとっつぁんにも月行事《がちぎょうじ》さんにも内証で、勝手に裁定をしたんだってね」

「へっ？」

「そんな馬鹿をするもんだから、その件は後で、大きな騒ぎに化けちまったんだよ」

麻之助はふにと、顔を見合わせた。

町名主の所へは、支配町に住む誰かれから、相談事が持ち込まれてくる。お上へ訴える程の事ではないが、当人らにとっては一大事という事は、多いのだ。よって町名主は内々に話を聞き、大事にならぬよう、屋敷の玄関でその件を裁定したりする。

それは真偽を問うお奉行様のお裁きや、お上が公に争い事を収める公事《くじ》とは、違うものであった。第一、町名主が結論を出しても、事に関わった者達が、時に、承知しなかったりする。町名主は町役人だから、色々権限はあったが、裁定した者を、牢へ放り込む事にはならないからだ。

だがそれでも町名主は、時に怒り、また睨みをきかせ、町内の者達の揉《も》め事を何とかしてきたと、宗右衛門は言う。

「今住んでいる町から簡単に動ける者なんて、多くはないからね。みんな家やその近くで働いてるんだし、身内もいるんだ」

誰かと揉めても、その後、相手と同じ町内で、顔を合わせつつ、暮らして行かねばならない。湯屋《ゆや》や床屋が同じかもしれないし、煮売り屋や寄席へ行けば、出会う事もある筈なのだ。

「だからね、何とか一緒にやっていけるよう、後に火種を残さないよう、町名主は支配町の人達と、よくよく玄関で話し合う。裁定っていうのはそうやって、まとめていくんだよ」

よって揉め事に、どれ程素晴らしき落としどころを思いついても、麻之助が一人で勝手に、答えを出してはいけないのだ。宗右衛門は跡取り息子を睨んだ。

「なのにお前ときたら、何と自身番屋《じしんばんや》で、隠れて裁定をしちまったんだって？　麻之助、何で勝手をしたのか、訳を言いなさいっ」

すると。麻之助は再び大きく、首を傾げる。

「あのぉ、おとっつぁん。私は三日前どころか、ここ半月ほど、一切裁定はしちゃいませんけど」

「は？」

「やれと言われてもいない裁定を、こっそりやったりしませんよ。おとっつぁん、私はそんなに勤勉だったこと、無いです」

「……おや、そう言われてみれば、そうだね。麻之助は、寝てる方が好きだろう」

宗右衛門は納得したようで、大きく頷《うなず》く。しかし直《す》ぐ、両の眉尻を下げる事になった。

「じゃあ勝手に裁定をしたのは、誰なんだろう？」

父と子は、顔を見合わせてしまった。

「おとっつぁん、大家さんが番屋で、誰かの愚痴でも聞いてたんじゃないんですか？」

町内で揉め事が起きた場合、近所の誰かか大家が、まず事を収めようとするものだ。

しかし宗右衛門は、首を横に振った。

「いや、そうじゃあないんだよ。勝手に裁定をした者がいた事は、間違いないんだ」

宗右衛門はここで、事情を話し始める。

「今度の騒ぎは、縁談絡みでね。お真知《まち》、おしんという二人の娘さんと、長治郎《ちょうじろう》という若い大工が関わってる」

長治郎は最初、仕立物を請け負っている、おしんと仲が良かった。だが縁談がまとまったのは棟梁の娘、お真知であった。

お真知は話を決めた後で、おしんの事を知り、随分気にしたらしい。それで止せばいいのに、お針の仕事をしているおしんに、わざわざ白無垢の仕立てを頼んだのだ。

「おおっ、おとっつぁん。そいつはとんでもなく、厄介事の匂いがしますね」

「すると、だ。縫い上がって、お真知さんが受け取った新しい白無垢に、随分染みがあったって言うんだよ」

暮らしぶりを見たかったのか、着物はお真知がわざわざ、おしんの長屋へ取りに行ったらしい。おしんは、長屋からお真知が帰った後、雨が降ったから、それで着物が濡れ、染みになったのだろうと言っていた。

「だがお真知さんは、自分の晴れ着を、おしんさんがわざと台無しにしたと、怒ったんだ」

お真知は公事に訴えると言いだし、それで宗右衛門の耳にも、揉め事が届いた。

「でもね、ここで親の棟梁が、お真知さんを諭《さと》してくれたんだよ。縁談を、ややこしくするもんじゃないと」

白無垢は別に用意し、その着物は濃い色に染めればいいと言ったのだ。

「自分やお真知の兄と一緒では、仕事に甘えが出ると思ったのかね、棟梁は、娘の亭主になる長治郎さんを、余所《よそ》へ修業に出す事に決めてたんだ。日本橋の棟梁と、その約束が出来てた」

それで、婚礼を先延ばしには出来なかったのだ。よって白無垢の件は収まったと、宗右衛門は胸をなで下ろした。

ところが。

「気がついたら自身番屋で、白無垢の件の裁定が、勝手に開かれてた訳だ」

おまけにそこで出た裁定は、お真知のみが喜ぶものであったらしい。何と、おしんがわざと着物を汚したと決めつけ、お真知はおしんへ、縫い賃を払わずとも良い事になった。それどころか、白無垢の反物代をお真知へ渡すよう、おしんは言いつけられたのだ。

「そんな事を言われて、おしんさんの側が怒った。もう我慢出来ないと、親や同じ長屋の者達が、言い出したんだ」

おしんは好いていた男を、お真知に取られた。更に、相手のおなごの婚礼衣装を縫えと、心ない仕事を押しつけられたのだ。

それでもおしんは仕事だからと、白無垢を縫い上げた。するとお真知は、おしんを困らせる為わざと着物を汚し、今度は金を巻き上げようとしていると、周りは考えたのだ。

「もう、大騒ぎだよ」

実はおしんの親が、名主屋敷へ来ていた。番屋での裁定は納得出来ない。こうなったら公事で裁いて欲しいので、訴状を書く。だから必要な町名主の奥印が、欲しいと言ってきたのだ。それで宗右衛門は、承知していない裁定が、自身番屋であった事を知った。

「おやぁ、そいつは大変」

だが、しかし。麻之助は眉尻を下げると、ふにの背を撫でつつ困った顔で言った。

「白無垢の件を公事にするのは、きっと難しいですよねえ、おとっつぁん」

「お前もそう思うかい？　無理だろうね」

宗右衛門が、溜息をつく。諍《いさか》いが起きると、多くの者が白黒はっきりしたいと願う。よって江戸では、訴えが溢れていた。

しかしお上は殺しなど、吟味筋《ぎんみすじ》の調べを、他の揉め事よりも優先するとしている。盗賊の押し込みや付け火など、命が関わった大事を裁くのが、先と言う訳だ。

つまり金の問題など、出入筋の訴えである〝公事〟の件で、吟味筋のお調べが滞るのを、良しとしなかった。

「まあ吉五郎《きちごろう》を見てりゃ、訳は分かりますけど。おとっつぁん、調べるにしろ裁くにしろ、お上には、人手が足らないみたいですね」

「ああ、もの凄く足りないようだ」

だが、その人手を補おうにも、お上には余分な金もない。そして下々も、訴え事は受けて欲しいが、その為の費用を出す余裕などない。つまり皆、動きが取れないのだ。

「麻之助、だから金の争い事は内済で済ませろという、相対済令《あいたいすましれい》が出てるんだよ」

多分今回の喧嘩は、訴えても、当人同士で話しあえと言われるだけだ。要するに相対済令とは、そういう事であった。それでは押しが弱い者や、立場の弱い者は、たまったものではない。ないが……町役人の下っ端である町名主に、お上の取り決めは動かせない。

「反物代が掛かっていると言っても、今回の件は結局、若いおなご二人の喧嘩だからね」

訴えに必要な訴状へ、奥印を押すのも躊躇《ためら》われる件だと宗右衛門はいう。麻之助はちらりと、父親の草臥《くたび》れた顔を見た。

(うちや周りの町名主さん達は、玄関での話し合い、つまりはとりなしを、〝裁定〟と言う。そいつは、ちょいとした権威付けだよね。皆に、出した答えを納得して欲しいんだ)

今回のように、公事に持ち込めない争い事は、どこの支配町でも多いのだ。玄関での裁定じゃあ信用出来ない、町名主の言う事は聞けないとなったら、町名主は困る。お上も仕事が溢れて困る。そしてきっと、支配町の者達も困る。決着のつかない小競《こぜ》り合《あ》いは、どうにも出来ずに放っておかれ、皆、不満を溜めてしまうに違いないのだ。

麻之助は頭を掻いて、父親を見た。

「その、勝手に誰かがやったという裁定、そのままにするのは拙《まず》いですよね」

裁定を、町名主以外でもやれるとなったら、それは近所の者のお小言と、変わらなくなってしまうからだ。

「一体、誰が馬鹿をしたんだろうね。月行事さん達じゃないよ。確かめてあるから」

ならば、てっきり麻之助がやった事と、宗右衛門は思い込んだらしい。麻之助は苦笑を浮かべると、ふにを父の膝へ乗せた。

「仕方がないですね。面倒だけど表へ行って、誰の仕業か確かめて来ます」

ひょいと立ち上がった息子へ、宗右衛門は驚いた顔を向ける。

「お前、見当が付いてるのかい？」

すると麻之助は、いいえと言って、あっさり首を横に振る。しかし羽織を手に笑った。

「でもおとっつぁん、自身番屋へ行けば、分かると思います」

裁定をした者は、番屋を使ったのだ。そしてお真知達は、ちゃんとした裁定をされたと信じたらしい。つまり誰も名を知らぬ者が、場を仕切った訳ではあるまい。

「ああそうか。そうだね。おお、さっさと事情が分かりそうで、良かった」

ほっとした顔の父親へ、帰りに饅頭でも買ってくると告げてから、麻之助は表の道へ出た。だが幾らも行かない内に、また一つ疑問が湧き出てきて、顔を顰《しか》める。

「しかし番屋で裁定した誰かは、物好きだね。何でわざわざ、人の揉め事に首を突っ込んだのかしらん？」

猫の蚤《のみ》取りをしていた方が、余程、ほっとする一時が過ごせるのに。

だが、そんなことを口にすると、宗右衛門にまた叱られそうな気がして、麻之助は振り売りを避けて歩みつつ、ぺろりと舌を出した。

2

麻之助の部屋に、幼なじみにして石頭の同心見習い、吉五郎が来ていた。そこへ、悪友仲間の清十郎《せいじゅうろう》も顔を出した。

「おや清十郎、今日は煎餅《せんべい》の手土産付きかい。嬉しいね」

するといつもなら、直ぐに友と話し始める清十郎が、いつになくきちんと座ったのだ。それから、いの一番に、用件を告げてきた。その件を話しておかねば、どうにも落ち着かぬと、麻之助の顔を見つつ言ったのだ。

「そのな、うちの身内で縁談がまとまった。つまりおっかさんが、以前より話があった四郎兵衛《しろべえ》さんとの話を、受ける事になったんだ」

ふにを膝に抱いた麻之助が、僅《わず》かに目を見張り、居住まいを正した。

「なんと……お由有《ゆう》さんは、八木家を出るのか」

吉五郎が、驚いた表情を清十郎へ向ける。

町名主八木家の、前の当主源兵衛《げんべえ》は、随分若い後妻、お由有を迎えていた。跡取り息子の清十郎とお由有は、二つしか歳が違わないのだ。

よって源兵衛亡き今、当主となった清十郎が、この先嫁を迎えた場合、お由有と歳の近い嫁、姑《しゅうとめ》になる。それを心配してか、お由有の実の父親、札差《ふださし》の大倉屋は、娘へ縁談を持ちかけていたのだ。

「大倉屋の番頭、縁談相手の四郎兵衛さんは、小間物屋の店を開くと決まったそうな。おっかさんと幸太《こうた》は、四郎兵衛さんと一緒に、その店を支えてゆく事になった」

店を開く場所は、神田でも、ぐっと日本橋に近い辺りになると言われ、もうそこまで決まっているのかと、吉五郎が目を見張る。

麻之助はゆっくり頷くと、きちんと祝いの言葉を清十郎へ告げる。

「おめでとうございます。そうか。お由有さん……心を決めたのか」

それから少し目を細め、寂しいなと付け加えた。小間物屋は、高橋家の支配町から大分離れているらしい。

「幸太にも、なかなか会えなくなるな」

すると歳の離れた兄、清十郎が笑う。

「幸太はこの先、あっという間にでかくなるぞ。じき、麻之助に遊んで貰う歳じゃなくなる。店で親を手伝うようになるんだ」

それ故、お由有は幸太の先々も考え、再縁を受け入れたのだろう。麻之助は頷き、開いていた障子の外へ目を向けると、何時《いつ》になくしみじみと口にした。

「何だかさ、いつも見かけていた人が離れるっていうのは、妙な感じだ」

しかしそれは、亡き妻お寿《す》ずが、ある日居なくなってしまったのとは違う。その人が、どこかで幸せにやっているのと分かっているのは、嬉しい事の筈なのだ。

なのに。

（ああ、私とお由有さんの縁は、重ならないね）

妻を亡くした麻之助は、まだ、次の縁など考えられない。一方お由有は今、動き出す時を迎えていた。そして、若い麻之助の跡取りとして、幸太を養子に迎える事は無理だが、四郎兵衛ならば、跡継ぎとして大事にしてくれる……。

麻之助は僅かに苦笑を浮かべ、別れは、不思議なものだねえと口にする。

「過ぎてゆく季節に置いて行かれるような、何とも言えない寂しさがあるな」

すると、そんなものだと、珍しくも吉五郎が言い、清十郎が眉を引き上げた。

「ああ、吉五郎は相馬《そうま》家へ養子に来てる。一度、家を離れてるんだな」

「まあな。次男以下が、養子の口を見つけられれば、ありがたい事だと親は喜ぶ。だが俺も、家を出た時、まだ若かったからな。多分それで少し、寂しく思えたのかもしれん」

今、幸太は十にもならない。慣れぬ内はきっと、しょんぼりする日もあろうと、吉五郎が優しく言った。

（そうだよねえ。でも皆、その内慣れるのかな）

麻之助は寸《すん》の間、友二人の側で、ただ黙っていた。そして一寸目を瞑《つむ》った後、やっと肩から力を抜いた清十郎へ、笑みを向ける。

「お由有さんが八木家を離れるとなれば、屋敷に女主人が居なくなる。いよいよ周りは、清十郎に早く嫁さんを迎えねばと、張り切るだろうな」

縁談はどうなったと聞くと、清十郎が急に、渋い表情を浮かべた。

「それは……まだ、決まってないよ」

ただ恐ろしい事に、最近は当人に意向も聞かず、親戚達が動き回っていると、清十郎は溜息をついた。麻之助と吉五郎が揃って笑う。

「おやぁ、そいつは大変だ。清十郎、一生の事だ。嫁さんは己で決めろよ」

ここで麻之助は、縁談という言葉で思い出した事があると、話を逸らせた。鉄瓶の湯で茶を淹《い》れつつ、高橋家が抱えた困りごとについて、二人に語り出したのだ。

「実は三日前、うちの支配町で、勝手に裁定をした奴がいてね」

「は？　何だい、そりゃ」

清十郎も吉五郎も、少しばかりしんみりしていた表情を吹き飛ばし、興味津々の顔を向けてくる。麻之助は、おなご二人に男一人の揉め事を、ざっと語った。それから、その件に厄介な裁定をした勤勉な頓痴気《とんちき》の名は、自分が突き止めたのだと、少し胸を反らせる。

「ま、自身番屋で教えてもらったんだけど」

麻之助が番屋へ行き、裁定の件を問うと、答えは番人が、あっさり返してくれたのだ。

「白無垢の揉め事に白黒を付けたのは、誰かって？　麻之助さん、そいつは丁度《ちょうど》番屋で仕事をしていた、書役《かきやく》さんですよ」

途端、麻之助はちょいと首を傾げた。

「書役？　町入用の計算をしたり、人別《にんべつ》帳の整理をしてるお人の事だよね。今は……誰だったっけ？」

番人は、町名主の跡取り息子がそんな事も知らぬのかと、一寸顔を顰めた。そして溜息をついてから、ある名前を告げてくる。

「正吾《しょうご》さんですよ。ほら、長くやってた勘助《かんすけ》さんから書役の株を買った、まだ三十くらいのお人です」

書役の身分は、色々な職業と同じく、株として売買されているのだ。正吾は、余所の町から来た者で、勿論きちんと町名主の高橋家へ挨拶に訪れていた。しかし書役は、仕事を自身番屋で行い、長屋に住む。今まで麻之助とは、余り縁が無かったのだ。

麻之助は、ああと名前を思い出し、そしてまた首を傾げた。

「でも何でその正吾さんは、突然、町名主の代わりを始めたんだ？」

「おや、町名主さんが忙しいんで、正吾さんに代われと言ったんじゃ、なかったんですか」

「いやいや、町名主のお役目を、他の者にやらせちゃいけないんだよ。前に、お上からお達しがあってね。勝手をしたら、高橋家がお叱りを受けてしまう」

それで、当の正吾はどこにいるのかと問うたところ、少し前に出かけたという。やはりというか、おしん達は正吾の裁定に不満を持ち、金を払ってないらしい。

「で、今度は別の所で、話し合う事になったみたいで」

「おやまあ、やっぱり揉めだしたか」

仕方なく屋敷へとって返した道で、麻之助は吉五郎と行き会った。共に帰宅すると、屋敷に丁度、月行事達が来ていたので邪魔はせず、みやげの饅頭は母に差し出した。するとその後、清十郎が屋敷へ来たという訳だ。

「おとっつぁんと月行事さんは今、お真知さん達の揉め事をどうするか、話してるんだと思う」

とにかく一度、裁定という形を取ったのだ。事情も双方の考えも、もう分かっている。この後、今度こそ町名主が白無垢の件を裁定するなら、答えを先に決めておいた方がいいと、集まったのだ。

すると高橋家と同じく、町名主である八木家の清十郎が、茶を片手に、ちらりと麻之助へ目を向ける。

「しかし、書役の正吾さんが一回、おしんさんを悪者と決めたのは、拙かったな」

裕福な棟梁の娘お真知は、長屋暮らしのおしんから、亭主にしたいと願っていた男を取り上げている。そんなおしんに書役は、反物代まで弁済しろと言ったのだ。周りは納得しない。

しかもおしんは、己は白無垢を汚してないと言っているのだ。

「一方お真知さんは、自分の言う事は正しかったと、先《せん》の裁定で得心してしまった。今更、やっぱり喧嘩は両成敗だと言われたって、承知出来ないだろうよ」

話は厄介であった。

「さてさて、宗右衛門さん達、事をどうまとめるのかな。麻之助、落としどころが難しいと思わないか」

ここで吉五郎が、二人に正面から問うた。

「二人は、もし自分が裁定する事になったら、どう言い渡すんだ？　聞かせてくれ」

すると清十郎は黙り込んだが、麻之助はすぐに、明るく言い切った。

「裁定から逃げ出す」

呆《あき》れた吉五郎が、盆で麻之助の頭を軽く打ち、横で清十郎が息をつく。

「いや難しいなぁ。ううむ、あたしは町名主として、こういう騒ぎを一生、何とかしていくのかねえ」

「だから清十郎、嫁さんはしっかりしたお人を、もらいなよ。私は……」

麻之助が、お気楽に言いかけた、その時であった。

「わーっ」

頓狂《とんきょう》な声が、突然屋敷の内に響き渡る。悪友三人は、咄嗟《とっさ》に目を見合わせた。

3

「止めなさい。お真知さんっ、おしんさん。湯飲みは投げるもんじゃないよっ」

「ふにっ、何で部屋に入ってくるんだい。危ない、お逃げっ」

「親御さん達まで、睨み合ってどうする。町名主の屋敷は、暴れる所じゃないんだぞっ」

麻之助達が玄関へ駆けつけると、番屋での裁定に関わった者達が、知らぬ間に集まっていた。そして、宗右衛門や月行事を巻き込み、見事な程の大喧嘩を始めていたのだ。

湯飲みを投げたのは、お真知達の方だ。一方おしんの側は、盆でそれを防ぎ、長火鉢の灰を投げ返していた。そのやり取りの間を、何人かが逃げ回っている。

麻之助は慌てて割って入り、馬鹿は止しておくれと、珍しくも真っ当な事を言ってみる。その時、お真知はどこで見つけたのか箒《ほうき》を握っており、それを振りかざしていた。

「痛ーっ」

麻之助の目の前に、明るい星が散った。畳にしゃがみ込んでしまったところ、何故だか間髪入れず、「嫌っ」という声が聞こえたのだ。

するとお真知が箒を放り出し、己の腕を抱くようにして、大声で泣き出す。その横で、得意げな顔をしたふにが、落ちた箒を踏んづけていた。

「おお、ふにが主を救った」

清十郎が賞賛の眼差しを、高橋家の猫へ向ける。しかし麻之助は、頭の瘤《こぶ》を手で撫でつつ、ゆっくりと首を横に振った。

「この屋敷は、ふにの縄張りなんだよ。なのにそこで大声を出し、暴れてる者がいる。ふにはそれが、気にくわなかったんだろう」

つまり。

「このまま騒いでいると、きっと順に、ふにに嚙みつかれちまうよ」

麻之助が試しにそう言ってみると、今まで町名主に止められても騒いでいた面々が、不思議な程ぴたりと動きを止める。

「おお」

己より猫が強かろうと、とにかく喧嘩が止まったのが嬉しくて、麻之助は早々に立ち上がった。ここで同心姿の吉五郎が、溜息をつきつつ座れと命じた。すると騒いでいた面々が、ようよう、いつもの裁定の時のように落ち着いたので、麻之助が幼なじみを拝む。

「ありがとうねえ、吉五郎。ふにと同じくらい威厳があるよ」

「麻之助、猫に頼るのは止めろ。そら、ようやく皆が座ったのだ。町名主の跡取りとして、さっさと裁定を始めるのだな」

この面々が、町名主の玄関へ来たということは、先だっての勝手な裁定をやり直す為に違いない。しかし、麻之助は首を横に振った。

「吉五郎、でもそいつは、おとっつぁんの役目なんで……」

すると、その言葉を待っていたかのように、横から宗右衛門が、息子へ声を掛けた。

「月行事さんが、もうこの件に関わるのは嫌だと言うんだよ。別の間で、そちらと話をせにゃならん。ここは、お前に任せたから」

「ありゃおとっつぁん、そんな殺生な」

宗右衛門ときたら、おもいきりこじれた裁定を、息子へ丸投げしたのだ。

しかし、麻之助が言葉を返している間に月行事が消え、宗右衛門は慌てて後を追い、部屋から出てしまう。そして悪友二人はどちらも、麻之助も一緒に逃げて良いとは、言ってくれなかったのだ。

「何で、こういう事になるのかな」

揉め事は小火《ぼや》から、火事へと変わっている。これから火を消すのは、大変だろう。

「名主屋敷の玄関が、火事場に思えてきたよ」

こうなったら仕方がない。清十郎、吉五郎に立ち会いを頼むと、麻之助は頼りのふにを抱き、決死の表情で上座に座った。


玄関では先程の大騒ぎが嘘のように、双方が綺麗に部屋の左右に分かれていた。

「今日は……大勢、おいでですねぇ」

麻之助が改めて見ると、お真知の側には大工の親と、兄孝太郎《こうたろう》がおり、おしんの後ろには、八百《やお》もの売りの父親と、長屋の大家が来ている。

おまけに何故だか麻之助の向かいに、今回話をややこしくした張本人、書役の正吾が、何やら帳面を抱えて座っていた。それから事の火種、お真知の許嫁《いいなずけ》長治郎も、その横に顔を見せていたのだ。

そして。麻之助は目を見開いた。

「おんや、その大きな風呂敷包みの中身は、事の大本《おおもと》、白無垢だね。持って来たんだ」

双方はとにかく、町名主にちゃんと裁定してもらう事にしたらしい。お真知達は、同じような裁定を貰えると信じ、今度こそおしんから反物代を貰う気なのだ。おしんの方は、きっと町名主であれば、違う答えを出してくれる筈と期待して来たのだろう。

（双方の表情！　折れる気はないとみたね）

それで先程、つい派手な喧嘩になり……麻之助がとばっちりを食ったのだ。

（納得出来ない裁定を出したら、言う事をきかない者が出そうだなあ）

麻之助は苦笑を浮かべ、腹を決めると、さっさと風呂敷を解いた。中から、光沢のある白い着物が現れてくる。

「おお、絹物ですね。上等な生地だ」

玄関で右手に座っている棟梁が、お真知の横で、ちょいと自慢げに頷いた。大勢の弟子を抱えた棟梁は、懐具合が温かいらしい。娘に与えた反物は、重く感じる程、立派な絹地だったのだ。

ただ、お真知が怒ったのも無理は無く、着物を広げると、背にも前身頃にも一面に、水跳ねの跡が広がっていた。

「うーん、これは……」

麻之助は眉間に皺を刻むと、しばし黙り込む。

すると。何故だか今日も書役の正吾が、勝手に話を始めたのだ。

「あのぉ、今回は町名主さんが裁定されるってのに、しゃしゃり出てすみやせんが」

麻之助から一番離れている、部屋の向こう正面から、懲《こ》りもせずに場を仕切りだした。

「ですがね、お伝えしとかなきゃいけないことを、俺は知ってまして」

だから、まずは自分の話を聞いて欲しいと、正吾は言ったのだ。だが、清十郎がすかさず釘を刺した。

「正吾さん！　あんたは町名主じゃない、書役なんだよ。なのに、裁定の場でどう話を運ぶか、口を挟んじゃ駄目だ」

この仕事は、書役の勤めには入っていない。なのに正吾は既に一度、勝手に自身番屋で裁定をし、話をややこしくしてしまった。

「その件については、後で町名主さんや月行事さんから、一言ある筈だ。正吾さん。町役人に連なる者が、心得違いをしちゃ駄目だろうが！」

だから今日は何かを問われるまで、もう口を出すなと、意外な程しっかりした調子で清十郎が言い渡す。友が町名主となって、既にかなり経つ。その慣れた様子を見て、麻之助と吉五郎が、さっと目を見交わした。

（へえ、清十郎の奴、随分話し方が変わってたんだな）

ところが。正吾は一寸、恐れ入る様子は見せたものの、黙らなかった。それどころか、一層早口で喋り始めたのだ。

「済みません。でもね、でもね、この話だけは、黙ってたら後で俺が、お叱りを受けると思うんですよ」

清十郎が口元をひん曲げても、正吾は語るのを止めない。

(おや清十郎も、まだまだ威厳は足りないか)

麻之助が面白がって、そのまま聞いていると、正吾は持って来ていた帳面を己の前に置いた。その表には、〝書役　正吾日録〟と、達者な字で書いてあった。

「ご覧の通り、こいつは俺が書役になってから、付け始めたものでして」

帳面を開き、毎日何があったか結構こまめに書いてあると、正吾は堂々と言う。

「先に自身番屋で、白無垢の件に白黒付けた時も、こいつを皆さんに見せました。ええ、ええ、俺は独りよがりで、お真知さんの言い分を認めた訳じゃないんですよ」

正吾が指で示したのは、日記のように、日で分けて書いてある書き付けの、一番初めの行だ。最初に日にち、その下には、刻限が書き記してある。

そして次に書かれていたのは、天気であった。

「この日が、お真知さんが白無垢を受け取った日です。ええ、お分かりでしょう。見て下さい。当日は晴れ。雨など降っちゃいなかったんですよ」

つまりお真知へ渡した後、白無垢が雨に濡れるというのは、あり得なかった訳だ。

「なのにおしんさんは、着物の染みを雨のせいだって言った」

つまりそれは、おしんがわざと白無垢を汚したからに違いない。正吾は、以前己が出した裁定の正しさを、得々と語った。

4

ぬらりと、おしんの父親が立ち上がった。

そして日々天秤棒を担ぎ、重い八百ものを売り歩いている逞《たくま》しい腕を正吾へ見せると、凄むような声で言ったのだ。

「書役さん、あんたは先だっても、その日記を持ち出しておれ達を黙らせた。だがね、あれからよう く考えたんだ。あんたの言う事は、信用出来ねえんだよ」

自分は真面目に日録を書いてると、正吾は言っている。だが。

「その日記に天気を書いた所、後でもちょいと書き足せる場所じゃないか。それにあの日、自身番屋の辺りで雨が降らなかったからって、お江戸中、晴れてたとは限るまいに」

おしんの父親は、ここで正吾を睨みつけ、更に言葉を重ねた。承知しかねる裁定を勝手にされて以来、おしん達にとって、正吾は敵方になったらしい。

「正吾さん、あんたは最近株を買って、書役になったんだろ？ それ、堀川長屋の大家さんが、世話してくれたんだってねぇ」

世の中には色々な株があって、株仲間にならなければ、その仕事が出来ないものも多い。しかも世間は難しくて、金さえあれば好きな株を買い、望む仕事に就ける訳でもないのだ。

人の推挙が必要だったり、組合の者に認められねばならなかったりする。つまり堀川長屋の大家は、正吾の恩人であった。

ところが。

「その大家さんには、左官の親方をしている弟がいる。そしてその親方と、お真知さんの父親は、よく一緒に仕事をしてるんだ。あんた先日、何でその事を黙ってたんだい？」

「そ、そんな話、今、初めて知ったよ」

正吾は慌てた様子で言ったが、おしんの父親は、全く信じた様子がない。まるで、いかさま師を見るような目で、正吾を睨んだ。

正吾は町名主ではないのに、出しゃばって裁定のまねごとをした。ついでにお真知の為、わざとそんな要らぬ事をしたのではと、棒手振《ぼてふ》りは言い出したわけだ。

「そもそも、こんないい加減な事をする男を、書役に認めた、町名主さんがいけない。こういうのが、町役人でございって顔をするから、おれ達が困るんだよ！」

「おいっ、さっきから聞いてりゃ、言いたいことを言いやがって……」

お真知の横から棟梁が立ち上がった途端、吉五郎が己の膝を、ぱんと打った。それで二人は座り直したが、睨み合いは止まらない。

麻之助は呆れ、皆を見つめた。

「おいおい、この件は元々、縁談絡みの話だよね？　なのにどうして、町名主が悪いって事になっちまうのかな」

話はどんどんずれていき、町役人への不満まで飛び出してきた訳だ。これでは麻之助が何を言っても、事は収まりそうにない。

「皆、本当に裁定を受ける気があって、ここに来てるのかな？」

麻之助が本気で問う。

するとその時、男が急に、部屋の端で立ち上がったのだ。お真知の許嫁、大工の長治郎であった。

長治郎は顔を赤くしていて、拳を握りしめつつ、お真知一家と、おしん達へ目を向ける。その後、足下へ目を落とし、思いがけない事を言い出した。

「麻之助さん、迷惑をかけて済みません」

今回の件は、事の元に縁談がある。つまり揉め事の大本は、長治郎にあると言ってもいいと、そう話し出した。

「そもそもおれは、おしんさんと仲が良かった。なのに親方の娘だからって、お真知さんとの祝言をあげることにしたんです。つまり、考えなしにそんな事をしちまった、おれがいけなかったんで」

長治郎は麻之助に、頭を下げる。途端、お真知が不安げな声を出した。

「長治郎さん、何で謝るのよ。あたしと夫婦になると言ったこと、悔やんでるの？」

長治郎はここで、立ったままお真知を見た。そして、ぐんと落ち着いた様子で、はっきりと言った。

「こうも揉めちゃ、今度の縁談、どうにもいけねえ。お真知さん、仕切り直しだ。縁談は帳消しにしよう」

そうすれば白無垢は必要なくなるし、お真知がおしんと角突《つのつ》き合わせる元が、消える。それで事を収めちゃあどうかと、長治郎は言い出したのだ。

お真知は首を横に振り、目に涙を浮かべた。しかし長治郎は引かなかった。

「今回、書役さんや町名主さんにまで、迷惑を掛けてる。縁談を受けた時、そんな事になるなんて、おれは考えてもいなかったんだよ」

長治郎は、この神田で、ずっと生きてゆく気でいたのだ。だから、世話になってる親方の娘を貰うのが良い判断だと、思ってしまったのだと続ける。

「だがもう、揉め事は終わりにしたいんだ。おれも、おれの親兄弟も、ずっとこの町で暮らしていくんでね。町役人さんたちと、ぶつかりたかぁないんですよ」

そう言われて、棟梁と孝太郎が、寸の間畳の方を向く。しかし長治郎に勝手を言われたお真知は、たまったものではなかろう。だから自分にも覚悟はあると、長治郎は付け足した。

「のうのうと、親方の所にゃあ居られません。だが、まだ若造ですから、一人で仕事は出来ねえ。使って貰える棟梁を、余所で探します」

勿論、今更おしんと、またよりを戻す事などしない。それがけじめだと、長治郎は言葉を重ねた。

「だからそろそろ、この大騒ぎを、終《しま》いにしちゃ貰えませんか」

そもそも、棒手振りや仕立物で銭を稼ぎ、暮らしているおしん親子に、あの豪勢な絹の反物を弁償など出来はしない。これから裁定で、何がどう決まるにしても、大金が動く事は無理なのだ。

「なら、これ以上、町名主さんに手間を取らせるのも、悪いってもんで」

長治郎は、ここで皆へ深く頭を下げると、座り直し、それきり黙ってしまった。お真知は大声で泣きだし、棟梁は眉間に皺を寄せ、溜息と共に娘を見ている。

すると慌てたのは正吾で、書役として書き留めていた天気が縁談を壊すとは、思ってもいなかったらしい。帳面を抱え、玄関に集まった面々へ、呆然《ぼうぜん》とした目を向けた。

「あの……こんなつもりじゃなかったんだ。ただ、俺はちゃんと仕事をしてるって、知って欲しくてさ。きちんと書役が務まるって、分かって欲しくてさ」

高橋家支配町の人達に。自身番屋のある町の、町名主に。

「なのに、何で……」

言葉尻のかすれた声が、消えていく。その後、寸の間、部屋内に静けさが満ちた。

すると。

そこへ部屋の外から、足音が寄って来た。そして襖が僅かに開くと、高橋家の手代巳《み》之《の》助《すけ》が顔を見せ、清十郎に、八木家の者が来ていると告げたのだ。

「へっ？　わざわざあたしに、屋敷から使いが来たって？」

清十郎の顔が強《こわ》ばると、他の話を耳にした為か、張り詰めていた座がほぐれ、皆がふっと身から力を抜く。

すると、最初に立ち上がったのは棟梁であった。

「こうなったからには白無垢の件、裁定をお願いするのは止めにしますよ」

どう考えても、もう祝言は無理だからと言い、泣く娘と息子を連れ部屋から帰っていった。

そうなれば、おしん親子や大家には、これ以上玄関にいる用などない。白無垢の仕立代はうやむやになりそうだが、反物代の事を思えば、ぐっと少ない金高だ。三人も席を外すと、次に長治郎がぺこりと頭を下げ、やはり出て行った。

最後に残ったのは書役の正吾で、こちらは未だに情けない表情を麻之助に見せつつ、帳面を握りしめている。

だが麻之助達も立ち上がると、やっと正吾も部屋を後にした。そして最後に、結局、裁定は行われなかったという事実だけが、高橋家の玄関に残った。

5

高橋家で白無垢の揉め事が、何とか静まってから、五日。麻之助の部屋には清十郎が、ずっと居座っていた。

八木家の大叔父が、突然、名前も聞いた事のない娘を、連れて来ると言いだしたのだ。それが先日、八木家から高橋家へ、使いが来た訳であった。

すると他の娘を薦めていた親戚達と、大叔父が揉め出した。清十郎は一旦屋敷へ戻ったものの、当主であるのに居づらくなり、友の部屋へ逃げ込んできたのだ。

「あたしは双方の縁談共、受けないと言ったのに。大叔父も大叔母のご亭主も、聞きやしないんだから。なあ、本当にそろそろ、逃げられなくなりそうだ。ある日知らない嫁が、屋敷に現れたら……どうしたらいいんだろう？」

清十郎は猫のふにに、もう駄目かもと、泣きごとを言い続けている。麻之助は友の嘆きを聞きつつ、深く考え込んでいた。

「本当に縁談というものは、気力と身の力を、山と必要とするよねえ」

するとそこへ、見回りのついでだと言い、今日も吉五郎が顔を見せてくる。だが、こちらが気にしていたのは、猫と寝転がっている友の事ではなく、件《くだん》の裁定の方であった。

「おい麻之助、白無垢の裁定、あれきり放っておくつもりか？　あちこちの自身番屋で、書役正吾がしくじったと噂になってるぞ」

娘二人の諍いから始まった争い事は、半端にうやむやのまま、高橋家の玄関で終わった。麻之助の裁定に納得したからではなく、長治郎の決意に押し流されたのだ。清十郎が、眉間に皺を刻みつつ言う。

「まあ、はっきり、きっぱり、答えを出せる話でもなかったからな。麻之助が裁定に関わったんだ。あんなものだと噂になるくらいなら、構わないじゃないか」

だが吉五郎は、口元をへの字にする。

「今回、一番眉を顰《ひそ》められてるのは、書役についたばかりの正吾なんだぞ。あの半端な裁定の後、書役の正吾は、縁談が流れたお真知の事を案じてる。なのに書役の勤めは無理だと、言う者も出てきてるんだ」

定廻《じょうまわ》り同心は、日々自身番屋へ立ち寄る。番屋で取り調べをする事もあり、書役とも知り合いが多いのだ。

「このままじゃ正吾が、可哀想だろうが」

それで律儀な友は、何とかならぬかと、ここ三日、麻之助達へ言い続けていた。しかし清十郎は、眉を顰める。

「おいおい、今回の災難は、正吾さんが自分で引き寄せた事だぞ」

おまけに正吾は書役、町役人に連なる立場の者なのだ。

「つまり、自業自得。もう放っておきゃあいいのさ」

「妙な噂は困る！」

「二人とも、止めなよ」

麻之助が、溜息をつきつつ止める。

「吉五郎の心配は分かってる。清十郎も困っているし、放っておいたりしないからさ」

それで実を言うと、麻之助は昨日一つ、人と相談をし、白無垢の話に手を打っているのだ。あの件が今度こそすっぱり終われば、正吾も噂から逃れられるだろう。

「今日にも答えが来る筈だよ」

途端、吉五郎は嬉しげに頷いた。しかし隣で清十郎は、首を傾げる。

「あの、どうしてそこで、あたしの名前も出るんだ？　あたしが困っているのは、縁談の件だが」

するとその時、部屋の表から、手代巳之助の声がして、客人の来訪を告げてくる。

「ああ、相談事の答えが来たみたいだ」

じき、襖が開く。途端、清十郎が飛び上がった。

「お、お安《やす》さんっ」

突然、縁談相手の一人が現れたものだから、清十郎は居住まいを正すと、麻之助を睨んでくる。しかし麻之助は落ち着いた顔で、聡明なお安を、長火鉢の前へ招いた。

「お安さん、今回は力を貸して頂き、ありがとうございました」

麻之助は友二人へ顔を向け、お安に、ある噂を確かめて貰ったと話した。

「実は、お真知さんの事なんだよ」

麻之助は破談の後、噂に気を付けていた所、案の定、新たなお真知の噂があることを知った。お気楽者には、話が集まって来るのだ。

「しかし、だ。おなごの噂は、男には、はっきり摑めなくてねえ」

困ったが、今の麻之助には助けてくれる妻、お寿ずがいない。本当は、猫のふにを頼りたいのだが、不運にも人の言葉を話せない。

麻之助はしょうがなく、顔見知りの聡《さと》い娘御、お安へ話を持って行った。お真知とおしんの裁定話をかいつまんで語り、新たなお真知の噂を摑めないか、助けを求めたのだ。

ここでお安が、柔らかく話し出す。

「実は私、麻之助さんから相談を受けた時、とうにお真知さんの噂を、耳にしてましたの」

お針を習う先で、聞いたという。若いおなご二人の縁談が絡んだ一件を、町内の者達は、興味津々、それは詳しく話していた。皆、長治郎が早々に、次に世話になる棟梁を決めたことまで、分かっているのだ。

「実は今、お真知さんは、いつにない様子だとか」

高橋家の玄関から帰った後、父親の棟梁は、今回の縁談はすっぱり忘れようと娘に言ったらしい。相手の長治郎から、もう一緒になるのは無理だと言われてしまったし、その長治郎は詫びの為、棟梁の所の仕事を辞めると言っている。これ以上長引かせても良いことはないと、そう考えたのだ。

「父親として、お真知さんにはもっと良い話を見つけると、そう決めたとかで」

お真知はその時、また泣きはした。だが結局、父親に任せると言ったらしい。

「その後、上等な絹物は勿体ないし、染みになったままでは、安くしか売れない。だから、白無垢はやはり、濃い色に染めようという話になったみたいです」

それでお真知は着物を、まず染み抜きの達者に預けたのだ。染め上がったらそれを着て、芝居にでも行こうと棟梁が言い、事は収まったと周りの皆は考えた。

ところが。その翌日頃から、お真知の様子が変になったらしい。

「兄の孝太郎さんへものを投げつけたり、おとっつぁんに、きつい言葉を向けたり。いきなり泣きだしたかと思うと、長いこと黙り込んでしまったり」

縁談が駄目になったばかりだから仕方がないと、棟梁は言っている。しかしお針を習っている娘達は、お真知の親とは、ちょいと違った考えを持っていたのだ。

「手習い先の一人が、お真知さんと幼なじみなんですけど」

その娘は、気の強いおなごだったお真知が、何かに取っつかれたみたいだと言ったのだ。

「今のお真知さんは、泣いたり、ぼうっとしたりするばかり。見舞いに行ったお友達とも、余り話さなかったっていうんですよ」

それどころか幼なじみに、おしんや長治郎の悪口さえ口にしなかった。そんなだから心配する者が出て、噂が流れたのだ。

これがお真知の噂でしたと言ってから、お安が小さく首を傾げる。

「でも不思議ですよね。お真知さん、どうして長治郎さんへの文句を、言わないんでしょう？」

どんなに筋の通った事を言ったにせよ、長治郎が自分から、お真知との縁談を断った事は間違いない。

「私だったら、怒ります」

「あー、やっぱり、あの終わり方は拙かったか。角が立たないのも、いいかなと思ったんだけど」

麻之助が、本当に縁談は難しいねえとこぼす。お真知が妙なままでは、きっと正吾が気に病む。すると吉五郎や書役達が、それを気にする。そして麻之助は、何故だかまたまた、父の宗右衛門に叱られるという訳だ。

「そいつはいけないよ。ああ、きちんと裁定をやり直して、今度こそ話を終わらせよう」

だが、しかし。

「裁定は一旦終わった格好なのに、皆を玄関へ呼ぶ訳にはいかないよね。しょうがない、今度は茶屋でも借りて、そこで内々に話をしようか」

そして千里眼のようにきっぱり、事を見通さねばならないわけだ。

「ああ、私に出来るかしらん」

溜息を一つつくと、麻之助はこれから急ぎ使いを出し、明日にも皆を集める事にした。それから隣のお安を見ると、立ち会ってくれると心強いと言う。

「私でよろしければ、伺います」

ここで吉五郎も、どうにかして来てくれという。隣から清十郎が、己も行くと言ってくる。麻之助は僅かに笑い、そいつは嬉しいが、覚悟はいるよと清十郎へ言った。

「あん？　話し合いを聞きに行くのに、覚悟とは？」

「清十郎、行き先は多分茶屋だ。そこでお安さんと、縁談相手のお前さんが会ったら、見合いだと納得する親戚が出てくるぞ」

そして、お江戸で見合いをするのは、ほぼ、縁談がまとまった頃なのだ。

「茶屋へ来るなら、お安さんを嫁にする気で来るんだな」

「麻之助っ、親戚達に何か言われたのか？」

「勿論、大叔父御が気に入っている娘さんを、嫁に貰うと決めるのもいい。親戚が良いというお人でもいい。誰が嫁か決まった後なら、清十郎が茶屋へ来ても、何の障りもないな」

そうだろうと言うと、横で吉五郎が苦笑を浮かべたものだから、清十郎が顔を赤くする。

すると。友が茶屋へ行くか行かないかを決めたのは、何と、お安であった。

「あのぉ、清十郎さん」

「あ、はい」

さっと正面に座られ、清十郎が見た事もないほど、総身を堅くしている。お安は、それはそれはおなごに好かれる筈の、清十郎の面《おもて》を見てから、静かに言った。

「あの、茶屋へはおいでにならないで下さい」

「え……何で、かな？」

お安へ問うたのは麻之助で、清十郎は声も出ない様子で黙り込んでしまった。お安は何故だか少し、寂しげに笑った。

「実は……今まで、恥ずかしくて言えなかった事が、ありまして。私、縁談を決めるにあたって、一つだけ望みがあるんです」

お安は、目を見張るような美人ではないし、魂消《たまげ》るような持参金が、付いている訳でもない。よくいる娘の一人に過ぎないのだが、それでも、心から欲しいものがあった。

にわかに頬を染めると、お安が小さな声で言う。

「あの……私、縁談相手から、好いていると言われた事が、ないんです」

今までにも、人が持ってきてくれた縁で、お安を嫁にと望んでくれた者はいた。しっかりしているし、お安であれば良き妻、母になりそうだ。安心だと言ったのだ。

しかし親が、あっという間に縁談を決めそうになった時、軽い調子でいいからと頼んでも、お安を好いていると言った者は、いなかった。

「それで気がつけば、今も独りなんです」

最近では親も溜息をついて、先々独りでも困らぬよう、お安にお針をしっかり習わせていた。お安は清十郎へ、言葉を重ねる。

「ですから明日、茶屋へは、おいでにならないで下さい」

麻之助には、そのお安の言葉の意味が分かった。多分それは、もし来るのであれば、お安が待ち続けている言葉を言って欲しいという事だ。お安はずっとその一言を、待っているのだから。

(この私にだって、分かったって事は……清十郎にも通じているわな)

しかしその先は、己が口を出すべき事ではない。だから麻之助は黙っていた。

吉五郎も、口を引き結んでいる。

そして……清十郎は、呆然としているように見え、そのまま口を開かなかった。

お安がつと立ち上がり、静かに部屋から帰って行った。

6

翌日のこと。

両国橋の盛り場で、大親分として知られる大貞《おおさだ》の息子、貞《さだ》が、手妻《てづま》のように、小さな料理屋の二階を用意してくれた。よって麻之助は人に話を聞かれる事無く、先の裁定で集まった者達と、もう一度話をする事が出来た。

今日お真知は、父親や兄と来ているが、おしんの連れは父のみであった。書役の正吾と元の許嫁長治郎は、今日も顔を見せている。

そして、窓を大きく開け放った二階の部屋で、上座に座った麻之助の横には、吉五郎ともう一人、お安が座った。

麻之助は皆が揃ったと見ると、改めて来てくれた事への礼を口にする。

「何度も済みませんね。ええ、お気楽者の跡取り息子が、関わっちまったせいです。勘弁して下さい」

正直に言うと、先日玄関で裁定をした時、麻之助には引っかかった事があったのだ。なのにその時は、長治郎がきっちり事を終わらせたので、それで収まるなら構わないと黙ってしまった。

「でも。やはり引っかかった事を放っておくのは、拙かったみたいです」

何故なら今、お真知が苦しんでいるようだから。あの時、全部をさらけ出しておけば、もっと揉めたかもしれないが、今日まで、話を引きずらずに済んだ筈なのだ。

「何と。一体……あの日麻之助さんは、何に引っかかったてぇ言うんですか」

ここで話し出したのはおしんの父親で、棒手振りは、何かあったかなと首を傾げている。すると横にいたおしんが真っ直ぐ、お真知の前に、今日も置かれている風呂敷包みを見た。

麻之助はにこりと笑うと、頷く。

「ええ、あの日私は、その白無垢を手に取り見ました。そしてね、ちょいと首を傾げる事が、あったんですよ」

「は？　おれも着物は見てるが。だが、あったのは、染みだけだったぞ」

お真知の父親は、眉根を寄せている。棟梁は、もう白無垢の件は終わりにしたのだと、最初、この場へ来るのを嫌がった。しかし、お真知の様子がおかしいままでは困るだろうと言われ、渋々両国へ顔を出したのだ。

だが、前の裁定で何もしなかった麻之助へ、今も疑わしげな顔を見せていた。麻之助はあの時感じた疑いを、口にしてゆく。

「白無垢を広げたところ、背にも前身頃にも一面に、水跳ねの跡が広がってました。ああ、皆さんもご覧になってますね」

だが、しかし。

「まずそいつが、おしんさんの話とは、合わなかったんですよ」

おしんは、縫い上がった着物をお真知へ渡した後、雨に降られ、着物に染みが付いたのだろうと言った。しかし畳んで風呂敷に包まれている着物が、雨に降られた場合、背にも前身頃にも、染みが付く訳がない。

「おや……その通りだ」

今、初めて気がついたようで、書役の正吾や棟梁が、おしんへ目を向ける。棒手振りが顔を顰めたが、麻之助はそのまま話を続けた。

「でも、ですね。じゃあ、お真知さんが言ったように、おしんさんがわざと染みを付けたと考えるのも、妙でしてね」

おしんは両親と弟と共に、長屋で暮らしている。おしんの家には二人働き手がいるから、割り長屋を借りていて、入り口の他に窓があり、風が抜け涼しいという。

「ですが、それでも並の長屋です。だから部屋は、小さな土間も入れて、八畳程の広さだ。そこで一家四人が、暮らしてるんです」

おしんは長屋で毎日、縫い物をしている。だからおしんが、預かった着物を出したままにしているとは、とても思えなかった。

「元気な弟がいますからね。針箱や布地は邪魔にならないよう、仕事が終われば直ぐにしまっていた筈です。白無垢は汚れちゃ拙いから、特に気を使ったでしょう」

だから。万に一つおしんが、苦しい気持ちにとっ捕まって、白無垢に水を掛けたとしても、だ。わざわざ火鉢や針箱など、物が置いてある部屋一杯に衣装を広げ、そこへ水を散らしたと考えるのは、どうにも妙だった。白無垢に染みを付け嫌がらせをするなら、広げて掛ける必要はない。例えば袖に水を散らしても、十分お真知は怒っただろう。

ここでお安が静かに、白無垢へ目を向けた。

「ああ……広く染みが付いていたということは、その着物、広げて衣桁《いこう》に掛けられていた時、水を付けられたんですね」

着物の染みは、棟梁の広い家に引き取られてから、付いたものなのだ。

「つまり、おしんさんは、染みの件に関係ないんだわ！」

お安が言うと、麻之助が頷く。つまり正吾の付けていた日記の天気も、関わりはない。おしんは何もしていないのだ。

「でもお真知さんは、まさか自分の家にいた誰かが、婚礼の衣装に染みを作るなんて、思いもよらなかった。だから仕立てたおしんさんの仕業と、思い込んだんですよ」

「そ、そうでしたか」

正吾が、心底ほっとしたように息をつき、はす向かいでおしん親子も、すっきりとした表情を浮かべた。麻之助は、今度はお真知へと目を向ける。

「一方、お真知さんですが、先の裁定の後、急に様子が変わったとか」

そしてお真知が妙になったのは、縁談が駄目になった、裁定の時ではなかった。

「あの時はお真知さん、長治郎さんとちゃんと話してたし、大きな声で泣いてました」

それが着物を染め直す為、染み抜きへ出した後、妙になったと噂されたのだ。つまり染み抜きが得意な誰かが、白無垢を見て何かを言ったに違いない。

「お真知さんは、それでふさぎ込んでしまった」

麻之助はここで一度、言葉を切った。そして次に、今日はずっと黙り込んでいる長治郎へ、目を向けた。

「長治郎さんは、お真知さんの亭主になる筈の男だった。棟梁の家にも、出入りしてたでしょうね。だから長治郎さんは私らより先に、何かに気づいたんだと思います」

それで先日の裁定の日、長治郎はいささか強引なやり方で、騒ぎを終わらせたのだ。

「今のお真知さんと長治郎さん、お二人が承知している事は、同じだと思いますが」

今日は、この料理屋に、大勢が雁首《がんくび》を揃えたのだ。だから二人にそれを話して欲しい。

麻之助は促したが、どちらも黙ったままであった。

「そうなると、私が、考えついた事を話す事になりますよ。いいんですか？」

皆を、わざわざこの料理屋の二階へ呼んだのだ。今日の麻之助は、事を最後まで語る気でいる。

「どちらかが、話して下さるとありがたいんですが」

しかし、それでも二人が話を始めないので、麻之助は溜息をつく。

「ああ、裁定ってのは草臥れるねえ。きっぱり公事に任せられたら、ずっと事が早いって、よく思うよ」

だが。

「今回のような話にゃ、お裁きは向かないんですよ。お前が悪いと誰かを責めて、それで事が落ち着くとも思えないんでねえ」

それでも口を開く者はおらず、麻之助が、少し低い声で語りだす。

「ちょいと前の話だ。お真知さんは、おしんさんが縫った白無垢を、長屋で受け取った」

長屋では何も起こらず、帰り道、雨は降らなかった。

「お真知さんが住んでいるのは、結構広い家なんだろうね。弟子も多くいる、大工の棟梁の家だ。自分の部屋もあって、白無垢は衣桁に掛けられた」

お真知はここで、着物を改めてはいない。多分、気になる事がなかったせいだ。

そして。

「次の日、着物に染みが山とあることが分かって、騒ぎになった」

結構短い間に染みは付いたのだ。白無垢が置いてあるお真知の部屋へ行ける者など、限られている。多分下働きの者と、家人だけだ。

「でも、お真知さんと女中達が、揉めてたって話は聞かない。お嬢さんの白無垢に、水を掛ける人はいなかったろう」

二親《ふたおや》が、張り込んで買った娘の晴れ着を、駄目にする訳もない。となると。

「残るのは一人なんだよ」

そしてその事に、お真知と長治郎は別々に気がついた。それ故、縁談はご破算になったし、お真知の様子が変わったのだ。

多分……お真知は苦しんでいるのだろう。ここで麻之助は、真っ直ぐにその男を見た。

「孝太郎さん、白無垢を染みだらけにしたのは、あんただね」

「えっ？」

幾つかの戸惑う声が重なり、皆の顔が、お真知の兄、孝太郎へと向く。棟梁の跡取り息子は顔を赤くし、一瞬、唇を噛んだ。

7

「な、何で自分が、そんな事をしなきゃいけないんだ」

孝太郎に睨まれた麻之助は、確かに一見、訳などなさそうに思えると言い、息をついた。

「でもねえ、今回の縁談、実は決まった早々、妙な話が聞こえていたんだ」

棟梁は、娘の亭主に決まった長治郎を、余所の大工へ修業に出すと決めたのだ。

「だけどさ、そいつは、ちょいと引っかかる話じゃないかい」

長治郎の腕が悪かったのなら、分からないでもない。だがもしそうなら、棟梁はそもそも、娘の婿《むこ》にはしなかっただろう。となると、跡取りになる訳でもない長治郎を、今更余所で修業させるとは、妙な事であった。

「その訳は、孝太郎さん、多分あんただ」

結構腕の良い大工が妹の婿になることに、孝太郎が、いい顔をしてなかったからだ。

「お、おれだって、大工として腕は悪かねえ。何でそんな事を、言われなきゃならないんだ」

「うん、孝太郎さんは、ちゃんとした跡取りだ。だから棟梁だって、娘に大工の婿を迎える事を、気にしなかった」

しかし孝太郎は、近い年頃で、同じ仕事をしている大工が義弟となる事を、気に病んでしまった。この先、ずっと腕を比べられるのではないかと思うと、よりによって大工を婿にする妹が、小憎らしい。他に女がいたのに、それを捨てて、妹と添う長治郎の腹づもりが疑わしい。

「多分、息子の気持ちが分かったんで、棟梁は長治郎さんを、急ぎ、余所へ預ける事にしたんだ。だが、神田を離れろと言われた長治郎さんは、驚いた」

長治郎はこの地で、大工として暮らしていく気だったから、お真知を選んだと言っていた。なのに縁談のせいで神田から離れるなど、得心出来なかったに違いない。

そこで、縁組みへの長治郎の気持ちが、少し削《そ》げたのだろうか。お真知はおしんの事が気になるようになり、白無垢をおしんに仕立ててもらう事にした。花嫁になるのは自分だと、示したかったのかもしれない。

「孝太郎さんは、妹と同じ家で暮らしてるんだ。仕上がってきた白無垢を、早々に目にしたんだな」

きっとその時、いらついたのだ。

「で、丁度飲んでいたものを、妹の大事な着物へ掛けちまった」

おそらく、つい、やってしまった事だったのだ。しかし白無垢は、以前長治郎が好いていた、おしんが縫ったものだったから、事はあっという間に、大騒ぎに化けてしまった。そうなったら、孝太郎も己の仕業だとは言えなくなったに違いない。

その騒ぎに、書役も町名主も巻き込まれた。そして、おしんの長屋と棟梁の家の様子、双方を知る長治郎には、誰が染みを作ったのか、その内、察しがついたのだ。

「それで長治郎さんは縁談を断り、この神田で生きていく事を選んだ。ついでに自分が引く事で、世話になった棟梁の跡取り、孝太郎さんの不始末も、うやむやにした」

その為に先日、長治郎は早々に麻之助の言葉を遮ったのだ。

「ここまでは、当たってますよね?」

麻之助が問う。

しかし、こうまで言われても孝太郎は、麻之助を睨み、言い返してくる。

「そいつは麻之助さん、あんたが頭の中で考えた、作り話だ！」

そっぽを向かれると、麻之助は眉尻をぐっと下げた。お真知と長治郎は、相変わらず黙ったまま、町名主の跡取り息子を支えてはくれない。

「やぁれ、困ったねえ。今日は事を、うやむやにはしたくないんだが」

麻之助が、ほとほと困った顔でぼやいた。するとその時、不意に襖が開いたと思ったら、お安が大きく、目を見開いた。

良く知った姿が、襖の向こうに現れたからだ。

「まあ、清十郎さん」

今日は来ないと思っていた悪友が、何故だか眉間に皺を寄せつつ、部屋内へと入ってくる。そして麻之助の横に座ると、頼まれてた調べ事を知らせに来たと言った。

「おんや、そいつはありがとうよ。しかし清十郎、明日家に来ると思ってたんだけど」

「麻之助はのんびり者だからねえ。今日の話し合いを乗りきれるかどうか、心配になったんだ」

清十郎は部屋内の皆を見てから、孝太郎の顔で目を止める。そして、白無垢の染み抜きを頼んだ先へ、行ってきた事を告げた。

「お真知さん、あの着物に降りかかっていたのは、水じゃなかったんだってね」

よって、時と共に染みが濃くなるから、早く綺麗にした方がいいとお真知は言われたのだ。

「それでお真知さんには、あの染みを作ったのが誰だか、分かっちまった」

一見、水と間違えた染みの元は。

「酒だったんだな。しかも値が高くて、水のごとく澄んだ、上等の清酒だ」

そんな高い酒を、長屋暮らしのおしんの親は、飲んでいない。勿論、棟梁の家で働いている下働きも、贅沢《ぜいたく》はしてない筈だ。上物の清酒を日頃飲んでいるのは、棟梁自身か、もしくは跡取りの孝太郎であった。

酒が撒かれたら、お真知の部屋でも匂いがした筈だ。だが、近くの間で孝太郎が燗でも付けていたので、その匂いが強くて、分からなかったのだろう。とにかくお真知の頭にあったのは、おしんの顔だけだったのだ。

ここで麻之助が、清十郎に頭を下げる。

「ありがとうよ。これで白無垢の件はどういう事情だったか、皆、納得したと思う」

おしんへの疑いは晴れた。正吾の事も、もう噂にはなるまい。

「お二人さんが話をせずとも、ここまで得心出来ればいい」

この後どうするかは、おのおのが決める事だ。この場は料理屋の二階で、町名主が裁定をする玄関ではない。公事の場でもない。そしてお真知が、話を伏せて置かねばならないと、苦しむ事もなくなった。これでいつものお真知に、戻れる筈だ。

「そして、さ」

麻之助は、孝太郎の顔へ目を据える。

「縁談を駄目にした妹に、あんた、庇《かば》ってもらったんだ。ちゃんと謝っとくんだな」

そもそもが、孝太郎の気の小ささが、起こした事なのだ。

「気に病む事を止めて、まずは見かけからでも、どっしり構える事を覚えなよ。孝太郎さん、あんたその内、棟梁になるんだろうが」

大工仕事の腕だけで、棟梁が務まるとも思えない。すると、ここで麻之助達へ頭を下げてきたのは、父親である棟梁であった。

「どうも……うちのもんが、申し訳ない事をしちまったようだ」

すると麻之助は孝太郎へ告げる。

「棟梁は、お気楽者の私に、頭を下げる事が出来る男なんだよ」

それが父親と孝太郎の、今の差であり、今回の騒ぎを起こした元であるのに違いない。

「孝太郎さん、一度じっくり、棟梁と話してくれ」

麻之助は立ち上がると、じゃあ今度こそ、これで終えようかと、皆へ告げる。それから、うなだれる孝太郎らを残し、吉五郎、お安、清十郎と共に、今日は最初に部屋を後にした。


「やれ、肩が凝ったよぉ」

料理屋からの帰り道、ぐるぐると腕を回している麻之助へ、お安が不安げな声で問うた。

「あの、一番に帰ってしまって、良かったんですか？　あの後、料理屋にいた皆さんは、どうなさるんでしょうか」

麻之助は笑うと、分からないなと正直に答えた。しかし。

「おしんさん親子は、とっとと帰ったでしょうね。書役の正吾さんも、退散した筈だ」

どちらも、やっと白無垢の騒ぎから解放されて、今頃、ほっとしているに違いない。そして長治郎は、この先どうするか、とうに腹を決めている。だからやはり早々に、部屋を出た筈であった。

「どうもさ、長治郎さんが、お真知さんに惚れてた気が少しもしない。今回の縁談、流れて良かったのかもな」

残るは棟梁達だが。勿論皆と同じように、料理屋を出て行く事は簡単だ。しかし、余人に聞かれたくない話をするため、三人は暫《しばら》くあの二階に残ったかもしれないと、麻之助は考えていた。

「まあ後は、親である棟梁が何とかするさ」

麻之助はここで、声の調子をがらりと変えた。そして嬉しげな表情を浮かべ、料理屋へ姿を現した友へ目を向ける。

「それにしても、嬉しいねえ。清十郎、お前さんはついに、腹をくったのかい？」

来るなとお安に言われたのに、わざわざ料理屋に来たのだ。いよいよ年貢を納めるのかと、麻之助が目を輝かせて問う。

すると、清十郎は随分と強ばった表情のまま、麻之助の横から離れ、お安へ近寄っていったのだ。麻之助と吉五郎は、思わず二人揃って、二人の話に耳を澄ませる。

清十郎は妙に低い声で、お安へ語りかけた。

「その、お安さん」

「はい、何でしょう」

「そのな、実は……」

実は。清十郎は今日、親戚達から詰め寄られ、その場ではっきり嫁を決めろと言われたらしい。今度こそ本当に、逃げ隠れ出来ない時を迎えてしまったのだ。すると。

「何としても……よく知りもしない相手とは、添う気になれないと分かった」

それでまず、縁談を一旦、全て断った。

清十郎が貰える嫁は、一人きり。山と縁談を抱えていても仕方がないと、親戚達へ言った訳だ。

すると、親戚達の目が、揃って三角になった。事、ここに至って、全部の縁に否《いな》と言ったのだ。ならば誰なら良いのか、相手の名を言えと、皆は清十郎に迫った。

「で……それで、さ」

珍しくも顔を強ばらせた友が、お安を見つめる。

「その……お安さんの顔が、浮かんだんだ」

今まで話を貰った娘達の中で、一番上手くやっていけそうなのは、お安だと続ける。

「色々考えたが、どう思い返してみても、お安さんだ」

町名主として、まだまだ頼りない所のある清十郎の妻としても、お由有がいなくなる八木家の女主人としても、お安が一番であった。

「それに、ずーっと一緒にいるんなら……うん、お安さんがいいなと思ったんだよ。本当だ」

それで……思い切った。

「親戚達に、これからあるお人と話してくる。だから暫く待ってくれと、そう伝えたんだ」

前々から、縁談のあった相手だ。お由有も知っている娘だと言ったところ、周りは嘘のように静かになったらしい。清十郎はその間に、急ぎ屋敷を出てきたのだ。

「おや……お香さんのことは、考えなかったんだね。うん、そういう気持ちはいいね」

麻之助は笑みを浮かべ、友を見る。だが清十郎の話は、麻之助の考えとは違う方へ、転がっていった。

「あたしは、これでも結構、娘さん達と楽しい付き合いをしてきててね。だから、その」

　ここでお安が望むように、「好いている」と言う事も、実は清十郎には簡単な事だと、口にしたのだ。

「でも……あたしの言葉が、お安さんが望んだものになるかどうか。あたしには分からないんだ」

　それでも良いなら、好いていると言うと、清十郎は言った。つまりお安へ真剣に、妻になってくれるかと聞いたのだ。

　するとお安は、顔を赤くして黙り込んでしまった。長く長く、ずっと待ち望んでいた言葉を、言ってくれるという男が目の前にいる。

　なのにお安は清十郎の顔を、見る事が出来ないのだ。

　どちらも黙ったままであった。息をする音すら耳に届きそうな程、長い間、声一つしなかった。

　そして。

　この時、この重い静けさを破ったのは、なんと麻之助だった。無駄話をするいつもの調子で、お安へ柔らかく話しかけたのだ。

「お安さん、実は先だってから一つ、言っておきたかった事があるんだけど」

　お安は、婚礼をあげるのならずっと、相手から〝好いている〟と言われたかったようだ。

「だけどさ」

麻之助は、にこにこと笑いつつ、こう言葉を続ける。

「惚れられるか、惚れるかなら、自分が惚れる方が、ずっといいと思うけどね」

惚れて夢中になれば、あばたもえくぼで、相手の足らぬ所まで好ましく思えるからだ。そうなったら、相手の目がこちらを向いただけで、嬉しくなる所がいい。

「お安さん〝が〟、好いた相手。一緒になるんなら、その人にしなよ」

言ってくれない言葉を、待っている必要はないのだ。そんな言葉より、ずっときらきらとして、星のように好ましい思いが、この世にはあるのだから。

「自分から、好いてますと言うのも、良いものなんだよ。ちょいと気恥ずかしいけどさ」

「ま……あ」

思いも掛けない言葉であったのか、お安は目を一杯に見開いている。それから段々と、笑うような、泣きだしそうな、何ともいえない表情を浮かべていった。

そしてじき、僅かに笑うと、お安は小さな声で言った。

「そうですね。そんな風に考えられたら、心が温かくなりそうだわ。何で今まで、そう思わなかったのかしら」

だが。

お安はここで、横に突っ立っている清十郎へと目を向ける。それから少し首を傾げると、困ったように言ったのだ。

「私……清十郎さんに、惚れているのかしら？」

お安は、その事を考えていなかったようで、次の言葉が出て来ない。清十郎は呆然としているし、麻之助は大きく笑い出した。

「まあ、まだ婚礼が決まった訳じゃなし。お安さん、清十郎、親戚は待ってくれそうだし、これからお互い相手の事を、もうちっと知ったらいいさ」

お安から、「惚れてます」と言う日が来るのか。清十郎が、本気を見せるのか。縁談というものは、本当に難しい。

「その事は、今回の白無垢の騒ぎで、よくよく分かったもの。ねえ、お二人さん」

そう声を掛けたが、二人から返答はない。麻之助が目を向けると、清十郎とお安は道で、戸惑った様子のまま、暫く見合っていた。

昔から来た文

1

江戸湊《みなと》へと流れゆく神田川が、隅田川と交わる辺りに、両国橋が架かっている。その橋の両岸は火除け地として、広く土地が空けられていた。

だがお上のお許しが出て、そこにはじき、直《す》ぐ取り払える葦簀《よしずば》張りの小屋が集まった。両国橋橋詰めは、賑やかな盛り場となったのだ。

手妻《てづま》などの見世物小屋に、団子や天ぷらなどの屋台、露店に大道芸と、それは数多《あまた》のお楽しみの場が、橋の袂《たもと》に揃っている。勿論、綺麗な娘のいる沢山の茶屋もあった。

そしてその茶屋の一軒へ、今日、麻之助《あさのすけ》とお由有《ゆう》が、やってきていた。町名主高橋家のお気楽跡取り息子と、江戸町名主八木家、先代当主の妻は、お由有の義理の息子、清《せい》十郎《じゅうろう》の縁談相手お安《やす》と、待ち合わせているのだ。

店に入り床几《しょうぎ》に腰を掛けると、大勢が行き交う、賑やかな通りが目に入り、麻之助はつい、それを好ましそうに見た。

しかし、ふるふると頭を横に振ると、今日ばかりは直ぐに、真面目な顔つきを浮かべ、まずは茶屋の看板娘に茶と団子を頼んだ。そして、落ち着いた顔でお由有を見る。

「さて、じきにお安さんが、おいでになる筈です。けど、何と話を始めたものでしょうねえ」

先日のこと。

山ほどの縁談を抱えていた清十郎が、突然、数多の縁談を断り、お安を嫁にと望んだのだ。よって、これで八木家の嫁は決まったと、周りは一気に得心した。おなごに好かれ過ぎて、相手が定まらなかった清十郎だが、ついに腹をくくり、嫁を決めたように思えたのだ。

八木家支配町の者達は、いい加減、町名主清十郎が独り者でいることに、草臥《くたび》れてきていたとも言える。だから、まだ仲人が何も言わず、結納も済んでいないのに、これで安心出来ると、皆、祝いの気分になっていた。

ところが。

「なのに何で清十郎さんのお話、ぴたりと止まって、進まなくなったんでしょう」

お由有がつぶやいた通り、何故だかこの縁談は、それきり一向に進まなくなった。清十郎に聞いても、お安の返事待ちだという。仲人に問うたところ、自分も訳が分からず、困っていると言ってきた。

それで先日、麻之助は吉五郎《きちごろう》にぼやいたのだ。

「何だか妙だよねえって、吉五郎へ言ったんです。清十郎が、相手をお安さんと決めたのも、妙に急だった。お香《こう》さんとか、どうしたんだろうって、吉五郎も言ってたんですよ」

だが麻之助が心配しても、吉五郎がうなり声を上げても、とにかく縁談は進まない。その内、他の者も気を揉《も》み、じき心配し始めた。

そして、それでも話がまとまらないでいると、縁談は段々、妙なものに化けてきたのだ。まとまりそうで、まとまらない話は、色々な困りごとを引き起こし始めていた。

「参った」

麻之助は眉間に皺を刻むと、茶屋から人の行き交う表へ、また目を向ける。

(まずは、お由有さんの縁談に、障りが出てきてしまったねえ)

八木家先代当主の妻お由有は、後妻で若く、多分清十郎の嫁とは歳が近くなる。だからお由有は、八木家を若い主夫婦《あるじ》に任せ、息子の幸太《こうた》と共に家を出る算段をしていた。父の大倉屋が勧める己《おのれ》の縁談を、承知したのだ。

だが、清十郎の縁談が止まったものだから、こちらの話が進まないのだ。もし清十郎に嫁の来る当てがないまま、お由有が余所《よそ》へ嫁いだら、八木家は困った事になるからだ。

町名主の仕事は、それは多い。そして奥向きの事や、支配町のおなごからの相談など、男だけでは手の回らぬ用も多かった。麻之助は、両の眉尻を下げつぶやいた。

「八木家の仕事全てを、清十郎が一人でこなすのは、無理ですからねえ」

つまり、今、お由有がいなくなると、清十郎の妹おなみが、八木家のあれこれを背負う事になってしまう。そうと分かって慌てたと、お由有が小声で言った。

「おなみさんにも、良き縁談が来ております。清十郎さんの話がまとまったら、次はおなみさんの番だと思っておりました」

なのに、家の事を押っつけてしまったら、おなみが嫁に行けなくなる。困ったお由有は、己の縁談を一旦白紙に戻すと、先日言いだしたのだ。

(あの言葉で、お由有さんの札差《ふださし》の父親、大倉屋さんが狼狽《ろうばい》したんだよねえ)

せっかくお膳立てしたお由有の話が、駄目になるのかと、親は慌てたのだ。事はどんどん、他を巻き込んでいった。

(で、大倉屋さんは、縁談の事情を心得た者の中で、一番暇そうな私に、白羽の矢を立てたんだ)

麻之助が床几の上で、溜息をつく。金と強引さと、娘への情を山と持っている札差は、清十郎の縁談をどうにかしろと、麻之助に言いつけてきた。だが、筋金入りのお気楽者麻之助は、一旦は逃げた。己の手には余る事だと言い、本当に大倉屋の眼前から遁走《とんそう》したのだ。

（だって、無理ですよぉ）

しかし。

一代でのし上がった大物は、事を簡単に諦めはしなかった。大倉屋は直ぐ、娘のお由有へ縁談を進めるよう小言を言い始め、最後には、娘を泣き落としにかかった。そしてそれを、麻之助にも分かるようにしてきたのだ。

（あんの、くそじじい！　とは思ったけれどさ）

自分の為に、他の者が大いに困っているのを目にして、麻之助は降参した。可哀想な麻之助は大いに迷惑な野郎として、友の縁談に首を突っ込む事になった訳だ。

よってまずは大倉屋から、その為に必要な金子《きんす》をたっぷりと頂戴すると、次にお節介と承知の上で、今日、お安へ縁談の事を聞きに来ていた。

「父が勝手をして、本当に申し訳ありません」

お由有は驚き、お安との話し合いを助けに来てくれた。おなごが一緒にいた方が、お安も話しやすかろうからだ。

茶と団子が運ばれてくると、お由有は床几に盆を置き、少し首を傾げた。

「あの……麻之助さんは、清十郎さんの縁談が進まない訳を、どうお思いになりますか」

　身内の欲目もあるだろうが、清十郎は良い縁談相手だと思うと、お由有は口にする。見目好く腕っ節も強いし、何より気配りが出来る男だ。だから、ずっとおなごに人気がある。おまけに幾つもの支配町を持つ町名主で、妻となれば暮らしも安泰であった。

「でもお安さんから、縁談の返事を貰えていない。お安さん、何が気になっているんでしょうか」

　ここで麻之助は、ふとお由有を見る。大倉屋へ行き、縁談を何とかしろと言われた時の事を、思い出したのだ。

「そういえば大倉屋さんは、あの時、ちょいと不思議な事を付け加えてましたね」

　天下の札差が、十分すぎる程金を持たせてくれたので、麻之助は、余ったら返しに来ると言ったのだ。一旦笑って要らぬと言ってから、札差はすいと眉根を寄せた。

「商人の勘だ、その金、余り余らんかもな。麻之助さん、この件は、思ったより厄介な事になるかもしれん」

　何故なら、事は既に大倉屋を悩ませ、更に厄介事を増やしているからだ。

「厄介は、きっともっと増えるぞ。だから麻之助さん、金は返さずともいいから、決して途中で投げ出さないでくれ」

　大倉屋はあの日、そう釘を刺していた。お由有はそれを聞いて、眉を顰《ひそ》める。

「父は一体、何を案じているんでしょう？」

「さあねえ。でも、あの落ち着いたお安さんが、相手です。大きく揉める事など、無いと思うんですが」

ただ大倉屋の金は、早々に今日茶屋の支払いの為、使い始めた。父の宗右衛門《そうえもん》にあれこれ言われたくなかったので、お安と会うのに、高橋家へ来て貰う訳にはいかなかったからだ。

「お安さん、店が分かるかな。見てきます」

ちょいと心配になった麻之助は、床几から離れ店の表へ出ると、賑わう道の先に目を向ける。すると良き間合いだったというか、こちらへ来るお安の姿が目に入った。

麻之助は笑顔を向け……しかし、戸惑う様につぶやく。

「あれ？　お安さん、連れがおいでなのかな」

人波の中、笠を被った男が、お安の直ぐ後から添うように来ていた。男の顔は笠に隠れはっきりしなかったが、ちらちらと茶屋の方を見ているように思えた。

「はて？」

お安はしっかりしていて、連れがいないと表を歩けぬおなごではない。麻之助と会いに来るのに、こちらが知らぬ誰かを連れて来るとは、意外な事であった。

この時麻之助は、ふっと眉根を寄せた。笠を被り、顔すら見えないその男を、どこかで見た事があるような、妙な心持ちになったのだ。

「さて、誰だったっけ？」

だが、一歩足を踏み出した途端、笠を被った男が、すいとお安から離れて消えた。

「ありゃあの御仁、連れじゃ無かったのか？」

戸惑ったその時、お安が麻之助を見つけたらしく、軽く頭を下げてくる。そして先程の男は、それきり姿を現さなかった。

2

その翌日、麻之助はまた暢気《のんき》な顔を、両国橋の盛り場で見せていた。今日も連れはいたが、ただしお由有ではなく、悪友清十郎だ。

昨日お安から、縁談がまとまらずにいる次第を聞いた麻之助は、帰りに吉五郎の屋敷へ寄った。そして話しあった結果、縁談相手である清十郎も動くべきだと、二人で決めたのだ。

清十郎は今日、久々に町名主の仕事を抜けてきたらしく、やたらと腕を回し肩をほぐしている。そして道すがら、眉間に皺を寄せ麻之助を見てきた。

「何だか、妙な事が起きてたんだな」

「うん。だから清十郎を引っ張り出したのさ。何しろ事の真ん中にあるのは、お前さんの縁談だ」

麻之助は清十郎に、分からないことが二つ湧いて出てると言った。

「一つ目、まず気になったのは、昨日の両国橋の事だ。お安さんに、男が付いてきているように見えたんだよ」

だが清十郎はこの話に、眉を顰める。

「そいつは、おっかさんから聞いたよ。笠を被った男だな? でも、たまたま男が、後ろを歩いていただけじゃないのか?」

お安はその男を、知らないと言ったのだ。麻之助はうんと頷いたが、しかし。

「私が表に出た途端、男は姿を消したんだ」

麻之助はそれが、何故だか気になって仕方がなかった。笠のせいで顔が見えなかった為、却《かえ》って男の事が、頭から離れないのかもしれない。

「どこかで、あいつを見た事がある。そんな気がしたんだけど……はっきりしないのさ。ああ清十郎、昨日来たのは、あの茶屋だ」

そして、笠を被った男はこの辺りにいたと、麻之助は道で立ち止まる。清十郎は一人茶屋へと足を運び、店の前から麻之助を見た後、首を横に振った。

「結構離れてるぞ。それにこんな人混みじゃ、お安さんの跡を付けてたかどうかなんて、見分けは付かなかろう」

「そうか、無理か」

確かに両国橋の盛り場はいつも賑わっており、二人も今日、茶屋で空いた床几を探すのにも手間取った。やっと座り、茶と団子を頼んだが、こうして大勢の中にいると話し声が重なり、清十郎の声すら聞きづらい。

「昨日もこの辺りで、お安さんと縁談の話をしたんだ。だが、あんな話が出てくるとは思わなかったよ」

麻之助達は今日、一つには笠を被った男の件を、確かめにここへ来ていた。そして困りごとの二つ目は、清十郎とお安の縁談であった。それをこれからどうすべきか、二人は話し合いに来たのだ。

お安はただ、縁談を迷っていた訳ではなかった。

昨日のこと。三人が茶屋の床几に落ち着くと、お由有がすぐに茶を勧め、お安が柔らかい声で礼を口にする。いつもの会話を聞き、気を張っていた麻之助も、落ち着く事が出来た。それでお安へまず、先程見た事から問うたのだ。

「あの、ちょいと気になったんですが。お安さんはこの茶屋の近くまで、連れの方と来なすったんですか？」

しかしお安は、首を傾げる。

「私、今日は一人で参りましたが。……男の方？　あの、大層賑やかな土地柄です。側を歩いていたお人が、連れのように見えたのではないですか？」

「なるほど、たまたまの事、か」

お安に言われれば、違うとも返せない。麻之助は頷くと、両国橋橋詰めの賑わいへ目を向けてから、いよいよ今日一番の、大事な話を切り出した。

「それでお安さん、今日来て頂いた訳ですが。実は、確かめたい事がありまして。申し訳ないが、出来たら正直な所を伺いたい」

それは、八木家と甲村家の縁談についてだと言うと、お安の顔が僅《わず》かに強《こわ》ばる。

「その、どうしてこうも進まないのか、気にしている人が多くてね。まあ本当であれば、高橋家の私が口出す話じゃないんですが」

だが今回のお安の縁談話は、お由有や、おなみの縁談に絡んできているのだ。その事情を、麻之助は簡潔に告げた。

「だから、せっつくようで申し訳ないが、望みがある話なのか教えて頂きたい」

麻之助がそう続けると、お安は目を見張り、直ぐに深く頭を下げた。

「済みません、私が早くご返事しなかったせいで、他にご迷惑をかけていたなんて」

お安は重ねて謝ったが、麻之助達が聞きたいのはその先、お安の意向だ。するとお安は一つ間を置いた後、縁談の返答が延びた理由を、おずおずと語り始める。何故だかその顔は、いささか強ばっていた。

「その……私はこのように、地味なおなごです」

そのせいか、お安は却って縁談にこだわりがあり、縁遠かった。しかし。

「男に惚れてもらうより、こちらが惚れた相手へ嫁ぐのがいい。麻之助さんは先日、そう言って下さいましたよね」

あの言葉で、お安は少し柔らかい気持ちになれた気がしたのだ。おかげで縁というものを、一度落ち着いて考えられた。

お安は部屋で、どういうお人になら惚れるのか、己に問うてみた。するとお安の心に、人並みな思いが湧いてきたという。

「私もおなごですから、涼しい面《おもて》の方は好ましいです」

お安が大人しいから、殿方は明るい人がいいとも思った。その上腕っ節が強いと、頼りになると思う。友達思いで、親友がいるような人だと、信じられる気がする。

途端、横で聞いていたお由有が、「あら」と言って、嬉しげな顔つきとなった。

「お安さん、私はそんなお人を、知っている気がしますが」

「うん、私の近くにいる男が、そうだね」

麻之助も頷く。つまり、つまり。お安は、見ている間に顔色を紅く染めた。

「それでその、夕餉《ゆうげ》の時父や母に、清十郎さんは、頼りになるお人ですねと言ったんです。そうしたら両親も、そう思うと」

「えっ？　まあ、嬉しい事を言って下さいますね」

お由有は笑みを浮かべたが、しかし少しばかり驚いた風でもあった。お安も、お安の親御も、どうやら清十郎の事を、好ましいと思っているらしい。ならば。

「何で仲人さんが、とっくに当家へ来てないんでしょう？」

するとお安が、何故だか急に、べそをかいたような表情になった。ではと、八木家へ向かいかけた足を止めてしまったものが、その後、甲村家へやってきたのだ。

「もの、ですか？」

お安は頷くと、胸元へ手をやる。そしてかさりと音を立て、何枚かの書き付けを取り出した。

「最近、当家へ届き始めたものです」

床几に置かれたその紙に目を落とすと、直ぐ、お由有が厳しい表情を作った。麻之助は指を当て、眉間の皺を伸ばすと、紙に書かれていた娘達の名を読み上げる。

「おちか、お順《じゅん》、お紅《べに》、おしず、ですか……おやぁ」

紙に書かれていた名は、大いに覚えがあるものだった。

（清十郎と、仲が良かった娘さん達だね）

正直に言えば、清十郎が付き合ったおなごはもっと多かった筈で、麻之助でも全員を承知しているかどうか、心許《こころもと》ない程だ。そして紙には名前の他にも、色々書き連ねてあった。

「要するに、何で清十郎さんの嫁が、私なんだと、問うてきた方がおられまして。これまで噂になった娘さん達と比べたら、私では不足だと」

一体いつ、どうして余所に伝わったものか、お安と清十郎の縁談が、いよいよまとまりそうだと知った誰かがいたのだ。そして、嫌がらせの文《ふみ》は何枚も来ており、それぞれ字が違う。つまり送り主は、何人かいる。

「なのに見事に皆さん、私では清十郎さんの嫁として、承知出来ないと書かれてます」

中には、お安を嫁にするくらいなら、若いお香の方がましだと、最近まで噂になっていた娘の名を上げた者までいる。

実は、まだ十三のお香は、最初、麻之助が八木家へ寄越した娘であった。あの歳ならば縁談話が出ても、直ぐに清十郎と婚礼という話にはならない。縁談に埋もれ困っていた友が、一息つけると思ったのだ。

ところがお香との縁談が知れると、いい加減、清十郎に嫁を持たせたい周りが、その気になってしまった。お香は、良き縁談相手と目されていたのだ。

「事情は分かっている。お香さんは歳が十三で、若く頼りないから、今回選ばれなかった。けれど習えば一、二年で、家の事など覚えようし、わざわざ二十になっている私を、嫁にすることはない。そうも書いてありました」

そう言われると、お安は文が酷《ひど》く気になってしまった。すると、やっと前を見るようになってきた気持ちが、また萎《な》えてくる。それでも、自分の気持ちが分かってきた今、清十郎との縁談を断る事も出来なかった。

「どうしたらいいのか、分からなくなって。それで……済みません、ご返事をしないまま、時が経ってしまいました」

お安がもう一度、深く頭を下げたものだから、お由有が慌てて止めている。麻之助は、いささか呆然《ぼうぜん》として文を見下ろし、大倉屋の言葉を思い出していた。

(この件は、思ったより厄介な事になるって、言ってたっけ)

一見、清十郎を好いていたおなごが、お安へ嫌がらせの言葉を送ってきただけに見える。だが、麻之助は僅かに首を傾げた。

(これを書いた御仁……内々の事に、妙に詳しいね)

お安と清十郎の縁談は、表だっては、まだまとまっていない。しかも双方、町名主の家柄だ。だから、決まっていない縁談について、余所で話した筈もない。なのに文には、お香の事まで書いてあった。

（清十郎が選んできたおなご達は、明るくかわいく、軽い娘達ばかりだった筈だ）

それ故、八木家の親類達が、町名主の妻として望まなかった相手であった。

（つまり、だ。お安さんとの縁談があると聞いたからって、あれこれ事情を調べたり、こんな文を寄越すような娘さんは、いなかった筈なんだけどね）

それに清十郎には他にも、数多の良縁が来ていた。病になった為、流れたが、先だっても一度まとまりかけた話とてあった。だが、相手の娘がこんな嫌がらせを受けたのは、初めてなのだ。

「何だか、妙ですね」

お由有が言い、お安が眉を顰めている。

「実は文を受け取った後、一度、お由有さんに話を聞いてもらおうと、八木家へ行った事がありました」

お安なりに、何とかしなければと思ったのだ。しかしその日は、お由有に会えなかったという。

「まあ……もしかして、留守にしておりましたでしょうか」

覚えがないというお由有の言葉に、お安は自分が引き返したのだと口にした。

「その、八木家の前までは行ったんです。でも清十郎さんも、お屋敷においでかもしれないと思ったら、入るのが躊躇《ためら》われました」

お安は脇にある木戸の前を、寸《すん》の間行ったり来たりしていた。すると、気になる事が目に付いてきた。

「誰かが、こちらを見ておりました」

笠を被った男で、最初は町名主の屋敷に用でもあって、お安が先に入るのを待っているのかと思った。それでその場を離れ、それとなく様子を見ていたのだが、男は木戸へは近づかない。

「でも、その場から去りもしないんです」

お安はそれが分かると、段々と恐くなってきた。

「何だか、文を寄越してきた誰かに、見張られているような気がしてきて」

気がつかなかったが、お安は屋敷から付けられていたのだろうか。清十郎を好いていた娘御の内、誰かが、あんな文を寄越しても収まらないくらい怒っているのか。

そんな事を思いつくと、お安はどうしたらよいか、分からなくなってしまった。それで八木家の前から引き返し、それきり、お由有へ会いに来ることが出来なかったのだ。

「木戸の男の件で、お安さんはますます考え込んでしまった。だから縁談の返事は、更に遅れたんだ」

　お安の目は今、清十郎の方を向いているに違いない。だが、これまで清十郎が会ってきた、綺麗な娘達に気後れしてもいる訳だ。茶屋の床几に座っている麻之助の目が、友へと向いた。

「厄介な事になったたな。清十郎は、娘さん達と上手く軽く、付き合っていると思ってたんだが」

　清十郎が溜息と共に頷《うなず》く。

「皆、かわいい良い子ばかりだった。お安さんへ妙な事をしそうな娘さんなど、とんと思いつかないんだがねぇ」

　だけどなと、清十郎が言葉を続ける。

「今、その娘さん達が皆、幸せだとは限らない。気持ちがすさんでいたら、人の婚礼話が、辛《つら》く思える時もあるかもしれん」

　やることも、荒れるかもしれない。

「さて、どうしたらいいんだか。このままじゃ、お安さんに申し訳ないよな」

　ここで麻之助は、ちょいと口を尖《とが》らせた。そして団子片手に、親友の顔を覗き込む。

「何だか、気合の入ってない言葉だな。清十郎、お前さんは確かに、お安さんの事を真面目に考えてはいるようだ。でもさ」

　どうも、気持ちが付いて行っている気がしない。何だか急いで、誰かを妻にせねばと思い、それで決めたように思えてしまうのだ。

「嫁を決めろと親戚に迫られた時、ふとお安さんの顔が、思い浮かんだと言ってたよね。お安さんを、好ましく思ってたんだよね？」

麻之助がそう言って問い詰めると、友は思いもよらない事を言い出した。

「実は……親戚から迫られる前に大倉屋さんから、そろそろ嫁を決めてくれと、面と向かって言われていたんだ」

娘であるお由有の縁談を、早くに決めたい。そちらも、おなみの縁談を待たせている。お安かお香でいい、いい加減にはっきりしてくれと言われた。清十郎は、二人の名を、頭にきざんでいたのだ。

となれば、選ぶ道は限られていた。

「分かりきった事だ。お香さんに今、八木家を背負わせるのは無理だからね。つまり……お安さんとなった」

まあ、お安が嫁になれば、八木家も安泰だと清十郎も思っていた。お安へも、先にそう告げてある。

「だから、後悔はしていないぞ」

おかげで大倉屋は喜び、内々に進めていた筈の話は噂となって、あっという間に、町内に広がったのだ。だが。

「……うへえ」

麻之助の口から、何とも低い声が漏れ出た。

「こりゃ、清十郎の縁談が未だにまとまらないのは、妙な文のせいだけじゃないな。多分、清十郎が馬鹿なせいだ」

いや清十郎の、お安への情が薄い為だと言った方が、いいかもしれない。

「ああ、そうに違いない」

清十郎が睨んできたが、麻之助は団子を手に、更に言葉を付け足した。

「前にお安さんが、言ってたよな。好いていると言う言葉を、縁談相手から一度は聞きたいって」

そして清十郎は、その言葉を簡単に言えると、口にしていた。

「でもさ、清十郎はまだ、お安さんへそいつを言ってないだろう？　きっとそうだ」

ここで麻之助は、少々険しい表情を浮かべると、清十郎に、二個残った団子の串を突きつけた。

「情けない奴だ」

途端、清十郎が串を取り上げ、残りを食べてしまったので、眉をつり上げる。

「清十郎のとんちき！　団子返せ！」

混み合う茶屋の中で、剣呑《けんのん》な睨み合いが始まったものだから、周りの客達が、何事かと目を向けてきた。はやし立てるような声が掛かる中、麻之助と清十郎が腕まくりをして睨み合う。双方、喧嘩には慣れている。

すると。

その時麻之助達の側に、おなごが歩いてきたのだ。そして二人の月代《さかやき》を、手にしていた子供の玩具、でんでん太鼓の玉で順に叩いていった。

3

麻之助達は程なく茶屋から出ると、清十郎が昔付き合っていた娘達の家を、回る事になった。直《じか》に娘らに会って、清十郎の縁談に不満を持っている者がいないか、確かめる事になったのだ。

喧嘩を止め、何をするか決め、ついでに二人をもう一度打ったのは、高利貸し丸三《まるさん》の妾お虎《とら》であった。

「何で私達がお虎さんに、叱られなくてはならないんだろう」

麻之助は、でんでん太鼓を恨めしげに見つつ、盛り場の賑やかな道で、ぶつぶつと文句を口にしている。するとお虎は煙管《きせる》を取り出し、麻之助を冷たく見てきた。

「もう一度打ちたくなるような事を、言わないどくれ。町名主と町名主の跡取りが、日中から団子を挟んで喧嘩してたんだ。みっともないだろ」

「済みません。私が悪うございました」

麻之助が慌てて煙管から逃げ出すと、お虎は頷く。そして歩みつつ、うんざりした調子で話し始めた。

「今朝方ね、うちの丸三が、また馬鹿を言い出したんだよ。大事な友、清十郎さんや麻之助さんが困ってるから、助けに行きたいってさ」

丸三は早々に、清十郎の縁談相手に、どこかのおなごから、嫌がらせの文が届いた事を摑んでいた。どうやら吉五郎から話を聞きだしたらしい。

しかし、だ。已も質屋の株を持っているので、同業で重い病の明松屋から、店を任された丸三は、今、いつにも増して忙しかった。おまけに暇が出来ると、お虎が預かっている万吉《まんきち》坊を、父親の明松屋の療養先へ、せっせと連れて行っている。今日も万吉は、丸三が面倒を見ているのだ。

「うちの丸三には、馬鹿な町名主達と遊んでいる暇は、きっぱりないんだよ」

「ば、馬鹿とは……お虎さん、酷いじゃないか」

そろそろ町名主として、一人前になってきた気でいる清十郎は、精一杯の威厳を声に込め、お虎へ真面目な顔を向けた。だがお虎は目を半眼にすると、しくじりをした幼子を見下ろすような眼差しで、清十郎を見たのだ。

「あのさ、清十郎さん。あんたは昔のおなごのせいで、今、縁談が止まってるんだよね？」

つまり清十郎はまだ、おなごを誰も、幸せに出来ていない訳だ。

「そんな男に偉そうな顔をされても、溜息しか出ないよ」

お虎がきっぱりと言い切り、太刀《たち》打ち出来なかった清十郎は引き下がった。するとお虎は清十郎に、更に恐い言葉を向ける。

「あんた色恋に強そうで、きっと実は不器用だね。そういう男ってぇのは、時々間抜けに見えるから、用心しなよ」

そんな阿呆は鬱陶《うっとう》しくもあるから、お虎は大概放っておく。ただ。

「ここにいる思い切り頼りない二人にゃ、恩義があるからさ。見放せないんだよねえ」

何故なら先だって騒ぎに巻き込まれた時、かっ攫《さら》われたお虎は、清十郎と貞《さだ》達に助けられたのだ。麻之助も、万吉の為に大いに働いていた。

「仕方ない、忙しいうちの人に代わって、このお虎さんが二人を助けてあげようじゃないの」

要するに、誰が嫌がらせの文を届けてきたか、見極めればいいのだと、お虎は言い出した。

「大丈夫、あたしはこうみえても、同じおなごの嘘を見抜くのは、上手いんだ。色恋がらみの嘘を、山と聞いてきたからね」

「……ありがとうございます」

　揃って頭を下げた麻之助と清十郎は、ちらりと目を見合わせ、頷いた。

（確かに、お妾をしているお虎さんであれば、色恋の話には詳しかろう。ありがたい）

　麻之助は、この後娘達を訪ねて回るのなら、この両国橋橋詰めからがいい筈と、機嫌良くお虎へ声をかけた。

「この先の茶屋に、看板娘がいまして。その人が四人の内の一人、おちかさんなんです」

　お虎は頷くと、川のように多くの人が流れてゆく道を、しゃきしゃきと歩いて行く。そして見世物小屋の隣に、男達で溢れる茶屋を見つけ、中へと入った。だが、かいがいしく茶を運んでいる茶屋娘を見て、首を傾げる。

「こりゃ随分と若い娘さんだね。清十郎さん、あんなに若い娘と、仲良くしてたのかい？」

　湯を沸かす釜の方へ目を向けた清十郎は、眉根を寄せると、慌てて辺りを見回した。しかし茶屋で働いている娘は他におらず、麻之助も首を傾げる。

　すると。横にある床几から、からかうような声が掛かった。

「はは、お兄さん方、前にいたおちかさんに、会いに来た口かい？」

「おやおや、今頃来ても遅いのに」

途端、お虎が近くに座っていた初老の男に微笑みかけ、おちかについて子細を教えてくれと願った。すると、今まで麻之助達をからかっていた男達までが、ちょいと気の強そうで綺麗なお虎へ目を向け、競って事を語り出した。

「あのな、おちかさんてぇのは、ここの看板娘だった人さ」

「ああ、姉さんと同じくらい綺麗でねえ」

「おまけに、優しくってな。旦那、毎日寄って下さって嬉しいわ、なんて言ってくれて」

おまけにおちかは、大店《おおだな》の主から世話しようと言われても軽く躱《かわ》していた。役者みたいな顔の、結構良い身なりの男が誘っても……ちょいと気のある素振りは見せたが、本気にはならなかった。

「本当に、良い女だったんだよ」

おちかの評判は上々で、看板娘は当分、茶屋にいてくれるものと、皆は思っていたのだ。しかし、災難はある日、突然茶屋の男達を襲った。

「三月《みつき》程、前の話になるかね。おちかさん、突然嫁に行っちまったんだよ」

病で女房を亡くした大工の棟梁が口説くと、あっさり後妻に入ったのだ。

「くしゃみをした狆《ちん》みたいな、顔の男だったんだぜ。おちかさん、近目だったのかね」

肩を落とす初老の男に、お虎はそうかもねと優しく言葉をかけ、礼を言うと、さっさと茶屋を離れた。麻之助達は慌てて跡を追い、清十郎はお虎へ顰《しか》め面を向けた。

「お虎さん、随分優しく話す事も、できるんですね。恐い話し方しか、しないのかと思ってましたよ」

途端、でんでん太鼓が手妻のようにお虎の手に現れ、清十郎が月代を押さえて、後悔のうめき声を口にする。運良くお虎から離れていた麻之助は、丁寧にお虎へ話し掛けた。

「おちかさんは賢く、大工の棟梁へ縁づいたようですね。今頃楽な暮らしをしている筈でしょうし、何より所帯を持ったばかり。昔の男の事なんて、構っている間はないでしょう」

「ええ、その通り」

つまりおちかは、お安へ文を書いた者ではなかったのだ。麻之助は頷くと、次に向かう先を、お虎に決めて貰った。娘達の家はみな、遠くはないものの、同じ方角ではなかった。

すると。

「かわいい娘さんの家からにしようか」

「お虎さん、清十郎は器量好みなんですよ。相手は皆、綺麗です」

「ふん、顔でおなごを決めるなんて、本当に大した事のない男だね。だから未だに嫁が、決まらないんだよ」

また、ばしばしと言われ、清十郎が黙って口をひん曲げる。では、なるだけ近い方から行こうかと麻之助が言い、お虎も頷いた。娘達の一人、お紅の家は煮売り屋で、両国橋東の橋詰めから遠からずの場所にあった。

そして。

「ありゃりゃ？」

煮売り屋へ着くと、清十郎は久方ぶりに会ったお紅と話す事も無く、ただ呆然としていた。お紅は店におり、赤子を背負っていたのだ。亭主らしき男と、楽しげに店を切り盛りしていた。

「ああ、あの人は、他のおなごへ妙な文なんか、出しちゃいないね。頭の中はきっと、赤子と亭主の事で一杯の筈だよ」

お虎は、今度は誰とも話さず、ただ笑って踵《きびす》を返した。

「清十郎さんとつきあった娘さん、なかなかたくましいじゃないか。後、何人だっけ？」

「お安さんへ来た文にあった名は、おちか、お順、お紅、おしずの四人です」

「じゃあ、残りは二人だね。早々に、話にけりが付きそうだ」

お虎は万吉坊へ、土産を買う時が作れそうだと、機嫌良く笑っている。しかし、麻之助は、ここで僅かに言いよどんだ。

「あの、そういう話にはならないかも……いや勿論、直ぐに次へ行きます」

それで今度は、お順の所へ向かう。

「三人目のお順さん。確か清十郎と縁のあった娘さん達の中でも、一番に大人しい人だったよな」

よく見れば綺麗だが、余りにも目立たない娘と清十郎がつきあっていたことに、あの頃麻之助は驚いた。それで却って、お順のことを今でも覚えているのだ。両国橋の西詰め、賑やかな盛り場からちょいと離れた所にある、絵双紙屋《えそうし》大川屋《おおかわや》の末娘で、清十郎と遊んでいた日々は短かった。

「親が大人しい娘を心配して、あっという間に清十郎へ、縁談を持ちかけたんだっけ。それで清十郎が、お順さんから逃げ出したんだ」

「あら麻之助さん、その話が本当なら、大変だ。清十郎さんときたら実は、娘さんが苦手なんじゃないのかい？」

お虎に言いたいことを言われたが、先程、でんでん太鼓で打たれたのがよほど痛かったのか、清十郎は離れて立ちそっぽを向いている。じき、店表を賑々しく錦絵などで飾った絵双紙屋が、道の先に現れてきた。すると麻之助は一つ首を傾げ、年配の男が帳場に座っている店先を、じっと見つめる。そしてぽんと手を打つと、店へと駆け出した。

「麻之助さん、どうしたんだい？　まったく、若い男は落ち着きがないったらありゃしない」

自分も大して歳が違わないのに、お虎は老女のように繰り言を言う。麻之助は連れの二人を置いて、大川屋の店先へ飛んでゆくと、華やかな美人の絵に手を伸ばした。

「ああ、やっぱりそうだ」

くるりと振り返り、麻之助は早く来いと清十郎達を呼ぶと、悪友の目の前に美しい一枚を差しだした。お虎には、よく見る錦絵に見えたようだが、清十郎は声も出ない様子で目を見開いた。

「あれ？」

食い入るように絵を見る清十郎の前へ、店から出て来た小僧が手を出し、絵の代金を要求してくる。麻之助が大倉屋の金から払うと、横で清十郎が、描かれている美人の名を口にした。

「お順さんだ」

「えっ？　この華やかな人がかい？」

地味な娘ではなかったのかと、お虎は問うてくる。錦絵を持った男二人が真剣な顔で頷くと、お虎は一寸腕を組んで考えてから、直ぐに絵双紙屋の帳場へ目を向けた。そして中にいた年配の男へ、信じられない程色っぽい笑みを向けると、錦絵の娘は誰なのか、優しく問うたのだ。

すると、番頭らしき男は自慢げに頷き、慣れているのか、滑らかに話してゆく。

「ああ、この絵は、うちの嬢さんを描いたものなんですよ」

お順という名で、どうにも大人しくて、店主夫婦も先々を心配していた。それで遊芸の師匠に頼み、一度、着物も化粧もそのお人に直してもらったところ、花が開いたように美しくなったというのだ。

「ええ、本当に華やかになられて。店に出入りの絵師が、是非に描きたいと言い、一枚絵にしたんです。そうしたら、飛ぶように売れまして」

今では絵の数も増え、店は繁盛している。そしてお順は、明るくなった。おかげで数多の良縁が、舞い込んで来ているというのだ。

「ふーん、そんなこともあるんだね」

お虎は頷くと、大川屋を離れ、お順も文など書いてはいないと断言した。

「お順さんは今、清十郎さんの名など、思いだしもしないだろうねえ」

つまり、清十郎の縁談相手の事など、知っているとも思えないのだ。麻之助も清十郎も、同じように頷く。三人目も違った。

「こうなると、最後に残った娘が怪しいね」

お虎は次へ行くと言ってから、遠慮無く口にする。だが麻之助はここでふと、眉間に皺を寄せた。

「そう上手くいくでしょうかね」

だが、横でお虎が恐い顔をしたものだから、慌てて清十郎が、おしずの住まいを口にした。

「神田ですよ。近くて助かります」

　清十郎と縁のあった娘達だから、八木家の支配町か、その近辺に住む者達が多いのだ。お虎が、これで事も終わると言い、さっさと、人の行き交う町屋の中を歩んでゆく。

　だが。三人の行き先には、思わぬ事が待ち受けていた。おしずの家には、他の一家が住んでいたのだ。

「は？　おしずさん母娘を訪ねてきたのかい。とうに越していないんですよ」

　今住んでいる家の者が、父親が亡くなったと事情を教えてくれた。おしずと母親は昨年、親戚を頼って駿府《すんぷ》へ行ったと聞き、麻之助らは顔を見合わせる。

「最後の一人も、違うみたいだ」

　礼を言ってその場から離れた途端、清十郎が歩きつつ、麻之助へぐっと顔を近づけた。

「お前さん、さっき、あっさり事が終わらないような事を言ってたな。この家へ来る前に、おしずさんも違うと、分かってたみたいだ。何でだ？」

　ちらりとお虎を見てから、麻之助は口を開いた。

「だってさ、思い出せよ清十郎。お安さんが貰った文は、書き手が何人かいたんだ」

清十郎と縁のあったおなご達から、こぞって似合わぬ相手だと言われたので、お安は気持ちを暗くしたのだ。

「残りが二人になったとき、数が少ない、おかしいなと思ったんだよ。やはり全員、関係なかったようだ」

つまり妙な文は、清十郎と親しかったおなご達が寄越したもののようでいて、実はそうでは無いのかもしれない。お虎が横で、目を見開いている。

「じゃあ誰が、何がしたくてあんな文を、お安さんへ寄越したっていうのさ?」

お安は地味なおなごで、あちらの昔の縁が、邪魔をしてきたとは思えない。そんな相手がいたら、お安はその名くらい覚えていただろう。

「一体、馬鹿な事をしたのは、誰なんだい?」

お虎が重ねて口にしたが、清十郎は首を横に振るばかり。麻之助も渋い顔を神田の町並みへ向けたままだ。三人は答えを見つけられず、黙り込んでしまった。

4

お虎が、癇癪《かんしゃく》を起こした。一日歩き回っても、文の件を片付ける事が出来ず、事の訳すら摑めなかったからだ。

するとお虎の目は、あの妙な文を受け取ったお安へ向けられた。

「大体、若いおなごが他のおなごに、ああも馬鹿にされちゃあ、いけないねえ。ええ、きっぱり駄目だ」

という訳で。お虎は二日後、清十郎にお安を呼び出してもらい、好きにする事にした。その為の金を出したのは勿論旦那の丸三で、慌てたのは清十郎だ。麻之助は……友と共に、お安へ付いてきたものの、お虎の横で立ち尽くしていた。

「あのぉ、お虎さん。お安さんをどうする気なんですか?」

事に戸惑うお安を横目に、麻之助が問う。するとお虎は、お安を引っ張って通りを行きつつ、他のおなごから二度と文句が出ない程に、お安を変えてみせると言い切った。

「えっ? 変えるって、その」

「麻之助さん、先日訪ねて回った娘さんの中に、遊芸の師匠に頼んで、華やかに生まれ変わったお人がいたね。お順さんと言ったっけ」

玄人《くろうと》に頼み、着物や化粧を思い切って変えた。すると。

「錦絵に描かれて、美人と名が売れたんだよね。でもお順さん自身が、別のお人に変わった訳じゃないんだ」

要するに、化粧と髪型と、着物が変わっただけだ。

「でもそれで、おなごの見た目は、大きく変わるんだよ」

つまり同じ事を、お安にしようと思っているらしい。

「で、でも……お安さんが驚いてますよ」

清十郎に呼ばれたから来たものの、お虎が驚くような事を言い出したので、お安はただ、呆然としている。一方お虎は張り切っており、目当ての店へ行き着くと、お安を引っ張って中へと入っていった。

「さあ、まずは着るものを変えようね」

そこは古着屋にしては大きな店で、顔見知りらしいお虎は、どんどん着物を出して貰い、お安へ着せかけ始めた。そしてお安の好みは、きっぱり聞かなかった。

「お安さん！　そんな、おばあさんのような色柄を見て、どうするんだい。今日はいつものあんたから、変わりにきたんだと言っただろ」

お虎はぴしゃりと口にし、古着屋と自分で着物を選び始める。お安が声を震わせた。

「でも……そんなに華やかな色じゃ、似合いません」

「桜色の地、綺麗じゃないか」

だが、お虎はやたらと派手な色柄を、選んでいる訳でもなかった。振り袖の模様は、大人しい井桁《いげた》だ。

「襦袢《じゆばん》は真朱《しんしゆ》の赤がいい。こっちの着物は、薄色の紫に花の裾模様。もう一つ、洒落柿《しゃれがき》の薄い黄赤に、細い縞模様。いいわね」

麻之助が驚き、お安が目を丸くし、清十郎が言葉を失っている間に、お虎は三枚を勝手に決め、帯や半襟、襦袢まで買い込む。

「次は、髪結いだよ」

お安も麻之助達も、既に逆らえなかった。女髪結いは大概、家へ来てもらうものだが、今日は化粧もあるからと、お虎はこれも知り合いの家へ、皆を連れて向かう。

すると年増の髪結いは、現れたお安が婚礼前と聞いて、大きく顔を顰めたのだ。

「あれまあ、いけませんよ、娘さん。そんな髪じゃ、もう所帯を持って、子供の二人もいそうじゃありませんか」

お安が、もう若くはないからと顔を赤らめると、縁談の真っ最中に遠慮してどうすると、お虎と女髪結いがそろって首を振る。

「今が勝負の時じゃないか」

「女房になって子供でも生まれりゃ、嫌でも地味な丸髷《まるまげ》を、結うようになるんですから」

二人は、これまた勝手にお安の髪型を決め、支度にかかった。お虎は先程の着物を広げたところで、手妻のように、白粉《おしろい》や紅、刷毛《はけ》などを取り出すと、くるりと振り返って、男二人へ声を掛ける。

「清十郎さんも麻之助さんも、表へ出ていておくれな。娘さんの化粧なんて、男が覗くもんじゃないよ」

「あ、はい」

二人は大人しくお虎の言葉に従い、素直に表へ出た。麻之助はきょろりと通りを見渡し、道の先へと目を向ける。

「あの着物を全部試して、髪と化粧を整えるにゃ、結構時がかかりそうだ。清十郎、鰻屋の二階へでも行かないか」

ちょいと話があるというと、友は頷く。昼時は外れていたし、鰻屋は、居酒屋へ行くよりも金がかかる。二階には人がおらず、麻之助達は酒を貰うと、窓から表の通りを見下ろしつつ、二人きりで話を進める事が出来た。

「なあ清十郎、先に訪ねた四人の娘御達は、文を寄越した人じゃなかった。あの後、誰がお安さんへ嫌みを言ったか、思いついたかい？」

問われた悪友は、首を横に振る。

「そのな、四人以外の心当たりへも、あの後、行ってみたんだ。実は、大いにへこんで帰ってきた」

おなご達は他でも判で押したように、たくましかった。清十郎と別れたからといって、綺麗なおなごが、いつまでも自分を思い、泣いている事などなかったのだ。

「あの潔《いさぎょ》さは、一体何なんだろうねえ。いやさ、縁談を抱えた身でこんな事を言ったら、お虎さんに叩かれそうだが」

男は昔縁があった娘と、つい、いつまでも繋がっているように考えるものなのだ。だから娘達に何かあったら、女房がいても、自分が守ってやらねばなどと思ってしまう。

「でも訪ねてみりゃあ、ちゃんと別に守ってくれる人がいるんだ」

男の勝手で優しい気持ちは、一体どこから出てくるんだろうなと言い、清十郎が天井を向いた。麻之助が笑い出す。

「沢山の娘さんと知り合うと、妙な悲しさと向き合っちまうもんだな」

しかし、昔の事だ。

だが、そう話した麻之助は、ここでちょいと眉間に皺を寄せた。

「あれ？　今何か、引っかかったような……」

「おい、何か思いついたのか？」

清十郎が期待を込めて見てきたが、間が悪くも丁度《ちょうど》、鰻が焼き上がって運ばれてくる。すると若い二人の目と鼻は、美味そうな蒲焼きに向けられ、ぼんやりした何かは、湯気の向こうに消えてしまう。

麻之助達は冷めぬ前に、とにかく鰻と向き合う事になった。

一時《いっとき》近くも後のこと。

虫養《むしやしな》いの大福などを買って、おなご三人の所へ戻った麻之助達は、髪結いの家へ入った所で、寸の間立ったままとなった。

部屋に見た事も無いお安が、座っていたからだ。

（いや……これはお安さんだ。顔かたちが変わった訳じゃないね）

お安は元々、細くて背が高めのおなごであった。そこに、いつもは地味な灰色の縞を着ていたから、余計に細く見えていたのだ。

だが今日お虎が選んだのは、井桁が散った優しい色の着物だった。その振り袖が、麻の葉模様の紅い襦袢に重なって、お安自身までが、ぐっと華やかに見える。髪も若々しい銀杏返《いちょうがえ》しに結って、前よりも大ぶりな櫛《くし》と、簪《かんざし》が二本挿してあった。

そして。

一に変わっていたのは、その化粧であった。上方より薄いと言われている江戸の化粧だから、濃く塗り立てている訳ではない。というより、ぐっと薄い化粧のように見えるのに、それでもお安は、前とは違い随分と艶《あで》やかだ。今のお安の肌は、薄く内から赤味が差しているように見えるのだ。

（おお、お虎さん、凄腕だね）

思わずお安に見入っている清十郎の後ろで、麻之助は頷く。すると、見つめられるのが面《おも》はゆいのか、お安が笑い出した。

「あの、そんなに変わって見えますか」

清十郎は、よく分からない答えを返した。

「変わっていないように見えて、随分と変わっているかな。お安さん、お酒でも勧められたんですか？　頬を染めて」

途端、お虎が笑い出す。

「頬や目元に、紅を差してあるんだよ。でも、ただ塗ったんじゃあ、いかにも化粧をしましたって感じになっちまう」

だからお虎は、白粉を付け、丁寧に紅を伸ばした上から、もう一度薄く白粉を付けていた。それから化粧が濃くならないよう、柔らかい手拭いで、上から何度も押さえてある。

黛《まゆずみ》も眉尻の方を濃いめに、目立たぬように美しく、細かな技を使ってあった。麻之助は感心しきりで、特に、鏡の前にある酒杯のようなものを見て首を傾げた。

「その、緑色にてかったものは、何なんです？　それも、化粧に使うんですか？」

途端、おなご三人が、顔を見合わせて笑う。するとお虎が筆を取り、最後の仕上げだと言って、小皿の水を筆に含ませた。すると。

「あれま」

男二人が、思わずといった風に声を出す。お猪口《ちょこ》の内で緑に光っていたものは、筆の水が上をなぞると、美しい紅色になったのだ。

「おお、それ、唇に差す紅だったんですね」

「元が、こんな色をしてるだなんて、思ってなかったかい？　下の唇に重ねて塗って、玉虫色に光らせているおなごだって、時々いるじゃないか」

「ああ、あれですか」

清十郎が頷き、二人の男どもは、艶やかになったお安へ見入る。

「うん、とても綺麗です。お安さん、そういう色、似合いますよ」

おなごへの優しい気遣いは惜しまない清十郎が、今日も滑らかに褒め言葉を重ねる。しかし友は一寸の後、お虎を見て情けないような顔を作った。

「あれま清十郎さん、どうしたんだい」

お虎が首を傾げると、色男の友は、ちょいとつまらなそうに言う。

「そのねえ、今まであたしは、見目の好い娘さん達と、多くの縁があったと思ってました。けれど」

もしかしたら、もしかして。

「今まで縁があったのは、化粧が上手い娘さん達だったんでしょうかねえ」

途端、女髪結いが大きな声で笑い出し、お安は目を丸くしている。お虎は口の端を引き上げると、澄ました顔をしている麻之助へ目を向けてきた。

「おや麻之助さんは、笑ってないね。お前さんは、どう思ってるんだい？」

麻之助は、正直に答えた。

「紅がぐっと映えるのは、良いことです。でもねえ清十郎。妻のお寿《す》ずは、湯上がりでさっぱり化粧をしてなくても、綺麗だったよ」

化粧は艶やかになる元だろうが、化粧をして別人になる訳でもない。麻之助がそう返したので、清十郎は笑い出した。

「確かにそうだ。でもさ」

本当に綺麗ですよと、心得た男が重ねて言う。お安が一段と頬を紅くし、女髪結いが腕を組みながら唸《うな》った。

「このお兄さん、ずいぶんと娘さんから好かれるだろうねえ。いやぁ、あたしもあと十年若かったら、惚れちまいそうだよ」

縁談相手なのかいと問われて、お安が益々紅くなり、うつむいて頷いている。お虎が他の着物をまとめていると、清十郎が荷物は持つと言い、ついでに代金は己が払うと言い出した。

しかし、お虎は笑ってそれを止める。

「清十郎さん、今日の代金くらい、丸三に出させておやりな。自分の思いつきで上手く事が運ぶか、そりゃ嬉しそうに気にしてたんだから」

麻之助が清十郎の肩を叩き、頷くと、友はちょいと照れくさそうな顔をして承知した。それから帰る事になり、風呂敷を持つと、清十郎はお安の簪へ目を向け、小さな細工の見事な事を、また褒めている。

（おおっ、おなごには本当に、まめだねえ。自分には真似出来ないよ）

麻之助はお虎へ目配せをし、二人並んで先を歩む清十郎とお安へ、後ろから目を向けた。

（丸三さんに、感謝だ。清十郎の目が、ちゃんとお安さんの方を向いてきた）

多分、この先地味な着物を着ても、清十郎が、お安の今日の姿を忘れる事はあるまい。

（あの二人、上手くいくといいね）

ほんわりとした気持ちが、柔らかな風のように麻之助を包んでゆく。祝言が近いかなと思い、祝いの品は何にしようかなと、早くも口にすると、お虎が満足そうな顔つきになる。

桜色の振り袖と、側に立つ男。二人の姿が、昔、似たような色の着物を着ていた人を、ふと思い起こさせ、麻之助は頷いた。

「余分な文は来てるけど、そんなものは、火鉢にくべればいいか。これでお由有さんや、おなみさんの縁談も、すんなりと進みだすというもので……」

言いかけて、言葉が止まった。

足も、止まってしまっていた。

今、自分が口にした言葉が、一気に頭の中を駆け巡る。それが突然意味を成し、麻之助の内で、一つの答えとなっていった。

思い起こした事があった。

「あ、お安さんの後ろにいた、男の姿！　あの立ち姿！　もしかしたら。その、もしかしたらっ」

そのまま動けなくなって、立ちすくむ。歯を食いしばり、両の手を握りしめる。お虎が横から、眉を顰めて見てきた。

「麻之助さん、どうしたんだい、麻之助さん？」

声は聞こえていたが、返事が出来ない。頭の奥底が、がんがんと音を立て、麻之助を打っているようであった。

清十郎達は、麻之助が付いてこない事に、しばし気がつかずにいた。お虎が声を掛けると、随分先でやっと足を止め、それから慌てて踵を返してきた。

5

町名主高橋家の屋敷に、いつにない顔ぶれが集まった。

麻之助と清十郎に、お安と、その父にして、町名主の甲村角次郎《かくじろう》。高橋家当主の宗右衛門と、妻のおさん。そしてこの後、清十郎の義母であるお由有の父、札差の大倉屋が顔を見せる事になっていた。

今大倉屋は、急ぎの調べ事をしており、それで遅れているのだ。おさんが皆へ茶を配ると、宗右衛門がまず、角次郎とお安へ目を向けた。

「そのね、清十郎さんから聞きました。お安さんと、夫婦約束をしたのだそうですね」

宗右衛門は清十郎の親代わりとして、この話、まとまればいいと思っていたという。

「いや、目出度《めでた》いことです」

お安の父角次郎も頷くと、清十郎の方へ笑みを向ける。

「清十郎さん、娘をよろしくお願いします。いや本当であれば、仲人と一緒に、挨拶にうかがうところだが。でも今日は、別の話があると言われたのでね」

するとここで清十郎が、畳に両の手を突き、こちらこそよろしくお願いしますと頭を下げた。だが、直ぐに顔を上げ角次郎を見ると、いささか心許なげに言ったのだ。

「ですが……縁談がまとまると、うちが抱える心配事に、甲村家を巻き込んでしまうかもしれません。それでも娘さんを、妻に頂けますでしょうか」

するとと角次郎は僅かに苦笑を浮かべ、横に座る娘を見た。

「そのね、実は高橋家へうかがう前に、娘と話をしたんですよ。お安から、縁談を受けたら、大事《おおごと》が直ぐ先に待っているかもしれないと聞きました。それで私は、いいのかと娘に問うたんです」

するとお安は、はっきり父へ言ったのだ。

「もう、はいと返事をしてあると、言われましたよ」

娘がやっと、そういう相手と巡り会ったのだ。父親としてできうる限り、そんな娘を支えてやりたいと、角次郎は続けた。

すると、そこへ廊下から、足音が近づいてくる。顔を出してきたのはお由有の父、札差の大倉屋であった。

「ありがたい。清十郎さんの義父《ちち》となるお人に、そう言って貰えるとは、本当にありがたい」

世に知られる大金持ち、札差の大倉屋は、部屋で膝を突くと直ぐに、角次郎へ頭を下げた。麻之助はそれを見て、大倉屋が何を言う前に、調べの答えを承知してしまった。

「大倉屋さん、横平屋達三郎《たつさぶろう》さんが、上方から江戸へ、帰ってきてたんですね？」

麻之助がそう口にした途端、宗右衛門やおさん、清十郎が、顔を強ばらせる。角次郎とお安が戸惑いを見せたので、大倉屋は麻之助や宗右衛門をちらりと見てから、自分が詳しい事を話すと口にした。大倉屋の身内同然となるのであれば、甲村家には、真実を話しておかねばならないのだ。

「これから色々、起きるかもしれませんから」

大倉屋が、見た事も無い程、険しい顔つきとなり……寸の間、間を置いた後、静かな声で語り出す。

「甲村家のお二人は、うちの娘、お由有と会った事がおありでしょうか。ああ、孫の幸太もご存じなんですね」

お由有は八木家の先代当主、源兵衛《げんべえ》の後添えとなって、幸太を産んでいる。つまり二人は八木家の者として、今まで心やすく過ごして来られたのだ。

ただ。

「正直に申します。幸太の父親は、源兵衛さんではございません」

勿論、源兵衛も承知の事であったとの声に、麻之助は一瞬、強く目を瞑《つむ》った。

「お由有は嫁入り前、ここにおいでの麻之助さんに、心を寄せておりました。ですが、お由有は二つ年上だ。しかもご承知の通り、おなごが縁組みする年頃は、男よりずっと早いんですよ」

大倉屋はお由有を良き相手に、早く嫁がせたいと思っていた。それを分かっていたから、そうは見えなかったが、お由有は酷く気を焦らせていたと、後で大倉屋は知った。だがお由有は妾腹《しょうふく》の娘で、共には暮らしていなかった。それで父親は、色々見落としていたのだ。

「ある日、娘に付けておりました乳母が、強ばった顔で店へやって参りまして」

そこで大倉屋は、暢気に縁談を考えている場合では無かった事を、初めて知った。

「娘は……お由有は、麻之助さんからだという文で、男に呼び出されておりました」

縁組みは無理だと言われていた麻之助が、お由有と話がしたいと、言ってきたのだ。お由有は上野へ行ってしまい……茶屋へ連れ込まれた。無理矢理子を、身ごもらされる事になったのだ。

「相手は、先程名が出ました、横平屋の達三郎という男でした。一度、お由有とも縁談があった相手でしたが、麻之助さんの方へ目が向いていたお由有は、あっさり断っていた」

名も顔も、お由有は覚えていなかったと、大倉屋は続けた。だが逃げ帰ってきた後、子供が出来たと分かった事で、お由有は更に追い詰められてしまった。

ここで大倉屋は、一つ間を置いた。

「実はあれの母親は、若くして亡くなっておりまして。お由有の妹を早産して、そのまそれを忘れることのない大倉屋は、お由有の子を、中条流《ちゅうじょうりゅう》で堕ろせという事が出来なかった。それでも、まだ若い娘の事を思うと、そのままにも出来ない。

「娘を一旦、大倉屋が持つ根岸の家へやりました。そこで子が生まれるのを待ち、養子にやろうと思っておりました」

父親は事を表に出さず、お由有を守ろうとした訳だ。ところが。

「何を思ったのか、達三郎がまた、お由有を嫁にくれと言って参りまして」

急にお由有が根岸へ引っ込んだので、子が出来た事を知ったのかもしれない。あの時であれば、お由有も、子供も、札差の義父も手に入れられると、甘く考えていたのだ。

「一応娘には、達三郎の話を伝えました。お由有は、絶対に嫌だと申しましたが」

大倉屋も、達三郎のような卑怯者は、婿《むこ》に欲しくはなかった。だが、しかし。

「あの男に子の事を、知られました。つまり生まれた子を、ただ養子に出す訳には、行かなくなったんですよ」

養子に出せば、達三郎がその子供へ、手を伸ばしてきそうであった。そして子を介し、母のお由有と大倉屋へ、きっと関わってくる。そう思えてならなかったのだ。

札差の財というものは、それだけ大きな物であると、大倉屋は承知していた。

「ですから、お由有へ申しました」

ま身罷《みまか》りました」

こうなったら、道は二つしかなかろうこと。

一つは、腹の子を諦める事だ。

そしてもう一つは、大急ぎで誰かの所へ嫁ぎ、達三郎以外の父親を、子へ与える事だと。

だがその場合、父と子とは血のつながりがないと分かった上で、縁組みをする事になる。つまり既に跡取りの息子がいるような、年上の相手になるだろうと思われた。

「お由有は……子を産むと申しました」

母として、腹にいる子が愛《いと》おしくなってきたのだ。大倉屋はそれから、駆け回ることになった。あちこちへ山ほど頭を下げ、頼み、手をついて願った。

そして……既に清十郎という跡取りがいた八木家の先代に、お由有を引き取って貰った。源兵衛は妻を亡くしていたが、娘のおなみにはまだ荷が勝ちすぎ、奥向きの事を任せられなかった。お由有は若かったものの、源兵衛が後妻を貰うことは、不思議ではなかったのだ。

ここで大倉屋は、すっと麻之助を見た。

「嫁ぐ前、お由有は一度、麻之助さんに会いに行ったでしょう？」

「えっ……」

「私が、会いに行けと言いました。そして、真面目一方、まだ十六で、自分の事すら一人前にこなせない男が、人の子を引き受けられるか、聞いてみなさいと言ったんですよ」

縁談を決めたものの、お由有が泣きたいような気持ちを残していると、大倉屋には分かっていた。麻之助が立ち尽くすと承知の上で、大倉屋はあの日、お由有に問わせたのだ。

子の父になってくれますか、と。

「……」

麻之助は今日も言葉を失い、ただ、大倉屋を見つめている。ぐっと大人で、お大尽《だいじん》で、江戸の商いを動かす一人である大物は、それは柔らかい声で、しかし容赦の無い話を続けた。

「高橋家へ、横平屋の血筋を跡取りとして、押っつける訳にはいきません。それに十六の子に、いきなり人の一生は背負えない。もし口先で背負うと言われたら、先々どうする気か、聞けとも言ってあったと、大倉屋は続ける。

ただ。

(その問いを、お由有さんは言う事はなかった。私は……大倉屋さんが思った通り、言葉を失ってしまった)

あの一瞬で、お由有は母として腹を決めたのだ。そして麻之助は、生真面目なばかりの、親に甘えていた日々を後にした。

大倉屋は皆へ目を向け、身内の至らぬ話を耳に入れ、申し訳ないと続ける。だが、これからの為に、知っておいてもらわねば、ならない話でもあった。

「あの後私は、達三郎を江戸から追い払いました。ええ、札差の財と力とつてを使いましたよ。あの若造、それだけの事をしたんです」

お由有が縁談を決めた。これから孫が生まれる。

「そんな時、達三郎にうろうろされちゃあ、たまりません。簀巻《すま》きにして、川へ放り込みたくなりますからね」

親の横平屋へは、真実は告げていない。だが、息子が札差と酷く揉め、江戸には居られなくなった事は、承知していた筈であった。横平屋の主は上方の出で、達三郎は親戚を頼り、上方へ消えたのだ。確かあの件で、達三郎に手を貸した兄弟も一人、共に上方へ去っている。

ここでまた、大倉屋は一寸言葉を切った。そしてゆっくりと、次を語り出す。

「先程麻之助さんが言われましたように、達三郎が、上方から帰ってきておりました」

乳母が亡くなり、その墓参りの為と言って、戻ってきたらしい。だが大倉屋は、別の見方をしていた。

「どうやら八木家の源兵衛さんが亡くなったことを、達三郎は承知しているようで」

八木家の周りを、笠を被った男が、最近うろついていたようであった。

「あ……私、そちらのお屋敷の外で、笠の男と会ってます」

お安がそう言えば、麻之助も両国橋橋詰めで見た、逃げて消えた男の姿を思い出す。

麻之助がここで、顔をしかめた。

「お安さん、もしかしたら、ですが。お安さんへ文を送ってきたのは、達三郎かもしれません。勿論、書いたのはあいつにたのまれた、どこかのおなごでしょうが」

「は？」

「今、清十郎の縁談が駄目になれば、お由有さんは新しい縁をためらう。それが、目当てであったのではと」

もし達三郎が、またぞろお由有との縁組みを、望んでいるとしたら。いや、幸太が生まれた今、もっとその望みを強くしているとしたら。二人に新しい身内が出来る前に、それを止めたいと思う筈であった。

清十郎の、何事もなかった先《せん》の縁談と、今回のお安との話では、一つ違う所がある。お由有の縁談を、そろそろ周りが知るようになっている所だ。

大倉屋の顔が、ぐっと恐いものになった。

「横平屋の息子、大人しく上方におればよいものを。あの時、お由有の事を思い、事を荒立てずにいたので、甘く見られたか」

達三郎が何をやってくる気か知らぬが、もう勝手はさせないと、大倉屋は言い切る。麻之助はここで、己に何か出来ることはないかと探し……しかし、余分な事しか思いつかず、唇を嚙んだ。すると、ここで思いも掛けない方から、思い切った言葉が語られたのだ。

お安であった。

「清十郎さん、私共は早々に祝言をあげましょう。お由有さんが妙な邪魔を受けない内に、それこそ、大急ぎで」

「えっ」

「そうすれば、お由有さんも急ぎ、縁づかれる事が出来ます。達三郎さんとやらの勝手な考えも、きっとそこで終わりとなります」

それがいいかもしれないと、清十郎が頷いた途端、お安が何時《いつ》なら許してくれるかと、父親へ問う。すると町名主甲村家の当主は、宗右衛門と目を合わせ、にやりと笑った。

「おお……そうだね」

「披露目や祝いの席は、後からやればよろしい。仲人を呼んで、固めの杯を交わすくらいの事は……そう、今日の宵にでも、出来る事ですな」

そうすれば直ぐに、人別《にんべつ》に名を載せる事も叶《かな》う。それこそ、町役人である町名主の役目であるからだ。途端、大倉屋が大きく頷いた。

「では、娘お由有の縁組みは、その次の日にでも、執り行いましょう。ええ細かな事は、後でも出来ますから」

「えぇっ、今日？」

　さすがに驚いたのは、祝言をあげる本人、清十郎だ。しかしお安が、幾久しくよろしくお願いしますと手を突き頭を下げると、友はぐっと両の手を握った。

「これは……お安さん、済まなかった。あたしが言い出さなきゃいけない事だったね」

　お安は八木家の一員を守る為、婚礼を早めようと言ってくれたのだ。楽しく、婚礼の品を用意してゆく華やかな娘の日々を、すぱりと捨ててくれると言っていた。

　清十郎はお安の横へ行くと、その顔を、化粧が変わった時にも見せなかった、優しい目で見つめた。

「ああ、良い女だ。お安さんは一生を、一緒に乗り越えていける人だ。今、つくづくそう思うよ」

　化粧ではない。見目ではない。長く支え合える一生の相棒だと、清十郎はつぶやく。長い日々、心を添わせていられる相手だ。

　今、清十郎が見つめる相手は、お安一人であった。

　麻之助は友を見て、ゆっくりと静かに頷く。

（ああ、良い人と巡り会ったね）

親達は既に、急ぎの祝言の支度に動き出していた。清十郎も一瞬腰を上げたが、だがお安の横へ、すっと腰をかがめ、笑う。

「お安さんと縁組みするんだ。これだけは、一番に言っておかなきゃね」

お安の耳元へ口を寄せると、友は何か口にした。聞こえてはこなかったが、麻之助には友が何を語っているか、直ぐに分かった。

（お安さんを好いている。御身だけだ）

お安が友を見つめ、小さく頷いた。そしてその後涙をこぼし、袂で顔を覆う。

清十郎は、長く長く添う人を、やっと見つけたのだ。

解説　みんな、すぐそこに居るような気がする

福士誠治

「まんまこと」シリーズを読んでいると、普段は仕舞い込んで忘れていた自分の感情と向き合うことになります。主人公の高橋麻之助は町名主の跡取り息子。町の揉め事を裁くというのが仕事です。だからもちろん私利私欲に走る人は裁かれることになるのですが、どの話も勧善懲悪ではないからか、悪事を働いた人の心の有様にもなんだかちょっと共感してしまいます。卑しさ、恥じらい、好意、父親への信頼感……それぞれの物語から様々な感情をかきたてられて、シリーズ五作目になる今回の『まったなし』でも「ああ、自分の中にもこんな感情があったんだな」と発見する瞬間が多くありました。

例えば一話目、表題作の「まったなし」では人間の弱さのすくい取り方にハッとします。

同じ江戸の町名主・西松家の支配町では、なぜか今年に限って祭りのための寄進が集まりません。その理由は徐々に解き明かされます。以下、解説として挙げるにはネタバ

レになってしまうので、もしも今、立ち読みで解説をパラパラしてくださっている方はぜひ購入して本文を先に読んでくださいね（笑）。

兄の急逝で突然、町名主を継ぐことになった西松家の哲五郎。はじめての寄進集めに四苦八苦した結果、実は店々へ寄進をお願いするのをやめてしまっていたのです。しかもプライドが邪魔をして、有能な奉公人の辰平へ助けを求めることもできませんでした。それなのにしれっと「集めに行ったが集まらなかったので何とかしてくれ」と麻之助の父・宗右衛門のところへ泣きついてきた。

哲五郎は情けない男かもしれませんが、彼の気もちも解るような気がします。自分の器ではない大役を引き受けてしまってどうにもならない時、「何食わぬ顔をして誰かに尻拭いをしてもらったら、さらっと解決できるんじゃないか」と魔が差してしまうかも……明日は我が身、もしかしたら自分だってやってしまうかもしれません。誰でも心に隙があったり弱ったりしているときは同じことをしかねないので、「そりゃないよ！」って絵空事には思えないのです。歯車がちょっと噛み合わないだけで、どんどんうまくいかなくなる事ってあるよなあって。それは自分の中にもある弱さを自覚することにもなるので、しんどくもあります。

一方で、歯車を少しだけ整えてみたらこんなにもきれいに回り始めるんだなぁと知らされる場面にも立ち会えます。『まったなし』では麻之助の親友（悪友？）のひとり、清十郎の嫁取り問題、「縁」が大きなテーマになっているようです。そんな中で後半の一篇「縁、三つ」で、散々女遊びしてきた色男の清十郎に対してそれまで頑なな態度をとっていた縁談相手のお安さんが、麻之助の助言によって清十郎への目線をふっとやわらかなものに変えます。人の心はささいなことで良くも悪くも転がっていくことになるのだというリアリティが迫ってくる瞬間です。

そしてどんなにぶっとんだ設定でも、自然に成立させてしまう畠中先生ならではの世界を堪能できるのが三話目の「運命の出会い」です。この話は「まんまこと」シリーズの中ではいい意味で異色。気味の悪さが際立ちつつ、でもホロリとしてしまいます。病にかかった麻之助に三途の川を渡らせようとしつこくしつこくまとわりついてくる疫神・大江の奇妙な怖さと凄味といったら！　しかもそこに、亡くなった麻之助の妻のお寿ずさんまで現れます。

万一生き残り、後でこの話を親にしても、幸せな夢を見たと言われ、笑われて終わるだろう。そのことがちょいと悲しいと言い、麻之助は堀川をゆく舟を間近で見つつ、お寿ずへ満足げな顔を向ける。

という一文には、麻之助の本質が凝縮されているように感じられて、夢の世界が信じられていた時代ならではのロマンチックさも含めて、忘れがたい一篇です。

その次の「親には向かぬ」からは、お虎さんという女性が一気に存在感を増してきます。高利貸しの丸三（借金がたちまち丸っと三倍になるから丸三！　そしてなぜか麻之助たちのことを親しい友人だと思っている丸三！）の妾で、親から可愛がられた記憶が薄く芸者のもとへ里子に出された経験をもつ故に、行きがかり上ではあるものの、幼い万吉の里親となって必死で万吉を守ろうとします。お虎さんはとにかく肝が据わっていて恰好いい！　そして「男ってバカだねえ」っておおらかに包み込むようなきっぷのよさもありつつ、実に多面的な女性です。お虎さんだけでなく、お安さん、シリーズには欠かせない存在のお由有さんなど、女性陣の誰もが、自分が守るべき者のためにひと肌脱ごうという精神で、賢さと義理人情とを持ち合わせています。

「まんまこと」シリーズは女の人たちが出来た人ばかり！　男たちはふーらふらしているのに（笑）。ちょっとした用事をこなすだけで忙しい忙しいと言うから、「いや、それっぽっちの仕事で忙しくはないだろう」と、読みながら突っ込んでばかりです。

でも、麻之助も清十郎も、お気楽さも悲しみも全部ひっくるめて、幸せ度数が高そうに生きているなぁって羨ましくもなります。例えば今だって、町の祭りで「町内会長が酔っぱらってるよ〜。あいつ いっつも酔っぱらっちゃうんだよォ、酒弱いのになんで呑んじゃうんだろうね、アハハ」って周りが言える祭りが出来る町というのはいい町のような気がします。そういう、人としての安心感を麻之助達はもたらしているなぁって。

自分が以前にドラマで麻之助役を演じさせていただいたから擁護する訳ではないのですが（笑）、男たちもやる時はやる。筋は通しているんですよ。清十郎だって心無く女遊びをしてきた訳じゃなくて、その時その時で相手に真摯に向き合ってはきた。ご縁がなかったから離れる、というのを「結果的に」繰り返してしまうことになったというだけで。だから別れた女の人たちは、皆それぞれに逞しく幸せそうな生活を築いている。しかも清十郎は源兵衛さんが亡くなってから、どことなく大人になりましたよね。

父と息子の描かれ方というのも「まんまこと」の世界における重要な要素のひとつですが、麻之助はたぶんまだ、偉大な父親の宗右衛門さんに護られているのだと思います。麻之助と宗右衛門さんというのは親子であり、師弟関係でもあり、とっても距離が近い。

ぼくはもう家を出ているし次男だし、お盆や正月で実家に帰らなければ父親に会うことも少なくて、父は仕事にどうこう言ってくるわけでもありません。父とはそのくらいの距離感。でも、祖父が亡くなった時に長男である父がボソッと「あーぁー、俺が責任者になっちゃったよ」ってちょっと泣き笑いみたいな感じで言ったんです。「前はなんかあったら、一応『ちょっとオヤジ、どうする？』って言えたのになぁ、福士家の『長』になっちゃったなぁ」って。その時は「へぇ」って聞き流したのですが、もしかしたらこの先、宗右衛門さんに何かあって、心身ともに麻之助が独り立ちしなくてはならなくなった時に、麻之助はあの時の父の心情になったりするのかなと想像したりもしました。

そうやって現実と地続きであれこれ想像してしまうほど、「まんまこと」の登場人物はみんな、たしかな命をもっているように感じられます。一人一人がとっても丁寧に描かれているから、無駄な人がいない。今までの巻で登場してきた人も含めて、ぼくは頭の中に町の人たちの相関図がどんどん思い浮かぶようになってきました。この長屋にはこれがあって、山の方に万年青《おもと》職人がいて……と町の有様も浮かびます。ちょっと事件が起こったら、「あ、あの人のところ行った方がいいんじゃない？」と反射的に言いたくなってしまう。若い娘さんには、「なんかあったらお虎さんを頼りなよ」って。実際に存在していると思えるくらい具体的に、みんなの気配が感じられる作品です。

そしてぼくが内心、ものすごく気になっている登場人物（？）がいるんです。それは麻之助のところにいる猫の「ふに」。ふにはもう、そろそろ喋り出すのではないかと思うほどの存在感がありますよね（笑）。実は登場人物たちの中で一番冷静にみんなを見ているのはふになんじゃないかなぁと睨んでいます。

「うちのバカ息子はいつもぐだぐだしている。どうせ今日もぐだぐだしてるんだろうにゃ」とか「堅物の吉五郎がやって来た。あいつは抱き方が下手なんだよにゃあ」とか、勝手にふにになったつもりで楽しんでいるのですが、猫だけが知る本音、猫だけが見ていた真実、みたいな回を番外編で読んでみたいと密かに期待しているぼくです。畠中先生、ぜひお願いします！

（俳優）

初出誌『オール讀物』
「まったなし」二〇一三年九月号
「子犬と嫁と小火」二〇一三年十二月号
「運命の出会い」二〇一四年三月号
「親には向かぬ」二〇一四年九月号
「縁、三つ」二〇一四年十二月号
「昔から来た文」二〇一五年三月号

単行本　二〇一五年六月／文藝春秋刊

文春文庫

定価はカバーに
表示してあります

まったなし

2018年4月10日　第1刷

著者　畠《はたけ》中《なか》恵《めぐみ》
発行者　飯窪成幸
発行所　株式会社 文藝春秋

東京都千代田区紀尾井町 3-23　〒102-8008
TEL 03・3265・1211㈹
文藝春秋ホームページ　http://www.bunshun.co.jp

落丁、乱丁本は、お手数ですが小社製作部宛お送り下さい。送料小社負担でお取替致します。

印刷・凸版印刷　製本・加藤製本

Printed in Japan
ISBN978-4-16-791044-0

文春文庫　最新刊

まったなし　畠中恵
色男の清十郎がついに年貢を納める!?　大人気シリーズ第五弾

警視庁公安部・青山望　**爆裂通貨**　濱嘉之
ハロウィンの渋谷で仮装集団の殺人事件が！　書き下ろし第十一弾

モダン　原田マハ
アートを愛する者たちの人間模様を描き出す、華麗なる短篇集

風のベーコンサンド　高原カフェ日誌　柴田よしき
高原のカフェご飯が、訪れた人に奇跡を起こす。心温まる六篇

トリダシ　本城雅人
臨場感あふれるスポーツ紙の現場を描く。著者新境地の快作！

キングレオの冒険　円居挽
京都の街で相次ぐ殺人事件。若き超人探偵が解明に乗り出す

ト伝飄々　風野真知雄
無敗の男・ト伝の伝説はいかに作られたか。新感覚剣豪小説

恋女房　新・秋山久蔵御用控（一）　藤井邦夫
〝剃刀〟の異名を持つ秋山久蔵が帰ってきた！　第二幕スタート

ラオスにいったい何があるというんですか？　紀行文集　村上春樹

切り絵図屋清七　**雪晴れ**　藤原緋沙子
消息を絶った父の行方を探し、清七は飛騨へ。急展開の第五弾

真夏の犬〈新装版〉　宮本輝
歳月を突き抜けて甦える、記憶と人生の深い思いを描いた九篇

山本周五郎名品館Ⅰ　**おたふく**　沢木耕太郎編
膨大な数の短編から選びに選んだ「あだこ」「ちゃん」等全九編

わたし、結婚できますか？　林真理子
炎上覚悟!?　〝マリコ砲〟炸裂の「週刊文春」人気連載エッセイ

私を通りすぎたマドンナたち　佐々淳行
政治家・実業家・作家、淑女・猛女……美女たちとの交遊録

帳簿の世界史　ジェイコブ・ソール　村井章子訳
仏革命、米独立戦争、大恐慌…会計士が歴史を作ってきた

民族と国家〈学藝ライブラリー〉　山内昌之
イスラム研究の第一人者が現代までの紛争を読み解いた必読書